Max Gallo

L'empire

Suite romanesque

Tome I

L'Envoûtement

Si certains Français considèrent que, par ses entreprises coloniales, la France (et elle seule au milieu des nations saintes et pures) est en état de péché historique [...], ils doivent s'offrir eux-mêmes à l'expiation. En ce qui me concerne, il me paraît dégoûtant de battre sa coulpe, comme nos juges-pénitents, sur la poitrine d'autrui, vain de condamner plusieurs siècles d'expansion européenne, absurde de comprendre dans la même malédiction Christophe Colomb et Lyautey. Le temps des colonialismes est fini, il faut le savoir seulement et en tirer les conséquences [...]. Il est bon qu'une nation soit assez forte de tradition et d'honneur pour trouver le courage de dénoncer ses propres erreurs. Mais elle ne doit pas oublier les raisons qu'elle peut avoir encore de s'estimer elle-même. Il est dangereux, en tout cas, de lui demander de s'avouer seule coupable et de la vouer à une pénitence perpétuelle.

Albert CAMUS,
Chroniques algériennes, 1939-1958.

Prologue

L'Atlantide

« Autrefois il y avait un Empire français qu'on appelait aussi la France d'Outre-mer, qui s'en souvient ? »

Ainsi commença l'entretien que l'historien Antoine Orabona, professeur au Collège de France, nous accorda.

Cet homme d'une soixantaine d'années arborait, sous des cheveux blancs coupés court, un visage osseux. Et sans savoir que, depuis sa maison d'Orsati, un village perché du Cap Corse, on apercevait par temps clair, le plus souvent à l'aube, les côtes de Toscane – plus tard, Orabona nous les montra d'un fier mouvement du haut du corps, penché au-dessus du muret qui bordait sa terrasse –, je pensai qu'il avait, avec ses pommettes saillantes, son front bombé et son nez droit, ses yeux bleus, son menton prononcé, l'énergique beauté des Florentins du temps de Machiavel.

Il était assis sur un banc de pierre placé sous les oliviers, au milieu de la première des restanques qui, en larges paliers, conduisaient au rivage, à plusieurs centaines de mètres en contrebas.

J'avais placé les deux caméras de manière à ce qu'elles puissent saisir à la fois Antoine Orabona, l'austère façade de sa maison patricienne, mais aussi la mer et le village d'Orsati.

Il se tourna vers moi, montrant du bras tendu la mer lisse et l'horizon.

« L'Empire français, reprit-il, est un continent englouti dont on ne connaît plus que les circonstances de sa disparition... »

Il eut un ample geste du bras, balayant l'espace, puis il secoua la tête et son visage exprimait une amertume hargneuse.

« De ce qu'il fut il ne reste que des îlots de souvenirs dans quelques mémoires, dont la mienne. Et vous êtes venus ici pour cela ! Mais je suis une exception : partout, on n'étudie que le cataclysme qui l'a brisé, et les souillures, les humiliations, la barbarie qui l'ont accompagné vers les grands fonds. On se complaît à rappeler que nos armées ont été vaincues. Que les hommes qui nous étaient restés fidèles, en Indochine, en Algérie, ont été abandonnés aux couteaux des égorgeurs. Que nous avons été aussi cruels que ces derniers. Que nous avons torturé, fusillé, mais en vain, puisque nos compatriotes ont été chassés avec pour tout bien leur désespoir, une valise, la nostalgie. Nos cimetières, les tombes des nôtres, celles de nos pères... »

Il s'interrompit, puis, un ton plus bas, comme un aveu dont il aurait eu honte, il ajouta qu'il y avait, dans le cimetière d'Oran, une stèle, sans doute brisée aujourd'hui, portant le nom d'Orabona.

Il toussota avant de reprendre :

« Nos sépultures ont été livrées aux profanateurs. Nos drapeaux ont partout été amenés, cependant que les vainqueurs pillaient, assassinaient, se vengeaient de ce qu'ils avaient subi lorsque l'Empire était triomphant. Mais on a oublié l'époque glorieuse, celle de notre envoûtement, de la possession, quand nous rêvions de forêt vierge et de grands fleuves, quand nous nous emparions des terres et des femmes. Notre Empire, notre Atlantide s'étendait sur tous les continents, des milliers de destins s'y mêlaient, souvent pour le pire, quelquefois pour le meilleur. D'un côté le viol, notre brutalité, le mépris des autres, Nègres, Arabes, Jaunes, la possession, donc, je l'ai dit, mais aussi, de l'autre côté, l'envoûtement, l'attirance, la fascination, et donc les sentiments, l'amour précaire et ambigu, mais l'amour tout de même. Le criminel côtoyait ainsi le missionnaire, l'instituteur. La violence et l'injustice voisinaient avec la générosité, le dévouement... »

Orabona haussa les épaules.

« De cette diversité, de cette dualité, que reste-t-il dans nos mémoires ? Nous avons oublié notre Atlantide. Le nom même d'Empire est effacé. Il est devenu obscène de le prononcer. Nous ne nous souvenons que du désamour dont nous avons été meurtris. Nous avons honte... »

Antoine Orabona s'était levé et s'avançait vers moi sous les oliviers.

« Seulement, poursuivit-il en pointant un doigt dans ma direction, ce continent disparu est un volcan. Il ne cesse de gronder dans les profondeurs de notre oubli. La lave jaillit déjà et nous craignons qu'elle nous ensevelisse ! »

Il s'était arrêté, devinant que je souhaitais qu'il retourne s'asseoir sous les feuillages.

« C'est le passé qui revient, lâcha-t-il en regagnant son banc. Jamais dans l'histoire des peuples il n'y a amnésie ou prescription. Il existe toujours des fouisseurs. Ils obtiennent la confession des tortionnaires. Ils recueillent les plaintes des victimes... »

Orabona sortit de la poche de sa veste une fiche qu'il brandit, disant qu'à parcourir les mémoires d'un officier publiés il y avait plus d'un demi-siècle, il avait relevé dans les dix premières pages, qui relataient le séjour de l'auteur au Tonkin au cours des années 1880, deux faits qui avaient semblé tout à fait anodins à l'officier comme à son éditeur. Ils n'avaient donc soulevé à l'époque aucun scandale, mais ils révélaient, dans leur cruelle banalité, ce qu'avait été la conquête coloniale.

Il parut hésiter à lire la fiche, m'interrogeant du regard. D'un hochement de tête, je l'y encourageai.

« *Notre colonel était nerveux*, commença donc à déchiffrer Orabona. *Lorsque, au dessert, un adjudant de la Légion vint lui annoncer qu'on venait d'arrêter dans la campagne un Chinois qui, sommé d'expliquer sa présence, avait répondu : "Je suis venu prier sur la tombe de mes ancêtres", le colonel s'était borné à lancer très froidement : "Qu'on lui coupe la tête." Peu après, pendant que nous prenions le café, le même adjudant vint apporter la queue ou plutôt la natte de cheveux du Chinois, prouvant ainsi que l'exécution avait eu lieu. On disait – mais je ne l'ai jamais vu – qu'avec toutes les nattes des Chinois exécutés sur son ordre, le colonel s'était fait faire un tapis de selle.* »

Orabona retourna la fiche et ajouta :

« Ce n'est pas terminé… »

Je l'invitai à poursuivre.

« *Ce jour-là, après le déjeuner, le colonel me fit faire un bout de promenade dans son jardin et, apercevant un Annamite accroupi dans une cage de bois, je lui demandai ce qu'avait bien pu faire cet indigène. Il me répondit : "Cet homme est le neveu du Cai-King que nous allons combattre ; nous l'avons fait prisonnier dernièrement au cours de nos reconnaissances, et je lui ai promis la vie sauve s'il me renseignait sur l'endroit précis où se trouvait son oncle et sur les moyens de nous en emparer. Tous les jours, je passe plusieurs heures à l'interroger, et ses dires sont ensuite contrôlés. Lorsque j'aurai obtenu de lui tous les renseignements désirables, je lui ferai couper la tête, car il n'est pas douteux qu'après avoir trahi son oncle, il me trahisse également s'il en trouve l'occasion…"* »

Orabona replaça la fiche dans sa poche.

« Voilà le quotidien de la conquête. Qui le connaît ? On veut le masquer, l'oublier. Mais les victimes crient dès qu'on cesse de leur écraser la gorge avec le talon d'une botte. Dans l'histoire d'une nation, tout est pris en compte. Truquer, gommer, dissimuler est sans effet. On sait que César a fait trancher les mains des derniers défenseurs d'Uxellodunum, qu'il a donné l'ordre d'étrangler Vercingétorix. Et, de même, on sait comment fut réprimée la révolte du 8 mai 1945, à Sétif… »

Il s'appuya au tronc d'un olivier, puis esquissa un geste de dénégation :

« Je ne dresse pas un réquisitoire ! En novembre 1954, aux premiers jours de l'insurrection algérienne, ceux qu'on appelait les rebelles ont abattu au bord d'une route un couple d'instituteurs de vingt ans, les Monnerot, qui regagnaient leur école dans un village de Kabylie. Et quelques jours plus tard, ils ont égorgé un inspecteur d'académie qui visitait chaque école afin de dresser la liste des besoins, d'interroger les élèves, de noter les enseignants. Cet homme avait longtemps été professeur d'histoire au lycée d'Oran, et, à chaque heure de cours, martelait que l'égalité était le principe fondateur de la République, qui ne reconnaissait ni religion ni race supérieures, mais seulement des hommes égaux en droit. »

L'historien baissa la tête.

« Il s'appelait Victor Orabona. Il avait tenu à ce que je l'accompagne dans sa tournée d'inspection. J'avais douze ans. Les rebelles lui ont tranché la gorge devant moi. J'ai été éclaboussé par son sang. Ils voulaient me tuer aussi. Je me suis enfui. Un Kabyle, Ahmed Aït Mansour, les a empêchés de me poursuivre et m'a ainsi sauvé la vie. »

Antoine Orabona avait croisé les doigts sur son genou droit, puis ajouta :

« J'imagine ce qu'est devenue la tombe de Victor Orabona au cimetière d'Oran. »

Il s'était tu et je respectai son silence tout en demandant aux cameramen de continuer à tourner. J'avais besoin, pour le montage, de ces plans de visage, aux expressions changeantes, où se lisaient l'émotion, l'accablement puis l'hésitation quand il se remit à parler :

« Ce n'est là qu'un détail, même si Victor Orabona était mon père... J'ai quitté l'Algérie dans les jours qui ont suivi sa mort. Et les circonstances de son assassinat comme celles de ma fuite m'ont appris que le courage et le crime n'ont pas de patrie, qu'ils ne sont l'apanage d'aucune civilisation. Je n'accuse ni ne défends personne. Je dis ce qui a été. Et que nous pouvons connaître, si nous le voulons... »

Il évoqua les reportages et les livres d'Alexandre Kerner, ce journaliste qui, dans les années vingt, avait parcouru l'Empire, dénoncé les exactions des colons, les abus des compagnies concessionnaires qui exploitaient les ressources des territoires d'outre-mer. Son témoignage confirmait ceux d'André Gide au Congo et d'André Malraux en Indochine.

« Des monceaux de corps humiliés, martyrisés..., murmura-t-il. Mais ils ressuscitent, jeunes et avides, violents. Dans son éruption, le volcan du continent disparu ouvre une brèche dans les flots de la mer. Les hommes passent désormais par centaines de milliers d'une rive à l'autre. Ils pensent qu'ils ont des droits sur nous. N'avons-nous pas fait le chemin inverse, il y a quelques générations ? »

Orabona était tourné une nouvelle fois vers la mer et désigna la petite île en forme d'amande qui, située à quelques centaines de mètres de la côte, était sertie par un mince ourlet blanc, comme un joyau plus sombre dans la mer argentée.

« L'île de la Giraglia », précisa-t-il.

Il montra le phare dressé à l'une des extrémités de l'îlot, puis les éboulis d'une tour construite sur sa partie la plus haute, au centre de cet éclat de montagne.

« Un poste de guet d'où l'on donnait jadis l'alerte à l'approche des galères barbaresques des côtes africaines. Les Maures pillaient …illages de pêcheurs, ils grimpaient même …qu'à Orsati, tuaient les hommes, enlevaient …emmes et enfants qu'ils revendaient ensuite comme esclaves... »

Il regarda au loin, très au-delà de l'îlot, vers le sud, ce Maghreb d'où étaient venus et où retournaient les pirates. Ils y débarquaient leurs prisonniers, poussant sur des estrades dressées sur les places les femmes à peau blanche qu'ils dénudaient afin d'en obtenir un meilleur prix.

« Quoi qu'on dise aujourd'hui, les Européens n'ont pas été les seuls à pratiquer l'esclavage, ajouta Orabona. La conquête coloniale et donc, plus tard, l'édification de l'Empire qui en est issu furent aussi une réponse aux incursions des pirates. »

Il haussa les épaules.

« L'histoire est une incessante oscillation. Les peuples vont les uns vers les autres à tour de rôle. Ils se heurtent, se mêlent, se recouvrent, se détruisent. Qui a commencé ? Où sont les coupables ? »

Il montra les maisons d'Orsati :

« Ici ? » questionna-t-il.

Lorsque nous étions arrivés à Orsati, la veille, après avoir gravi une route sinueuse qui s'agrippait aux flancs du Cap Corse, j'avais été surpris par les quelques maisons massives aux façades couvertes d'un crépi rose souvent défraîchi ou écaillé. Elles écrasaient le reste du village, composé de constructions grises et modestes. Elles paraissaient incongrues dans ce décor rocailleux que le maquis hérissait d'arbustes serrés.

Par leurs dimensions, elles faisaient penser à des *palazzi* italiens dont elles n'avaient pourtant ni l'élégance légère ni le raffinement. Elles relevaient d'une esthétique rude qui exprimait non la recherche du beau ni l'invention, mais l'affirmation, par une géométrie orthogonale, de la force brute et de la puissance.

En les découvrant, j'avais d'abord pensé à des bâtiments militaires, mais elles étaient trop ouvertes, trop exposées – on semblait même avoir recherché la position la plus visible, afin qu'on les discernât de loin comme de chaque point du village – pour obéir à des nécessités stratégiques. Carrées, elles étaient inattendues en ce lieu et pourtant familières.

En réponse à mes questions, Antoine Orabona m'expliqua qu'elles appartenaient aux familles de ceux qu'on appelait ici les « Américains » ou les « Africains ». Ces derniers étaient les plus nombreux. Les cadets des familles les plus pauvres d'Orsati avaient quitté le village à la fin du XIXe siècle pour les terres de l'Empire, Madagascar ou la Nouvelle-Calédonie, l'Algérie ou la Tunisie, mais d'abord et avant tout les Afriques noires, l'Occidentale ou l'Équatoriale, comme on disait : le Sénégal, le Dahomey, le Congo, le Tchad... Fortune faite, ces cadets ou leurs fils étaient revenus et avaient bâti ces maisons, faisant souvent appel à des architectes et à des maçons toscans. Mais les Leonetti, les Cacciaguerra, les Pietri, les Vinciguerra, les Antonetti, les Casanova, les Ottavi voulaient des maisons plantureuses afin de pouvoir y rassembler toute la famille – le clan – comme l'auraient fait des chefs de tribus africaines.

« Ce sont là les maisons de bâtisseurs de l'Empire », conclut Orabona.

Nous nous étions installés sur la terrasse et avions commencé à préparer l'interview du lendemain. Mais Orabona était distrait ou plutôt rêveur. Les mains croisées sur la nuque, regardant la façade de sa maison, il raconta que quatre hommes de sa famille, dont son père, avaient vécu dans l'Empire. L'un, le premier, avait parcouru les terres d'Afrique : Dominique Orabona avait été missionnaire dans ce désert que sillonnaient les Touaregs trafiquants d'esclaves. Il avait connu Charles Faurel, cet officier qui, comme Charles de Foucauld, avait abandonné le métier des armes pour la prière. Antoine Orabona avait édité, en 2001, la correspondance et les souvenirs de ce lointain cousin. Un autre de ses parents, Pascal, avait été officier, puis administrateur au Tchad d'un territoire plus vaste que la France. L'un de ses oncles, Pierre, devenu agent général de la Compagnie Concessionnaire du Congo – la C.C.C. –, avait accumulé une fortune, et c'est lui qui avait fait construire la maison d'Orsati.

Antoine Orabona était resté la tête renversée, les yeux tournés vers le toit et les ouvertures en œil-de-bœuf du troisième et dernier étage.

« Mon père passait ses vacances scolaires ici. Mon oncle Pierre lui avait attribué l'étage supérieur, et c'est là que ma mère et moi nous sommes installés après l'assassinat de mon père, en 1954. Durant toute mon adolescence, j'ai entendu mon oncle maugréer contre son frère, m'expliquer qu'en prônant l'égalité entre colons et indigènes, on sapait l'idée même de colonisation et d'Empire. Mon père, à l'entendre, avait d'abord été la victime de ce qu'il avait enseigné. Mon oncle n'a pas survécu aux années 1960, aux guerres perdues, aux humiliations, aux abandons. Il est mort en 1962, l'année de la perte de l'Algérie. J'avais vingt ans. »

Dans le silence qui a suivi ces premières confidences, j'ai entendu le frôlement de pas légers sur les dalles de la terrasse. Antoine Orabona s'est levé et son visage a exprimé le ravissement – peut-être faudrait-il dire l'éblouissement ? – et la fierté. Il souriait comme les enfants qui découvrent leurs cadeaux amoncelés au pied de l'arbre de Noël.

Je me suis tourné et, dans la pénombre qui commençait à glisser le long des pentes du Cap Corse et à recouvrir les maisons situées dans le haut du village, j'ai vu s'avancer vers nous une jeune femme dont je n'ai d'abord discerné que la longue et fine silhouette, un pull-over blanc tranchant sur le noir du pantalon qui serrait ses jambes minces. En levant un peu les yeux, j'ai découvert, posé sur un cou long, son visage à la perfection de profil égyptien. Chacun de ses pas, de ses gestes, la manière dont elle tendait la main, faisaient penser qu'elle se déplaçait dans un univers aquatique et que la résistance qu'on lui opposait expliquait la lenteur languide qu'elle mettait à se mouvoir.

J'ai eu l'impression de me trouver derrière une vitre, avec ma lourdeur brutale, mes mouvements saccadés, alors qu'elle oscillait comme une algue noire.

J'éprouvai une admiration mêlée d'envie en regardant Antoine Orabona. Cette jeune femme devait avoir à peine une trentaine d'années, peut-être moins. Il l'avait connue à l'université de Dakar où elle préparait un doctorat d'histoire.

Lorsqu'elle se fut éloignée, Orabona nous dit à mi-voix qu'elle appartenait à l'une des plus nobles lignées du Sénégal, les N'Goré Dior. Elle devait avoir des ancêtres peuls, de ces éleveurs et chasseurs qui, aux confins de la savane et du désert, servaient d'intermédiaires entre les Touaregs et les peuples de la forêt ; ils participaient ainsi au commerce des esclaves que les chefs de tribus vendaient aux nomades et que ceux-ci convoyaient, entravés, jusqu'au Sénégal où les Européens les entassaient à bord des navires négriers.

« Taki, ajouta Antoine Orabona, termine sa thèse sur la servitude dans l'Empire français après l'abolition officielle de l'esclavage en 1848. »

Il me regarda en souriant.

« Il y a tant de manières d'être soumis et colonisé, n'est-ce pas ? C'est qu'il n'y a pas domination sans collaboration, sans acceptation au moins partielle de la servitude. Tous les empires commencent ainsi : par envoûtement ; ils s'affirment dans la possession et se défont quand vient le désamour. Après, malgré les apparences, c'est l'impossible oubli. Et les situations se renversent. Celui qui dominait devient esclave de celui qu'il croyait posséder. Cela vaut pour tous les peuples... »

Il se leva, nous convia à entrer dans la maison sur le seuil de laquelle se tenait Taki N'Goré Dior, les mains enfoncées dans les poches arrière de son pantalon, ce qui la cambrait et faisait pointer ses seins que j'imaginais fermes sous le pull-over blanc.

« Cela vaut d'ailleurs aussi pour les couples », murmura Antoine Orabona.

Préface

par Antoine Orabona, professeur au Collège de France

Charles Faurel, l'homme dont je publie ci-après le manuscrit sous un titre que j'ai choisi, L'Envoûtement, *a été, comme mon père, Victor Orabona, égorgé sur la terre africaine qu'ils aimaient, l'un et l'autre.*

L'un et l'autre sont morts en Algérie, en novembre.

C'est un mois pathétique. Le beau temps, chaud et lumineux, vibre encore, mais les averses l'étouffent avec une violence frénétique. Souvent, l'eau arrache les arbres et les maisons, emporte et noie les animaux et les hommes. Elle ravine le sol, ne laissant plus en place que la roche nue, stérile, tranchante comme une lame.

Un jour d'orage, le 27 novembre 1900, Charles Faurel a été poignardé à Tamanrasset.

Victor Orabona, mon père, a été assassiné devant moi, sur une route de Kabylie que la pluie avait transformée en torrent, le 27 novembre 1954.

L'un, Charles Faurel, voulait répandre, par l'exemple et la charité, la parole de Dieu.

L'autre, Victor Orabona, espérait faire de chaque enfant, par l'instruction, un homme capable de choisir librement sa vie et sa foi.

Au moment où on les a tués, ils étaient pacifiques et généreux.

Quelques semaines après la mort de mon père, j'ai quitté Oran en compagnie de ma mère.

Nous nous sommes installés dans la maison familiale, à Orsati, un village accroché aux pentes du Cap Corse.

Dans cette maison qu'on appelle, à Orsati, Ou Castelou, *parce qu'elle domine en effet le village comme un château, ou qu'on nomme aussi plus simplement la* Casa Orabona, *j'ai découvert, le samedi 7 septembre 2002, le manuscrit de Charles Faurel dans l'une de ces caisses, de ces malles cerclées de fer dont je croyais connaître le contenu depuis mon adolescence.*

Elles étaient entassées dans une pièce d'angle du premier étage dont j'avais entrouvert la porte le jour même de notre arrivée à Orsati.

J'avais discerné dans la pénombre l'amoncellement des caisses, les piles de livres, et, accrochés aux murs, des masques africains.

Au moment où j'allais me glisser dans la pièce, ma mère avait hurlé, me tirant violemment en arrière, puis elle avait refermé la porte à clé, me faisant promettre de ne plus tenter de l'ouvrir.

Répétant chaque jour ses propos, elle m'avait expliqué que ces malles, ces livres, ces masques avaient appartenu à un arrière-cousin de mon père, un missionnaire, Dominique Orabona. C'était à cause de lui que mon père avait choisi de faire toute sa carrière aux colonies. Elle avait souffert dans ces pays maudits au milieu de races qui n'étaient capables que de mentir, voler, piller, tuer.

« Ton pauvre père, m'avait-elle dit, croyait que ces hommes étaient semblables à nous. Il ne voulait même pas m'entendre parler d'Arabes, de nègres, de jaunes. Il les traitait comme des égaux. Ils l'ont remercié en l'assassinant. »

Elle se signait. Elle soupirait : « Dieu t'a protégé ! »

Elle oubliait qu'un de ceux qu'elle maudissait, un Kabyle, Ahmed Aït Mansour, m'avait sauvé la vie. Elle était persuadée que, dans ces caisses, les assassins, ces crapules arabes ou nègres, avaient sûrement introduit des scorpions, des serpents venimeux, des œufs de mouches porteuses de microbes. Que des sorciers avaient dû empoisonner ces masques.

Un jour, elle brûlerait toutes ces « saloperies », car elle ne voulait pas que je sois, à l'instar de Dominique Orabona ou de mon pauvre père, « envoûté ».

Elle exigeait donc que je ne misse jamais les pieds dans cette pièce maudite.

Et je n'ai eu naturellement de cesse de violer l'interdit. Cette chambre au plafond haut, aux tomettes rouges, est devenue ma caverne aux trésors.

Chaque fois que ma mère quittait Orsati pour Bastia, je me précipitais dans sa chambre en quête de la clé de la pièce tentatrice dont elle changeait souvent la cachette.

Je l'ai toujours trouvée et je montais en courant au premier étage.

J'ouvrais la porte. J'avais intensément voulu cet instant et cependant, au moment de franchir le seuil, j'hésitais. Ce n'est pas la peur qui me retenait, mais le sentiment que j'allais peut-être commettre un sacrilège, profaner la mémoire de Dominique Orabona.

Cela ne durait que quelques secondes, puis je traversais la pièce, me heurtant aux caisses, renversant les piles de livres et les paniers en osier, atteignant enfin les fenêtres que j'ouvrais, repoussant les volets.

J'avais l'impression que l'air parfumé du maquis ou l'âpre souffle venu de la mer chasserait tous les sortilèges, emporterait les microbes, ranimerait les hommes et les lieux qu'évoquaient les lettres innombrables que j'avais tant de peine à déchiffrer, les livres, les cartes sur lesquelles j'allais suivre le cours de fleuves inconnus dont on ne semblait connaître ni la source ni l'embouchure.

C'est ainsi que l'Outre-mer m'a envoûté. C'est alors que je me suis mis à rêver d'Afrique et d'Indochine, de longs voyages pour atteindre la forêt vierge, la savane ou le désert.

Parfois, en lisant certaines lettres de ce Charles Faurel dont le nom et l'écriture m'étaient peu à peu devenus familiers, j'avais l'impression qu'elles m'étaient adressées, et non pas destinées à Dominique Orabona ou au père de Charles, Léon Faurel.

J'étais si ému que j'en perdais le souffle.

Je me levais. J'allais m'accouder à la fenêtre d'où l'on apercevait la côte, l'île de la Giraglia, la mer.

J'imaginais mon départ. J'éprouvais ce que Charles Faurel, dans ses lettres, nommait, l'« appel du désert » dont il disait – mais je ne comprenais pas le sens de ses propos – que, pour lui, il se confondait avec l'« appel de la foi. »

J'étais trop jeune pour mesurer l'importance historique des archives que je déflorais. J'étais impatient, désordonné. J'ouvrais les caisses et les malles au gré de ma fantaisie. Je feuilletais distraitement ou j'écartais les textes les plus longs, ceux dont l'écriture était par trop compacte. Sans doute est-ce pour cela que j'ai ignoré les cinq liasses d'une centaine de feuillets chacune qui constituent ce manuscrit de Charles Faurel que j'intitule donc L'Envoûtement.

Je publie ici sous ce titre, dans l'ordre et la composition choisis par Charles Faurel, des lettres, des récits, des journaux de marche, des réflexions qui composent plus que des mémoires : une véritable confession.

Je n'ai découvert ces liasses que le samedi 7 septembre 2002 en fin de matinée, quand, voulant m'assurer que les archives de Dominique Orabona ne contenaient rien qui pût être utile à la recherche qu'effectuait mon épouse, l'historienne sénégalaise Taki N'Goré Dior, j'ai ouvert la première caisse venue et aperçu aussitôt, couvrant tout le fond, les cinq liasses épaisses et jaunies.

Elles étaient enveloppées d'une couche de poussière qui avait formé autour d'elles comme une étoupe fibreuse. Je les ai secouées, posées sur le rebord d'une des fenêtres. Je me suis assis face à la mer, sur une caisse, dans la lumière solaire tamisée par le mince voile blanc des cirrus.

J'ai commencé à feuilleter au hasard et ai aussitôt été gagné par l'émotion. Charles Faurel parlait sans détours. Là, il avait la brutalité d'un soudard ; ici, la compassion d'un homme fraternel.

Il semblait ne rien dissimuler de ce qu'il avait fait et vu entre 1870 et le jour de sa mort, le 27 novembre 1900. Il avait été l'un de ces jeunes aventuriers, à la fois patriotes et prédateurs, sûrs d'eux-mêmes et des droits que leur conférait ce qu'ils appelaient leur supériorité d'hommes blancs. Ils avaient construit l'Empire français, n'hésitant pas à exploiter, à maltraiter, à tuer les « indigènes », comme ils disaient. Ils avaient été « envoûtés » par ces espaces à conquérir, ces populations dont ils ne percevaient pas la civilisation propre, qu'ils distinguaient parfois avec difficulté de la faune nouvelle qu'ils découvraient, confondant souvent ces hommes avec les bêtes sauvages.

Puis, peu à peu, la conscience venait à certains d'entre eux que ces « sauvages » étaient d'abord leurs semblables.

Portant ces liasses serrées contre ma poitrine, j'ai rejoint Taki N'Goré Dior.

Elle travaillait, assise sur la terrasse.

Quel aurait été son sort, il y a un siècle, si elle avait rencontré l'un de ces hommes blancs qui n'auraient vu en elle qu'une femelle à posséder ?

J'ai regardé ses doigts fuselés pianoter sur le clavier de l'ordinateur. J'ai posé les cinq liasses sur la table.

Il m'appartenait d'exécuter les volontés de Charles Faurel qui avait écrit sur son premier feuillet :

« Je confie au père Dominique Orabona, avec qui j'ai partagé les heures les plus intenses de ma vie, dans les soleils incandescents de la foi et du désert, ces pages qui sont l'écho de mon destin profane et donc de mes errements et de mes excès.

« Quand Dieu m'aura appelé, je souhaite que ces lettres et ces textes soient publiés.

« Il ne faut rien en retrancher. C'est une règle que j'ai respectée et je désire qu'après ma mort, on s'y soumette aussi.

« Ceux qui me liront découvriront ainsi que la plus grande partie de ma vie a été une forme de la mort, puisque j'ai ignoré qu'en tout homme, quels que soient la couleur de sa peau, ses superstitions et même ses crimes, brûle la flamme divine, et qu'elle doit être préservée.

« Si le récit de ce que j'ai vécu aide à écrire l'histoire de cette grande aventure que fut, en ses commencements, la colonisation du monde par les hommes blancs, mon travail n'aura pas été vain.

« Peut-être aussi ma sincérité me fera-t-elle obtenir le pardon de ceux qui, en me lisant, comprendront que c'est l'envoûtement et l'ivresse de la conquête et de la domination qui m'ont fait oublier trop longtemps que l'œuvre d'un chrétien est d'abord d'aimer, de partager et de convertir. »

Le père Dominique Orabona n'eut sans doute pas le temps – ou la volonté – de publier ces cinq liasses. Je le fais aujourd'hui.

Antoine ORABONA, Orsati, 2003.

PREMIÈRE LIASSE

1

J'ai eu vingt ans, le visage et le corps enfouis dans la boue d'un fossé.

Je n'ai jamais oublié l'odeur de cette terre fangeuse.

C'était le 7 septembre 1870. L'Empereur et son armée s'étaient rendus après l'horrible et humiliante défaite de Sedan.

J'avais participé à cette bataille dans les rangs du 4e régiment de chasseurs d'Afrique qui comptait en son sein des bataillons de tirailleurs algériens.

Ces hommes m'avaient fasciné. Mon père, Alphonse Faurel, médecin des armées, avait été en garnison à Oran. Mon frère aîné, Louis Faurel, lieutenant de vaisseau, avait souvent fait escale à Alger et m'avait décrit avec enthousiasme cette ville étagée au bord de la mer, ces femmes voilées dont le regard perçait le cœur.

J'avais, à Saint-Cyr, rêvé d'Algérie, et, arraché par la déclaration de guerre à l'École militaire, j'avais été heureux d'être affecté comme sergent dans ce régiment de chasseurs d'Afrique.

Mais le capitaine Rollin, qui commandait ma compagnie, m'avait mis en garde contre l'apparente soumission des tirailleurs : « Ce sont des bêtes fauves, m'avait-il dit. Nous sommes des dompteurs. Si nous leur tournons le dos, ils nous planteront leurs crocs dans la nuque – il avait ri – ou plutôt un poignard entre les omoplates ! Soyez toujours sur vos gardes, Faurel ! »

Je les avais observés. Ils étaient silencieux, hiératiques, même. Ils s'agenouillaient plusieurs fois par jour pour dire leurs prières. Ils m'obéissaient sans rechigner, mais il y avait tant d'opacité et peut-être de défi ou de désespoir dans leurs yeux que j'avais évité autant que possible de leur donner des ordres.

Ils s'étaient battus avec un héroïsme exemplaire, chargeant les premiers à la baïonnette quand les munitions venaient à manquer. Ils étaient morts sans un cri, et les blessés n'avaient pas même appelé à l'aide. Leur sacrifice avait été inutile : les Prussiens avaient obtenu la reddition de l'Empereur.

Le capitaine Rollin m'avait murmuré en désignant les quelques tirailleurs survivants :

« Ceux-là se souviendront de notre défaite, et si nous les laissons rentrer chez eux, ils raconteront partout dans le bled que l'on peut nous vaincre. Et comme ils n'ont jamais accepté notre conquête, ils se prépareront à la revanche de 1830. Quarante ans, ce n'est rien pour eux. Ils connaissent tous le nom d'Abd el-Kader, l'émir rebelle. Et leurs pères savent comment le général Bugeaud les a enfumés dans des grottes comme s'il s'agissait d'animaux. »

Rollin avait haussé les épaules :

« Ils le sont, ils le sont ! Il faut les dresser. Et se méfier d'eux, toujours, car ils ont tôt fait de devenir enragés. »

Je les avais regardés : assis, jambes croisées, immobiles sous la pluie, prostrés.

Puis la déroute nous avait séparés.

J'avais marché vers Nancy, puis Paris, au milieu des soldats débandés dont beaucoup avaient jeté leurs armes.

Quand nous entendions le galop des chevaux, nous nous égaillions comme des étourneaux. La plupart couraient à travers champs, cherchant à gagner les sous-bois. Mais, souvent, des patrouilles de uhlans surgissaient de la forêt et les rabattaient vers le gros de la cavalerie prussienne qui avait continué de chevaucher sur la route.

Ils étaient pris, battus du plat de la lance, piqués de sa pointe, attachés l'un à l'autre, poussés par les chevaux des uhlans. Ceux-ci se moquaient d'eux, les traitaient comme on fait avec un troupeau de nègres conduits en esclavage.

J'ai eu honte.

J'avais échappé plusieurs fois à la capture en me jetant dans le fossé qui bordait la chaussée.

J'avais entendu au-dessus de moi les voix gutturales, les rires, les ordres. Les sabots des chevaux avaient écrasé l'herbe à quelques centimètres de mon visage.

J'avais voulu me fondre dans la boue pour ne pas être fait prisonnier, échapper à ma condition de vaincu. Avant de me redresser, j'avais attendu que la nuit tombe, que le silence rayé par l'averse recouvre la campagne.

Alors seulement je m'étais remis en route dans cette obscurité si dense que je ne voyais même pas la chaussée. Au loin vacillaient la lueur d'une ferme isolée ou celles d'un village dont je devais m'écarter.

Durant ces marches nocturnes, j'ai pensé, comme on s'accroche à un espoir, à mon frère Louis qui, aux dernières nouvelles que j'avais reçues, croisait, à bord de son navire *L'Atalante*, dans ces mers dont il disait qu'elles étaient de l'argent terni rehaussé par les miroitements de l'or.

Il jetait l'ancre dans les baies et les golfes de Cochinchine, de l'Annam, du Tonkin. Les détachements de fusiliers marins quittaient *L'Atalante* pour remonter des fleuves et accrocher notre drapeau aux palissades en bambous des fortins, aux toits des pagodes dont ils avaient fait la conquête.

Eux n'étaient pas vaincus.

J'ai marché en rêvant à cette revanche qu'il nous faudrait prendre dans dix ou quarante ans.

Je me suis souvenu presque à chaque pas des propos du capitaine Rollin.

Entre les hommes, entre les peuples prévalait seule la force. Les uns voulaient prendre leur revanche sur nous parce que nous les avions conquis et que la révolte d'Abd el-Kader avait été brisée. Et moi, je voulais effacer la honte de notre défaite, imposer notre loi à d'autres peuples en attendant de pouvoir chasser les uhlans dont, tout au long de ces nuits de marche, je guettais l'approche.

Les lettres que j'ai adressées à mon frère Louis et à mon père, retrouvées et rassemblées après leur mort, celles qu'ils m'envoyèrent et que je joins aux miennes, quelques autres aussi que j'ai écrites à tel ou tel de mes amis, que je n'ai pas expédiées ou dont ils m'ont, à ma demande, donné copie, ainsi, enfin, que certains passages de mon journal, reflètent mes pensées et mon existence d'alors.

Je n'y ai pas changé un mot, même si j'ai souvent été honteux de ce qu'ils rapportent de ma vie ou de mes pensées.

Charles FAUREL,
Tamanrasset, septembre 1900.

2

Lettre de Charles Faurel à son frère Louis

Paris, le 20 juillet 1871.

Mon cher frère,

À toi je veux tout dire.

Sache que j'ai pour maîtresse depuis deux mois déjà une négresse du nom de Kallima.

Te souviens-tu que le mot *kallos*, en grec, signifie beauté ? Mon ami, le lieutenant de vaisseau Lucien de Chalmont – il t'a connu à l'École navale – ne l'appelle que la Vénus callipyge. Ton dictionnaire de grec ou ta mémoire te diront que *pugé* se traduit par fesse… et tu comprendras quel est le vaste siège de mon bonheur !

Chalmont, qui est assidu à la Société de Géographie et à celle d'Anthropologie, affirme que cette particularité – « curieuse et capricieuse », comme disent les savants – rapproche ces négresses callipyges des singes. Il a voulu m'entraîner au musée de l'Homme pour que je puisse comparer les attributs de Kallima à ceux du corps d'une négresse, moulé au début du siècle et exposé dans les vitrines.

J'ai refusé d'aller, comme la foule, m'agglutiner devant cette Vénus hottentote qui fut, dit-on, une prostituée célèbre à Londres et Paris, ardente et très recherchée pour la démesure de ses avantages naturels.

Ceux de Kallima me comblent et la manière dont elle me les offre, avec une fougue animale, me fait oublier toutes les femmes que j'ai connues avant elle.

Te souviens-tu de ces pimbêches qui nous regardaient derrière leur éventail, leur corps osseux serré dans des corsets et bustiers dont on n'avait aucune envie de dénouer les lacets ?

Quant aux filles que j'ai pratiquées dans les maisons des villes de garnison, elles étaient si lasses et poussiéreuses que je préférais une longue course à cheval plutôt que de les enfourcher quelques minutes.

Tu me trouveras peut-être bien gaulois.

Mais tu as de la chance, si j'en crois Lucien de Chalmont qui occupe je ne sais quel poste au ministère de la Marine, de te battre victorieusement contre les Chinois ! Et j'imagine que tu dois caresser la peau, que l'on dit si soyeuse, des femmes annamites !

Ici nos « Pavillons-Noirs » sont ces communards que nous avons dû débusquer barricade après barricade, pourchasser dans le fond des cours, et même, imagine, sous la voûte du Panthéon, entre les colonnes de sa coupole !

Nous avons été aussi impitoyables que tu l'es sans doute avec tes Pavillons-Noirs chinois. Mais, ici, c'était sans plaisir, avec une rage amère, comme si on ne nous avait laissé pour gloire que celle, frelatée, d'une guerre civile.

Elle a été affreuse et terrible. On a beaucoup fusillé dans la cour de la caserne Lobau, dans les jardins de la tour Saint-Jacques. Et nos sauvages ont mis le feu à tout ce qu'ils ont pu : Tuileries, Hôtel de Ville… Et cela, sous l'œil goguenard des Prussiens, méprisants et repus d'avoir dévoré notre Alsace et notre Lorraine.

Heureusement, il y a Kallima.

Je ne l'ai pas cherchée.

Elle est venue à moi comme ces chiens perdus qui errent dans les rues et qui se mettent tout à coup à suivre un passant qu'ils ont flairé et reconnu pour maître.

Cela s'est passé ainsi.

J'étais à la tête de ma compagnie, composée de fantassins bretons et de quelques tirailleurs algériens survivants des batailles de Wissembourg, de Frœschwiller et de Sedan.

Nous avions chaud et soif.

Cette dernière semaine de mai 1871 était estivale et nous suions sous nos uniformes de gros drap noir. Les communards et les femmes qui combattaient à leurs côtés avaient au moins la chance d'être en blouse, dépoitraillés, de mourir le corps libre de l'entrave des ceinturons, du poids des cartouchières, des gibecières, des shakos et des épaulettes.

Quand nous les embrochions, quand nous les fusillions à bout portant, nous voyions leurs torses nus, leurs seins ; le sang jaillissait rouge, sous nos yeux, et nous tachait.

Nos blessés, eux, souffraient et mouraient engoncés, prisonniers de leurs uniformes.

Peut-être est-ce cette différence qui nous mettait en rage.

Alors nous brisions les portes des maisons et les crânes de leurs occupants à coups de crosse et de chassepot. Nous ne regardions qu'après les avoir exécutés si ces hommes et ces femmes que nous allions enfouir dans des fosses communes – j'ai vu des mains dépasser de celles creusées dans les jardins de la tour Saint-Jacques – avaient l'épaule meurtrie par le recul de la crosse et les mains noircies de poudre.

Le commandant Rollin – notre défaite face aux Prussiens lui avait valu de passer du grade de capitaine à celui de commandant – me disait que cela lui rappelait la manière dont, en Algérie, en 1868-1869, il avait, avec son régiment, réprimé les émeutes provoquées par une terrible famine.

« Si quelqu'un m'avait prédit que je traiterais les Parisiens comme les habitants d'un douar rebelle après que les Prussiens auraient fait prisonnier l'Empereur et nous auraient arraché l'Alsace et la Lorraine, j'aurais fait interner ce fou. Et pourtant – nous parlions devant des dizaines de cadavres de communards fusillés – j'ai fait mieux ici, Faurel, qu'en Kabylie. Mais – avait-il conclu en haussant les épaules – chaque peuple a ses sauvages… »

C'est peu après, alors que nous achevions de reconquérir les quartiers du Nord et de l'Est, autour du Père-Lachaise, que j'ai vu s'avancer cette négresse dont le dandinement obscène faisait pousser des cris à nos fantassins.

Elle s'est approchée de moi et, tout à coup, elle s'est agenouillée, m'enserrant les cuisses entre ses bras nus, puis elle m'a baisé la main. Elle m'avait choisi pour maître.

« Laissez-la donc à nos tirailleurs, Faurel », m'a dit le commandant Rollin.

Il avait croisé les bras en considérant la négresse et les fantassins arabes qui ressemblaient à des loups avec leurs babines retroussées.

Il me semblait voir la bave du désir humecter leurs lèvres.

« Ils s'y connaissent en Nègres ! avait ajouté Rollin. Les Arabes étaient les pourvoyeurs les plus acharnés des grands négriers. Ils vont se passer la Négresse, puis vous la retrouverez dans un zoo. Elle fera merveille, accroupie. On se pressera pour la contempler. »

Mon cher Louis, j'ai répondu – et je m'en suis moi-même étonné – que j'allais prendre cette femme sous ma protection.

Je te mentirais en te disant que j'étais guidé par un quelconque souci humanitaire, même si le commandant Rollin crut que ma réaction était celle d'un bon catholique.

Il s'est moqué de moi, m'accusant d'avoir l'âme d'un « missionnaire » plutôt que celle d'un soldat, et m'assurant que quelques mois de service en Algérie, en Cochinchine ou au Sénégal suffiraient à m'ouvrir les yeux. Nous n'avions en commun avec ces races-là que la condition de bipèdes.

« Et encore, Faurel, vous avez vu votre négres[illegible] vous l'avez vue marcher ? Elle ne se tient debout que parce que ici ce n'est pas la mode d'avancer à quatre pattes ; sinon, croyez-moi, ce serait plus commode pour elle, car soulever ses fesses doit exiger un effort surhumain – bestial, si vous préférez ! »

J'ai laissé dire le commandant Rollin et ai fait mine de ne pas entendre les ricanements des fantassins.

Mes cuisses étaient enveloppées par la chaleur de Kallima qui se pressait contre moi, seins écrasés, bras noués.

Je l'ai forcée à se redresser et j'ai pu alors jauger l'attirante difformité de son corps.

Mais sans doute ce que je te dis là ne doit-il pas t'étonner, toi qui, d'escale en escale, d'un continent à l'autre, as dû goûter à toutes les mixtures.

Kallima a été mon premier breuvage étrange, ma première ivresse.

Je l'ai conduite chez moi et, dès que nous avons été seuls, avant même que j'eusse enlevé mon shako, elle s'est mise nue et allongée. Je n'avais jamais vu formes plus belles et plus puissantes – celles d'une vénus callipyge, en effet.

Je l'ai regardée comme si j'avais devant moi une nature encore vierge, celle des origines avant que nous ne l'ayons corsetée et affadie.

Elle m'a comblé. Et j'en ai oublié notre défaite, notre amputation de deux provinces, jusqu'à notre guerre civile.

…e appris autour de moi que j'hébergeais …gresse dont de bonnes âmes, soucieuses de …u et de ma santé, me disaient qu'elle avait … maîtresse d'un peintre alcoolique et communard, puis pensionnaire d'une « maison », et que j'allais, à la fréquenter, être rongé par la maladie – même si, par miracle, je ne succombais pas à la syphilis, je serais immanquablement ravagé par une vérole encore plus pernicieuse.

On risquait en outre, à s'accoupler ainsi avec des races inférieures, une contagion morale qui détruisait, chez l'homme blanc, les vertus de sa race : la volonté, l'énergie, le sens de l'ordre et du commandement.

Rollin prétendait l'avoir constaté plusieurs fois en Algérie et en Cochinchine. Des officiers de valeur, promis au plus brillant avenir, étaient gangrenés dès lors qu'ils vivaient avec une Arabe, une Noire ou une Jaune.

« C'est par la femme que les races inférieures ont raison des supérieures. Lisez les historiens de l'Antiquité, mon cher. L'Empire romain a été corrompu par les femmes barbares et les esclaves. »

Notre ami Lucien de Chalmont se contentait de me dire qu'il me fallait prendre garde durant mon sommeil aux appétits de Kallima.

Il avait recueilli les récits de marins et d'explorateurs qui racontaient comment, lors de leurs remontées des fleuves, ils avaient rencontré des anthropophages, vu des femmes rentrer chez elles, pour les faire rôtir, avec le bras ou la jambe d'un prisonnier que l'on venait de découper.

Chalmont prétendait même que, lors d'une de ses escales sur la côte africaine, au sud du tropique du Capricorne, un chef de tribu lui avait offert pour son dîner un jeune Nègre ficelé comme un saucisson, en lui vantant la chair tendre de ce malheureux.

Tu ne m'as jamais raconté de tels épisodes, mon cher frère, mais Chalmont m'a juré qu'il disait vrai.

À l'une des séances de la Société d'Anthropologie à laquelle j'ai assisté avec lui, il n'a été question que de cannibalisme, de sacrifices rituels, de tombes de chef arrosées du sang des immolés, du festin de chair humaine qui s'ensuivait.

Je devais donc, à entendre Chalmont, me méfier de Kallima et de ses instincts anthropophages.

Malgré ses avertissements et ses récits, je n'ai jamais éprouvé la moindre appréhension.

Pour ce qui est de la sauvagerie, je puis te confesser qu'à Sedan, puis tout au long de notre retraite, et, pour finir, durant l'assaut que nous avons donné contre les barricades communardes au cœur même de Paris, nous étions passés maîtres en matière de carnages !

Dois-je te l'avouer ? Je n'ai aucune envie de me séparer de Kallima qui me semble aussi fidèle qu'un de ces gros chiens qui couchent au pied du lit de leurs propriétaires. Ce que fait Kallima. Et ce n'est pas pour me déplaire !

Je ne peux te dire à quel moment elle me lassera. Peut-être entendrai-je les appels à la raison du commandant Rollin et de Lucien de Chalmont ?

Pour l'heure, sa présence exotique aiguise encore mon désir de départ vers ces mers et ces terres que tu parcours.

Je ne souhaite pas rester dans un pays mutilé par la défaite, blessé par la guerre civile. J'espère lui rendre sa gloire en lui rapportant des conquêtes lointaines.

En somme, je veux t'imiter, mon frère bien-aimé.

Je t'embrasse,

Charles.

3

Lettre d'Alphonse Faurel à son fils Charles

Versailles, le 8 octobre 1871.

Mon cher Charles,

J'ai reçu ce matin une lettre du commandant Rollin. Elle m'a meurtri, comme père et comme officier.

Le commandant Rollin me fait part de ton comportement connu de tout le régiment.

Il me fait comprendre que seuls notre nom et mon rang l'ont retenu de t'infliger des sanctions sévères. Si tu t'obstinais, son devoir exigerait qu'il te condamne.

Tu risquerais non pas seulement des arrêts de rigueur, mais, par la stricte application du règlement, ton exclusion de l'armée.

J'avais appris avec fierté ton inscription au tableau d'avancement, fruit de ta brillante conduite au feu contre les Prussiens, puis face à la sédition de la populace parisienne.

Mais je me sens aujourd'hui blessé, humilié.

Tu as trahi, dans un mouvement d'égarement, je veux le croire, le nom des Faurel.

Tu portes atteinte à notre honneur, le mien, celui de ta mère – je la tiens à l'écart de cette affaire, car je sais qu'elle serait désespérée si elle en apprenait les détails –, et tu nuis à ton frère.

Comment lui – et moi, il va sans dire – pourrions-nous continuer de servir aux postes les plus élevés de notre armée, comment nos chefs pourraient-ils nous faire confiance s'il s'avérait que nous avons été incapables de te transmettre les vertus les plus élémentaires ?

C'est la vie de tous les Faurel que tu entaches.

Mais il y a plus grave encore à mes yeux. Tu trahis notre race et notre civilisation.

S'il te reste un peu de raison et de lucidité, si tu n'es pas envoûté par je ne sais quelle sorcellerie – on me dit les Nègres habiles en ces diableries – ou emporté par la folie animale des sens – écrire cela à mon fils me coûte plus que tu ne peux l'imaginer –, médite ce que je vais te rapporter et qui, je l'espère, t'éclairera.

J'ai participé il y a quelques années, comme major représentant le corps de santé militaire, aux travaux que conduisait mon collègue et ami le docteur Pautra, président de la Société de Chirurgie et de la Société d'Anthropologie.

Pautra a pratiqué, souvent en ma présence, de nombreuses dissections de cadavres d'hommes et de femmes de toutes races.

Je me souviens qu'un jour du mois d'août, sans doute en 1869, pendant les grandes chaleurs, il m'a demandé de l'assister dans le dépeçage et le décervelage de deux cadavres, l'un d'un homme blanc, l'autre d'un homme noir.

Nous avons autopsié ces corps qui commençaient à se putréfier. La pulpe cérébrale était trop molle pour se prêter à l'étude des circonvolutions. Mais nous avons lavé les cerveaux et nous les avons égouttés et pesés. Puis, avec les instruments que Pautra avait mis au point – un craniographe, un craniophore, un cranioscope –, nous avons étudié les crânes, après les avoir nettoyés, afin de pouvoir mesurer les cavités cervicales.

Les conclusions étaient évidentes et confirmaient toutes les études précédentes.

La masse de l'encéphale chez les hommes de race blanche est plus considérable que chez les hommes de race noire.

Je te livre les chiffres obtenus :

En moyenne, la capacité crânienne chez les hommes blancs est de 1 560 cm^3 et seulement de 1 405 cm^3 chez les Noirs d'Afrique. Elle est de 1 510 cm^3 chez les Asiatiques.

Tels sont les faits scientifiquement établis.

Pautra et tous les savants s'accordent ainsi à penser qu'il y a bel et bien des races supérieures et des races inférieures.

Il te suffit d'ailleurs de consulter à l'article *Nègre* la première édition du dictionnaire de Pierre Larousse, pour y lire : « Un fait incontestable et qui domine tous les autres, c'est que les Nègres ont le cerveau plus rétréci, plus léger et moins volumineux que celui de l'espèce blanche. »

En t'accouplant au su de tous avec cette Négresse dont le commandant Rollin, à mots couverts, retrace la vie dissolue – bestiale –, tu commets à la fois une trahison et un sacrilège.

Tu as des devoirs envers la race supérieure à laquelle tu appartiens.

J'ai lu dans ma jeunesse *l'Essai*, de Joseph-Arthur de Gobineau, *sur l'inégalité des races humaines*. Je n'ai jamais oublié ce qu'il y écrit : « Toute civilisation découle de la race blanche, aucune ne peut exister sans le concours de cette race. »

La science confirme aujourd'hui ce qui pouvait n'apparaître alors que comme une intuition ou une opinion.

En te comportant comme tu le fais, tu abandonnes ton rang et tu oublies les devoirs qui lui sont attachés.

Tu fais pire : tu trompes et abuses un être inférieur et tu t'interdis ainsi – là serait ton devoir d'homme blanc – de la guider, et de la commander.

Mais elle se venge en t'abaissant, en te corrompant, en t'entraînant dans sa bestialité.

Et tu bouleverses les frontières de l'ordre hiérarchique tel qu'il a été voulu par Dieu. Là est le péché capital.

Je ne reviens pas sur la blessure et la souffrance que tu nous infliges ni sur les dommages que tu nous causes.

J'exige donc que tu rompes, dès réception de ma lettre, avec cette femelle.

Paie, s'il le faut, son voyage de retour dans sa tribu, si du moins elle sait d'où elle vient.

Le commandant Rollin est d'ailleurs prêt à te proposer plusieurs solutions.

Je lui écris par le même courrier qu'il doit, dans les dix jours, si tu persistes, t'appliquer les sanctions que tu mérites.

Ton destin et notre honneur sont entre tes mains,

Ton père, le major général
Alphonse FAUREL.

4

Lettre de Lucien de Chalvon à Charles Faurel

Toulon, le 15 novembre 1871.

Mon cher Charles,

Je suis à Toulon depuis deux jours. Je me suis acquitté de la mission que tu m'as confiée.

Tu peux être rassuré : « Elle » est vivante. Je l'ai vue.

Ma qualité de lieutenant de vaisseau et surtout mes fonctions au ministère de la Marine m'ont ouvert toutes les portes. On s'est aussi souvenu, à l'Amirauté et à la Préfecture maritime, que l'un de mes oncles, François de Chalvon, avait commandé il y a quelques années l'escadre de Méditerranée.

J'ai pu consulter les registres de la gendarmerie et le rôle des différents navires.

J'ai d'abord appris que le voyage depuis Paris avait été difficile.

Ta Vénus callipyge, ton Aphrodite noire est aussi un Hercule !

Les deux gendarmes qui l'accompagnaient – requis par le commandant Rollin, j'ai lu leur feuille de route – ont dû la menotter.

Ils disent dans leur rapport : « La négresse Kallima s'est jetée sur nous, nous a profondément mordus en poussant des rugissements qui ont effrayé tous les voyageurs. Nous avons dû l'entraver et la menotter. Elle a continué de nous mordre. Elle paraissait enragée, les yeux exorbités et rouges, de la bave au coin de ses lèvres. Nous l'avons bâillonnée. »

Mon cher Charles, lorsque je te mettais en garde contre les risques que tu prenais, je n'exagérais pas.

Te souviens-tu de l'anecdote que je t'ai contée, de ce chef de tribu qui, en me présentant un homme ligoté, me disait : « Tuez-le pour votre souper. Il est tendre et gras, et vous devez avoir faim » ? Tu as dormi auprès d'une femelle anthropophage ! En un claquement de mâchoires, elle aurait pu te transformer en eunuque, et tu aurais eu ta place dans les harems de l'Empire ottoman ! Je ne crois pas que ce soit ce que tu souhaites...

Tu as donc échappé, en acceptant qu'on te débarrasse d'elle, à un péril bien plus grand que des arrêts de rigueur ou une exclusion de l'armée.

Quant à ta Kallima, les gendarmes maritimes, qui ne sont pas des tendres, l'ont embarquée sans beaucoup d'égards, à ce que j'ai compris, à bord du *Colbert*, un navire de transport qui doit appareiller dans quelques jours pour Alger. Après cette escale, il poursuivra sa route, m'a-t-on dit à la Préfecture maritime, d'abord vers Gorée, au Sénégal, puis peut-être même au-delà.

Je me suis rendu à bord.

Tu ne peux imaginer la joie que j'ai d'abord éprouvée à arpenter à nouveau le pont d'un vaisseau, à entendre les sifflets des gabiers, à sentir cette odeur de goudron et de sel.

Le pont du *Colbert* grouillait d'une foule bigarrée, composée pour la plus grande part de familles alsaciennes et lorraines qui avaient décidé – ou qu'on avait convaincues – de se rendre en Algérie. Elles m'ont paru plus désorientées – et même abattues – qu'enthousiastes.

Elles ne croyaient déjà plus à la France africaine, à la France nouvelle que leur avait vantée Mgr Lavigerie, l'archevêque d'Alger, en leur promettant des « terres plus abondantes et plus fertiles que celles que vous avez laissées entre les mains de l'envahisseur ».

Il faut dire qu'entre les propos de Mgr Lavigerie – on m'a montré la lettre pastorale qui leur avait été adressée – leur disant : « Venez, nous sommes tous prêts à vous accueillir comme des frères, à faciliter vos travaux, à vous consoler de vos douleurs, venez : en contribuant à établir sur ce sol encore infidèle une population laborieuse, morale, chrétienne, vous en serez les apôtres devant Dieu et devant la patrie » – et l'attitude du commandant du *Colbert*, Menez, il y avait un abîme !

Ce Menez est un homme petit et maigre, noiraud, avec d'énormes favoris grisonnants qui lui mangent le visage. Je l'ai entendu houspiller – pour ne pas dire insulter – ces malheureux émigrants, nos compatriotes des provinces perdues.

Les marins ne se montraient guère plus aimables, bousculant les familles qui les gênaient dans le chargement de la cargaison.

Le commandant ne m'a même pas laissé me présenter à lui.

« Je suis maître à bord, a-t-il hurlé ; que vous soyez fils ou neveu d'amiral, je m'en fous ! Je sais que vous venez pour la négresse. On m'a prévenu. Mon bateau n'est pas un bordel, on devrait savoir cela même au ministère de la Marine ! Je l'ai enfermée, les fers aux pieds. Et je la débarquerai à Alger où on en fera ce qu'on voudra. Et si elle brame trop fort, je la fais jeter par-dessus bord. Tâchez de lui expliquer cela ! »

Le marin qui m'a guidé vers la cale m'a expliqué qu'elle avait réussi à échapper aux gendarmes maritimes au moment où ils la déliaient pour la remettre à l'équipage.

Le marin riait :

« Un singe ! Elle a couru sur le pont et commencé à grimper le long des cordages. Quel spectacle ! Elle était quasiment nue. Personne n'a jamais vu ça. Je ne sais pas si c'est une femme, mais elle en a, ça pendouille de partout ! On a cru qu'elle allait sauter, mais les gabiers l'ont finalement rejointe et ceinturée. Il a fallu quatre hommes, deux pour les bras, deux pour les jambes. Elle gigotait sur le pont comme un poisson qu'on vient de tirer hors de l'eau et dont il vaut mieux éviter les coups de queue… et les mâchoires ! Vous savez ce qu'on fait à ces poissons-là : on leur donne quelques coups d'aviron sur la gueule, et après on peut s'en approcher. C'est ce qu'on a fait avec la Négresse. Est-ce qu'on pouvait agir autrement ? C'est pas très beau, de taper sur une femme, mais est-ce que ça, c'est une femme ? »

Mon cher Charles, j'ai trop d'estime pour toi pour dissimuler quoi que ce soit de ce que j'ai vu et entendu.

Le capitaine et l'équipage du *Colbert* ne sont pas gens patients. Ils ont quelques excuses.

Ils avaient à leur bord non seulement ces familles alsaciennes et lorraines, mais aussi une centaine de condamnés à la relégation en Algérie, et d'abord des communards qui avaient échappé au peloton d'exécution, des gens que j'ai trouvé bien paisibles, lisant ou bavardant entre eux. Puis une vingtaine de brutes, des condamnés aux assises pour complicité de meurtre ou pour vol.

Je crois que le désarroi des Alsaciens-Lorrains venait aussi de ce qu'ils avaient découvert, à cause de la présence de ces compagnons de traversée, que l'Algérie était une sorte de dépotoir vers lequel on les poussait en compagnie de rebelles et de criminels.

J'ai hésité à t'écrire la suite. Mais je m'y décide en pensant une nouvelle fois que tu es un homme capable d'entendre la vérité, et qu'il vaut mieux, comme on le fait avec un membre gangrené, trancher dans le vif si l'on ne veut pas que tout le corps pourrisse. Or tu étais menacé de cela. Et tu le sais, puisque tu as choisi la seule solution raisonnable : t'en remettre à ceux qui t'estiment et te donnent leur amitié.

Voilà donc ce que j'ai vu dans cette cale obscure, sentant la sueur animale. Il y avait un réduit, et la négresse était enchaînée, bras et jambes écartés, un anneau serrant chaque poignet, chaque cheville, couchée nue sur une planche située dans un renfoncement à peine éclairé par un sabord.

Les criminels l'entouraient. Et il ne m'a pas été difficile d'imaginer ce qu'ils faisaient à tour de rôle.

Elle avait les yeux ouverts.

Tu sais ce que l'on dit parfois de certains chiens quand ils vous regardent. Ils vous émeuvent comme s'ils voulaient vous parler. J'ai hurlé, j'ai menacé cette dizaine de brutes de les faire fusiller dès leur arrivée à Alger. J'ai prétendu en avoir le pouvoir, et mon uniforme, le ton que j'employais ont paru les impressionner. Ils se sont écartés.

« Ils reviendront, m'a dit le marin. Ils sont comme des rats. On ne s'en débarrasse qu'en les noyant. Mais il y en a d'autres, toujours… »

Il m'a fallu beaucoup insister, et une nouvelle fois menacer, pour obtenir du capitaine Menez qu'il transfère Kallima de la cale à l'entrepont, et la fasse garder jour et nuit par un marin.

Je n'ai quitté le *Colbert* qu'après m'être assuré que ces ordres seraient exécutés.

Je l'ai donc vue une dernière fois. Elle dormait, toujours entravée et menottée.

Dois-je te le dire ? J'ai éprouvé, à la regarder, une émotion qui m'a poursuivi, dérangé.

Elle avait le visage humain d'une jeune fille.

En remontant sur le pont, j'ai croisé ces brutes qui avaient dû commencer à abuser d'elle et qui s'apprêtaient, si je n'étais intervenu, à le faire durant toute la traversée.

Ils étaient blancs, comme toi et moi.

Je n'ai pas été fier d'appartenir à la même race qu'eux.

Qui sont les sauvages, n'est-ce pas ?

Ton ami fidèle,
Lucien DE CHALVON.

5

Lettre de Charles Faurel à son père Alphonse Faurel

Paris, le 7 janvier 1872.

Mon cher père,

Pourquoi vous acharnez-vous contre moi ? J'ai exécuté vos ordres. Il m'en a coûté. Non parce que j'aurais été envoûté, ensorcelé, privé de toute volonté. C'était là votre crainte, n'est-ce pas ?

Les choses étaient plus simples, même si je vous concède que je n'en avais pas mesuré toutes les conséquences. Et je vous remercie de m'avoir contraint à les considérer, puis à prendre aussitôt les mesures que vous exigiez et qui m'ont paru, en effet, raisonnables et indispensables.

Mais, je vous l'avoue sans honte, je m'étais attaché à cette présence.

J'ai vingt-deux ans, cher père, et mon corps a des exigences.

Voulez-vous que je vous décrive les mœurs de mes compagnons d'armes ? Et comment, où et avec qui ils passent leurs nuits ?

Il est à Paris et dans toutes les villes de garnison des lieux où l'on fait oublier aux jeunes hommes que nous sommes leur solitude. Chacun le sait. Tout le monde s'en accommode. C'est le triomphe de l'hypocrisie. Et je n'évoque pas certains de nos chefs qui hantent, la bedaine triomphante, les coulisses des théâtres, en quête de jeunes tendrons au corps svelte, à peine échappés de l'enfance.

Je ne veux pas vivre cela. Le hasard, le destin m'ont fait rencontré cette négresse. Et tout le monde s'en est indigné. Elle était, croyez-moi, sans malice et sans diablerie.

Mon cher père, je vous ai vu si souvent veiller sur le sort de votre cheval ou sur celui de votre chien, flatter l'encolure de l'un et caresser l'autre, pour savoir que vous pouvez comprendre que j'aie pu ressentir des sentiments du même ordre pour un être qui, en effet, j'en suis d'accord avec vous, j'accepte vos preuves, appartient à une race inférieure à la nôtre.

Avez-vous jamais pensé que votre cheval ou votre chien étaient vos égaux ? Et cependant, vous étiez attaché à eux.

Je l'ai été quelques semaines à une Négresse, la belle affaire ! Cela vous gênait ? vous indignait ? Cela risquait de nuire à l'honneur des Faurel et à celui de l'Armée ?

J'ai reconnu sans rechigner le bien-fondé de vos arguments.

Cette Négresse qui vous inquiétait tant a été, par les soins du commandant Rollin, conduite jusqu'à

Toulon, puis, de là, jusqu'à Alger. Je n'en sais pas plus et n'en veux rien savoir. L'affaire est close. Faut-il que j'en sois marqué pour le restant de ma vie d'un signe d'infamie, ou, à tout le moins, qu'on continue de me soupçonner et qu'on me retire la confiance à laquelle j'ai droit ?

J'attends de vous, mon cher père, que vous me donniez une explication à propos de ce que je viens d'apprendre.

Je sors en effet du bureau du commandant Rollin. C'est un homme droit, qui ne sait pas dissimuler.

Il m'a annoncé que notre régiment embarquait à la fin du mois pour l'Algérie. « La rébellion relève la tête en Kabylie », m'a-t-il dit. « Vous vous souvenez, Faurel ? m'a-t-il rappelé. Je vous avais prévenu. Les tirailleurs algériens nous ont vus vaincus par les Prussiens, puis ils nous ont vus nous entre-tuer, incendier nos plus beaux monuments, nous comporter aussi sauvagement qu'eux, comme ils font lorsqu'ils se battent entre bandes rivales, brûlant les mechtas et leurs habitants. Ils ne nous respectent plus et ils ont dans la tête de nous jeter dehors. Il va falloir leur faire comprendre à coups de fusil et de canon que nous restons les plus forts. Bref, Faurel, nous partons en Algérie et nous allons essayer d'étriper ce Mokrani qui se proclame le chef de la rébellion. »

J'étais déjà impatient et joyeux de montrer à nouveau, comme je l'ai fait, et vous le reconnaissez, que je sais commander des hommes sous le feu ennemi.

Rollin m'a étonné quand il a eu un geste paternel qui n'est pas dans sa manière. Il s'est levé, m'a pris par l'épaule et m'a dit :

« Vous n'en serez pas, Faurel. L'Algérie, ce n'est pas pour vous. Vous allez quitter le régiment. Votre affectation n'est pas encore définitive, mais elle sera prometteuse. Et vous le méritez. Sans doute serez-vous nommé dans un état-major ou au ministère de la Guerre. Des gens comme moi vont dépendre de votre bon vouloir selon que vous placerez mon dossier en haut ou en bas de la pile... »

Je n'ai pas eu envie de rire, cher père. J'ai manifesté avec force mon désir de rester avec mes hommes, dans mon régiment, sous les ordres du commandant Rollin.

Le commandant s'est emporté. Il aurait souhaité me conserver auprès de lui, m'a-t-il dit. J'étais l'un de ses bons officiers.

« Votre histoire vous poursuit, Faurel, a-t-il expliqué. On ne veut pas que vous retombiez dans vos noirs marécages. Votre Négresse est en Algérie. On le sait aussi parmi ceux qui se soucient de votre avenir. Ils ne souhaitent pas que vous puissiez succomber à nouveau à la tentation. Et ils ont l'autorité nécessaire pour vous faire muter. À leur place, j'agirais sans doute de même. Ou peut-être vous aurais-je fait confiance ? Mais je n'ai pas de fils, Faurel... »

Autant dire qu'il m'a confirmé ce que j'avais compris, à savoir que vous êtes intervenu pour que je ne puisse suivre mon régiment en Algérie.

Puisque mon comportement vous a blessé, mon cher père, je vous en demande pardon. Reconnaissez que je me suis plié, quoi que j'aie pu ressentir, à vos légitimes exigences.

Mais laissez-moi vous dire à mon tour que vous m'humiliez en m'interdisant de faire mon devoir et en manifestant ainsi le peu de confiance que vous avez en votre fils.

Croyez-vous que je mérite d'être privé du droit de servir ma patrie au moment où elle est affaiblie, amputée, et où elle a tant besoin de tous ses fils ?

Voulez-vous faire de moi le paria de sa génération ?

J'ai passé la soirée d'hier en compagnie de deux lieutenants de vaisseau qui, tous deux, connaissent et apprécient Louis.

L'un, Lucien de Chalvon, est un ami proche. Il vient d'obtenir son affectation à l'escadre que commande l'amiral Dupré en mer de Chine. Il était jusqu'alors au ministère, à l'état-major de la Marine. Mais il ne rêvait que de participer à la conquête de l'Annam et du Tonkin. Il retrouvera donc Louis, peut-être même embarquera-t-il sur *L'Atalante*.

L'autre, Francis Garnier, ne m'était pas inconnu. Nous nous étions côtoyés lorsque, durant cet hiver de 1870, nous avions tenté à plusieurs reprises des sorties pour briser le siège prussien autour de Paris. J'avais admiré sa bravoure et je crois qu'il a de l'estime pour moi. Il a protesté, avec vigueur et éclat, contre la signature de l'armistice. J'ai été plus discipliné que lui : je me suis tu. Mais Francis Garnier, en dépit de son indiscipline, part avec Lucien de Chalvon en mer de Chine pour donner à la France des royaumes qui, sans compenser les provinces perdues, lui apporteront puissance et gloire. Et moi, pour une Négresse, on veut – vous voulez, père – que je reste ici à me morfondre !

Eussiez-vous comme moi écouté Francis Garnier, vous seriez convaincu que si vous souhaitez me soustraire aux corruptions de la vie, il vous faut me laisser respirer librement l'air vivifiant des hautes ambitions patriotiques !

À notre dîner d'adieu d'hier soir participait aussi un jeune missionnaire – mon âge, tout au plus –, le père Dominique Orabona. Il rentrait du Tonkin et s'apprêtait à y repartir. Il est l'un des prêtres les plus proches de l'évêque de Ke So, Mgr Puginier.

J'ai appris, en l'écoutant, que cette mission catholique de quelques hommes a réussi à convertir des dizaines de milliers de Tonkinois et d'Annamites, et que nous avons désormais des devoirs nouveaux à l'égard de ces populations qui ont adopté notre foi.

Le père Dominique Orabona a parlé avec tant de détermination qu'il m'a enthousiasmé.

Croyez-vous que je ne sois pas capable de comprendre et de partager les idées, la foi d'un Orabona, d'un Lucien de Chalvon ou d'un Francis Garnier lorsqu'ils disent, je résume les propos du dernier : « Un pays comme la France, quand il pose le pied sur une terre étrangère et barbare, doit-il se proposer exclusivement pour but l'extension de son commerce et se contenter de ce mobile unique : l'appât du gain ? Cette nation généreuse dont l'opinion régit l'Europe civilisée et dont les idées ont conquis le monde, a reçu de la Providence une plus haute mission, celle de l'émancipation, de l'appel à la lumière et à la liberté des races et des peuples encore esclaves de l'ignorance et du despotisme… »

Pourquoi voulez-vous m'empêcher de manifester, en participant à cette œuvre en Algérie ou au Tonkin, l'amour de la Patrie qui me dévore et pour lequel je me suis montré, face à l'ennemi, prêt à sacrifier ma vie ?

Pourquoi m'interdire de rejoindre mon frère Louis ?

Pourquoi voulez-vous ensevelir mon destin, qui commence seulement, sous la poussière noire de ces quelques semaines que vous appelez de déraison et que je nomme, moi, d'imprudence !

Laissez-moi prouver que tout cela est le passé et que mon avenir se confond avec celui de la Patrie.

Votre fils,
Lieutenant Charles FAUREL.

6

Lettre de Louis Faurel à son frère Charles

À bord de *L'Atalante*, en rade d'Haiphong,
le 17 mars 1872.

Mon cher frère,

Si tu le veux, tu peux t'échapper de notre vieille France et me rejoindre ici.

Mais es-tu prêt à payer le prix de ton évasion ?

J'ai reçu il y a quelques jours, à bord de *L'Atalante*, nos amis Lucien de Chalvon et Francis Garnier. Avec la discrétion et la pudeur de la véritable amitié, ils m'ont parlé de toi, de ton impatience, des difficultés que tu rencontres.

J'ai écrit à notre père pour qu'il cesse de faire obstacle à ton désir de suivre ton régiment en Algérie.

Je me suis porté garant de ta sagesse retrouvée.

Dois-je te dire que ta lettre du mois de juillet dernier – que je n'ai reçue que trois mois plus tard, lorsque nous avons enfin jeté l'ancre dans la baie de Tourane après avoir croisé le long des côtes de l'Annam et du Tonkin – m'avait effrayé.

Je n'ai pas aimé ta désinvolture et ton cynisme.

J'ai craint ton imprudence et ton inexpérience.

J'ai soupçonné ta naïveté.

J'ai condamné ta soumission à l'appétit des sens.

Je me suis révolté contre l'avilissement que représentait ton concubinage – y a-t-il un autre mot ? – avec cette Négresse.

Il y a toujours péril à se lier à un être inférieur.

J'ai vu de nombreux camarades succomber à cette tentation, et s'y détruire.

Et, cependant, si tu voyais nos femmes annamites, tu serais séduit par leur élégance, leur raffinement, leur soumission silencieuse. Ce sont – j'ai si souvent entendu ces expressions que je les emploie pour t'en souligner le ridicule – de petites statuettes d'ivoire, des bibelots précieux qu'on garde près de soi et qu'on convoque au gré de ses besoins, et elles s'exécutent aussitôt, silencieuses et obéissantes.

Mais ce sont en fait des serpents perfides qui se lovent dans le lit de leurs amants pour mieux les empoisonner ou les étrangler, c'est selon.

Ta Négresse – dont Lucien de Chalvon m'a dressé un portrait... en pied, avec ses attributs phénoménaux – était sûrement moins perverse et moins dangereuse.

Ton aventure est close, me dit Chalvon : il m'a raconté l'embarquement à bord du *Colbert*, dont je connais le commandant Menez – un brave homme ! Tant mieux.

Mais venons-en à ta situation. Peut-être s'est-elle déjà dénouée et te trouves-tu en Algérie à la tête de tes hommes ?

Si ce n'est pas le cas, je peux t'offrir une issue au cas où tu souhaites vraiment quitter Paris, les bureaux et leurs routines, une nation humiliée qui ne peut recouvrer sa force et sa grandeur qu'en se tournant vers d'autres horizons.

Nous en avons longuement débattu avec Chalvon et Garnier. Nous sommes évidemment tombés d'accord.

Il y a des continents à conquérir, ici, en Afrique, dans l'océan Indien, dans le Pacifique.

Que diable, nous avions déjà bâti un empire colonial, du Québec à Saint-Louis du Sénégal et jusqu'en Louisiane ! Il a fallu l'aveuglement de nos rois et celui de Napoléon, les futilités des mondains parisiens, la haine de l'Angleterre pour nous l'arracher.

Nous devons en construire un autre, plus vaste.

Nous autres marins savons cela, connaissons les horizons vers lesquels nous pouvons et devons nous diriger. Il y a le Tonkin, au nord de l'Annam, et c'est à lui que pense Francis Garnier qui a de l'amitié pour toi. Il t'a vu combattre lors du siège de Paris et s'indigne qu'on n'utilise pas ton énergie outre-mer, ou bien que tu la dilapides dans les chaleurs animales d'une Vénus callipyge.

Il fait chaud, ici. Nous sommes à l'ancre – *stationnaires*, comme nous disons, dans la baie d'Haiphong.

Je t'écris, bercé par le roulis, installé sur la dunette de *L'Atalante*.

Nos gabiers ont tendu, de bâbord à tribord, entre les bastingages, une tente qui nous protège du soleil gris.

La chaleur est moite, celle d'un bain turc. Le thermomètre marque, à l'ombre et au vent, 37 °C.

Une brume humide nous écrase. En t'écrivant, je transpire.

Les matelots sont allongés sur le pont, là où ils peuvent trouver un peu d'ombre, car même si le soleil est voilé par cette vapeur qui semble monter de la mer, il brûle.

J'ai plusieurs matelots malades, victimes d'insolation, grelottant de fièvre. Ils déambulent tête basse, la figure creusée et jaunie.

Cela sera, si tu viens, le premier prix à payer.

Certes, le paysage séduit par sa pureté. Si je lève les yeux, j'aperçois des plages immenses et blanches, une nuée de jonques de pêcheurs – ou peut-être de Pavillons-Noirs, mais ici tout est à double face... À l'horizon, des montagnes qui forment un fond sombre, une chaîne puissante encastrée dans une lumière bleue, comme une invite à s'enfoncer dans les terres, à remonter les rivières pour atteindre ce qui semble être un lieu frais, vif et lumineux.

Tromperie encore, car, nous rapporte un voyageur comme Jean Dupuis, la forêt y est dense, étouffante, on y est en permanence menacé par les insectes, la fièvre. On y patauge dans des marigots dont les sangsues vous pompent le sang. Et alors on ne rêve plus qu'à la mer dont on voit au moins la surface et qui paraît, depuis ces pentes, une fraîche immensité, un pur lieu de villégiature.

Voilà donc ce que me rapporte ce Jean Dupuis. Et je veux maintenant te parler de lui.

Il est prêt à t'accueillir ici et à faire de toi son bras droit si tu te montres conforme à ce que j'ai dit de toi ; je t'ai présenté tel que je te vois et te souhaite, courageux, déterminé, patriote, soldat ayant l'expérience du combat. Et capable d'audace.

Pour lui, ton aventure – dont je lui ai parlé, car j'imaginais bien quel serait l'effet de ce récit – révèle des qualités, comme le refus des préjugés et des conventions, qui lui paraissent nécessaires dans les activités qui sont les siennes.

Et ce sera le second prix, énorme, à payer : il te faudra te mettre en congé de l'Armée.

Tu es le seul à savoir si tu es prêt à ce sacrifice.

Je ne te conseille rien.

Mais, aux côtés de Jean Dupuis, tu serviras la France beaucoup mieux que dans les bureaux du ministère de la Guerre, puisque c'est à cela qu'on te destine !

Et pourtant, Dupuis n'est qu'un marchand. Mais il arbore sur ses jonques le drapeau tricolore et se comporte en fait comme notre avant-garde.

L'amiral Dupré le lui a fait comprendre : s'il gagne des territoires à la France, nous ne le remercierons pas, tout en les récupérant. S'il échoue, s'il est fait prisonnier ou tué, nous l'oublierons.

Naturellement c'est un homme d'argent, et cela déplaît à Francis Garnier qui, comme moi, n'entend pas limiter l'action de la France au commerce.

Mais celle de Dupuis est une aventure qui exige courage et presque abnégation.

Il gagne gros, mais, pour l'avoir écouté, je sais – et il sait – que ce qui le guide, ce n'est pas l'appât du gain, mais le désir d'aller toujours plus loin au service de la France.

Il a appris le chinois à Han-Kéou où il s'est installé il y a une dizaine d'années.

Il a remonté et descendu le fleuve Rouge des dizaines de fois avec des jonques remplies d'armes qu'il vendait – moyennant notre accord – au général chinois Ma qui réprimait une rébellion au Yunnan.

Grâce à l'appui chinois, Dupuis a poussé ses pions – nos pions – en Annam, puis au Tonkin.

Les Annamites le détestent. Ils ont vu en lui à la fois l'homme des Chinois et notre avant-garde. Il a été menacé par les mandarins de l'empereur d'Annam, Tu Duc. Des généraux – chinois ceux-ci, mais rivaux de Ma – l'ont attaqué. Il s'est défendu contre eux, contre les Pavillons-Noirs, jaunes, ou contre les Taipings.

Notre race, tu l'auras sûrement déjà constaté, est ainsi faite de beaucoup de pleutres et de prudents, et de quelques hommes téméraires qui la tirent en avant.

Dupuis est de ceux-ci. Mais ce sont des hommes qui dérangent.

Il s'est rendu à Paris pour expliquer son action. Je l'ai vu à son retour. C'est à peine s'il avait pu se faire écouter par un ou deux ministres qui ne l'avaient pas officiellement reçu. Il ne fallait pas indisposer l'Angleterre, inquiéter la Prusse, heurter l'opinion… Ils l'avaient écouté debout, tenant la porte entrebâillée, sans oser le faire entrer pour de bon dans leurs bureaux.

Il était indigné, mais plus déterminé que jamais à forcer la main à ceux qu'il appelait des « nains qui ne méritent pas le nom de Français ». D'ailleurs, comment pouvait-on faire confiance à ces gens-là qui avaient accepté la capitulation, s'étaient agenouillés devant la Prusse, la laissant proclamer dans la galerie des Glaces, dans notre château de Versailles, l'Empire allemand !

En me disant cela, il serrait les poings et, je t'assure, avait des sanglots dans la voix.

Il est d'ailleurs reparti aussitôt pour la Chine en remontant une nouvelle fois le fleuve Rouge.

Je ne prétends pas que cet homme soit désintéressé. Mais ce marchand a un peu des qualités d'un officier, d'un explorateur, d'un missionnaire, et même d'un médecin car il emporte toujours avec lui des médicaments qu'il distribue en cours de voyage.

C'est surtout un patriote courageux.

Il s'est enfoncé dans des territoires hostiles, drapeau déployé.

Des soldats annamites, des Chinois et naturellement les Pavillons-Noirs, des brigands et pillards de toutes sortes l'ont pris pour cible. Mais il est passé avec sa cargaison d'armes et il est rentré avec ses jonques chargées d'étain !

Je l'ai reçu sur *L'Atalante*. Il a offert pour l'équipage deux dames-jeannes d'alcool de riz que j'ai fait mettre sous clé par le cambusier !

Il a à l'évidence réalisé de gros bénéfices. Il rayonnait. Mais il était surtout fier d'avoir effectué un relevé topographique des rives du fleuve et des collines, et situé sur cette carte villages et fortins.

C'est alors qu'il m'a confié qu'il cherchait un homme capable de le seconder pour tout ce qui relevait de la chose militaire : défense des jonques, réduction des fortins, passage en force, établissement des itinéraires, étude de la progression des troupes si, quelque jour, le gouvernement se décidait à faire la conquête de ces régions qui, à l'entendre, sont mûres pour être cueillies.

Il fallait que cet homme soit un fantassin plutôt qu'un marin.

C'est alors que j'ai pensé à toi, à ton impatience de servir la patrie, de combattre, à ta volonté d'échapper, après ton « affaire », à la vindicte, à la suspicion, au ressentiment – peut-être aussi à la jalousie. Je lui ai donc brièvement parlé de toi.

Sa réponse a été immédiate : « Je veux votre frère, Faurel. Je l'attends. Il servira son idéal et deviendra riche. »

Nous avons trinqué. Je me suis néanmoins gardé de t'engager, lui remontrant – mais cet homme est capable de venir te chercher à Paris – que j'ignorais où tu en étais, que je n'avais des nouvelles de toi que tous les trois ou quatre mois, qu'il était bien placé pour savoir, enfin, qu'il fallait plus de quarante jours pour se rendre de France en Cochinchine.

Mais je lui ai évidemment promis de te transmettre son offre.

Je ne veux pas peser sur ta décision. Elle est lourde de conséquences.

Il faudrait obtenir l'assurance que tu pourrais réintégrer l'armée après quelques années passées ici. Ce ne doit pas être impossible.

Le pays que tu découvriras, si tu viens, est fascinant, mais c'est un fruit empoisonné pour qui succombe à ses charmes apparents. Je t'ai parlé du climat et des femmes. Ce seraient plutôt ces dernières qui m'inquiéteraient, dans ton cas !

J'attends ta réponse. Je connais Jean Dupuis : il va me harceler.

J'achève cette lettre alors qu'une pluie torrentielle mitraille la tente et entoure la dunette de rideaux aux fils serrés.

Des matelots chantent, heureux de l'averse et de la fraîcheur qu'elle dispense.

J'entends même le son aigre d'un biniou dont nos quartiers-maîtres bretons ne se séparent jamais.

J'attends ta réponse, mon cher frère.

Quelle qu'elle soit, tu pourras toujours compter sur mon aide.

Ton frère,
Louis FAUREL.

7

Lettre du père Dominique Orabona à Charles Faurel

Orsati, le 12 juillet 1872.

Mon cher Charles Faurel,

J'ai appris ce matin par une lettre du commandant Rollin que vous étiez autorisé à rejoindre votre régiment en Algérie.

Je m'en réjouis d'autant plus que le supérieur de mon ordre m'a désigné pour assister le cardinal Lavigerie dans la tâche missionnaire qu'il s'assigne.

Nous sommes donc peut-être appelés à nous rencontrer.

Je le souhaite, car même si nous nous connaissons peu, nos discussions – nos échanges, devrais-je dire – m'ont marqué.

Il me semble que je dois vous écrire avant votre départ pour l'Algérie où l'on me dit que les troubles – les révoltes – qui, en fait, n'ont jamais cessé depuis notre conquête, ont repris avec violence.

Il est vrai que ce pays est une terre de tourments.

On m'assure que la famine et les émeutes qui l'ont accompagnée ont fait au moins cinq cent mille morts en 1868-1869.

C'est un chiffre qui me glace d'effroi et j'ai peine à l'admettre. Il serait cependant conforme à la réalité.

C'est de notre attitude face à cette situation et à cette misère que je veux vous entretenir.

J'y pense depuis que je vous ai entendu, lors d'un dîner en compagnie de Lucien de Chalvon et Francis Garnier, vous moquer quelque peu de nous autres, missionnaires, et de la fraternité entre les hommes que nous prônons.

Vous m'avez dit, sur le ton abrupt qui est le vôtre et que j'apprécie, que les anthropophages de la forêt vierge, ou les Arabes qui mutilent les femmes et les enfants de colons qu'ils enlèvent, ont une conception bien particulière de la fraternité. Et que vous étiez décidé à leur appliquer un traitement impitoyable pour leur faire entendre raison.

Votre dureté, votre cynisme m'ont choqué, même si je n'en ai rien laissé paraître.

Vous citiez avec un brin de suffisance les auteurs à la mode, Ernest Renan et Leroy-Beaulieu. Le premier a dit « que la conquête d'un pays de race inférieure par une race supérieure qui s'y établit pour le gouverner n'a rien de choquant. Autant les conquêtes entre races égales doivent être blâmées, autant la régénération des races inférieures par les races supérieures est dans l'ordre providentiel de l'Humanité. » Et notre race européenne, avez-vous martelé, est une race de maîtres et de soldats. C'est encore Renan qui a dit cela.

Quant à Leroy-Beaulieu, vous le considériez comme un patriote éclairé puisque, pour lui, « un peuple qui colonise, c'est un peuple qui jette les assises de sa grandeur dans l'avenir et de sa suprématie future ».

J'ai eu le sentiment que vous parliez pour moi, tentant de provoquer ma réponse. Et vous n'avez pas hésité à évoquer cette femme noire dont vous disiez qu'elle était auprès de vous comme un animal domestique.

Vous m'avez défié du regard, mais je ne vous ai rien dit, même si vos derniers propos m'ont horrifié.

Et si je vous écris aujourd'hui, si je dois vous écrire, c'est que vous allez être un homme disposant de presque tous les pouvoirs au milieu d'autres hommes démunis, différents, et que seule votre conscience pourra retenir votre bras au moment de châtier, de disposer à votre guise de ceux qui seront soumis à votre puissance.

J'ai compris, en Afrique et en Annam, que tous les masques tombent quand on pénètre ainsi au milieu d'autres peuples que l'on domine.

On sait ce que vaut un homme quand on le voit parmi ceux qu'il commande.

Je vous écris ceci de mon village d'Orsati, à l'extrémité du Cap Corse, entre ciel et mer, ces deux immensités qui donnent la mesure de l'homme à qui sait les contempler.

À Orsati je suis le membre d'une grande famille, et peut-être, si vous pénétriez dans mon village avec une section de votre régiment pour nous conquérir, plein de votre sentiment de supériorité, diriez-vous que nous sommes la tribu des Orabona !

Et si vous étiez de surcroît voltairien, sans doute ajouteriez-vous, en me voyant, que ce Dominique Orabona n'est qu'un sorcier qui entretient le règne de la superstition.

Peut-être est-ce ainsi que nous ont vus les troupes françaises qui ont débarqué sur notre île il y a à peine un siècle.

Pourtant ces « indigènes » – dont je suis – ont donné à la France un empereur.

Que cela provoque votre réflexion ! C'est mon rôle de la susciter.

Je le fais parce que votre énergie, votre brutalité, même, votre sincérité, côtoyant le cynisme, m'ont confirmé dans l'idée que je m'étais faite de vous en écoutant les propos de vos amis et de votre frère, le lieutenant de vaisseau Louis Faurel.

J'ai beaucoup d'estime pour lui, de même que pour Lucien de Chalvon et Francis Garnier.

Ils m'ont naturellement parlé de vous de manière différente, mais ils ont fait surgir devant moi une personnalité singulière, de celle qui longe les abîmes mais qui peut aussi, dans sa marche périlleuse, atteindre les cimes.

Que je vous dise d'abord que je ne conteste pas vos remarques sur la sauvagerie des mœurs des peuples que nous découvrons.

J'ai été un jour, dans le delta du fleuve Rouge, pris par des Pavillons-Noirs. Ces pirates voulaient nous interdire de faire entendre la parole du Christ aux pêcheurs et aux paysans des villages côtiers, et nous empêcher de pénétrer à l'intérieur du Tonkin.

Or, sous la conduite de Mgr Puginier, évêque de Ke So, nous étions écoutés, compris, et le nombre de nos baptisés augmentait ; un peuple commençait à partager notre foi.

Les Pavillons-Noirs m'ont naturellement battu, torturé, puis lié entre deux planches qu'ils s'apprêtaient à scier afin de découper mon corps en morceaux qu'ils auraient répandus sur les places de villages, exposant ma tête au bout d'un long bambou.

Heureusement, votre frère et quelques matelots de *L'Atalante* ont débarqué à temps d'une chaloupe. Et je ne suis pas devenu martyr !

Sachez pourtant qu'ils sont nombreux, ceux qui sacrifient ici leur vie, même si le plus souvent on les ignore, les oublie, et quelquefois les moque.

Pour autant, je ne peux vous suivre quand vous considérez ces hommes aux mœurs barbares comme des « bêtes sauvages ».

Vous avez prononcé ces mots et la manière dont vous avez parlé de la femme noire qui partageait votre vie m'a, je dois vous le dire, scandalisé.

C'est d'abord une âme féminine !

Elle est la sœur, elle aussi, en dépit de sa vie dissolue, de la Vierge Marie, et, dussé-je vous heurter, je suis sûr qu'un jour une sainte noire sera reconnue par l'Église et vénérée par les croyants !

Quant aux propos de Renan que vous citiez, je les connaissais.

J'aurais pu les compléter par cette phrase toujours tirée du même livre, *La Réforme intellectuelle et morale* : « La nature a fait une race d'ouvriers, c'est la race chinoise, une race de travailleurs de la terre, c'est la Nègre. » Et nous, Européens, comme vous le répétiez, serions « les maîtres et les soldats ».

Et que fait M. Renan de nos paysans, des ouvriers de nos ateliers ? Que fait-il de ces soldats annamites ou chinois dont j'ai pu, par bonheur, éviter les balles et les boulets ?

Pour tout dire, je ne crois guère en son « ordre providentiel de l'Humanité ».

Un païen est d'abord un homme qui, comme moi, comme vous, comme chaque créature, est l'expression de l'attention de notre Dieu, présent en chaque homme.

Souvenez-vous de saint Paul accueillant dans l'Église nouvelle ceux qui n'appartenaient pas au peuple élu, montrant ainsi que l'enseignement du Christ s'adresse à tous les hommes et que Son amour et Sa compassion concernent chacun d'eux.

Là est le véritable « ordre providentiel de l'Humanité », et la régénération n'est pas, comme l'affirme Renan, celle des races inférieures par les races supérieures, mais la conversion des hommes à la religion du Christ.

Cela suppose le respect de l'autre, quelle que soit la couleur de sa peau, et la certitude que, malgré sa sauvagerie – et je l'ai éprouvée plusieurs fois dans ma chair –, sa rédemption et son salut sont possibles.

Encore faut-il, pour cela, croire en l'humanité de tout homme.

La colonisation permet d'approcher des peuples qui sont restés dans l'ignorance du Christ.

Elle n'est pas d'abord conquête de territoires, ou moyen de s'assurer la grandeur et des profits, comme le dit Leroy-Beaulieu.

Et il ne faudrait pas que la manière dont on entre chez ces peuples, le plus souvent par effraction, les éloigne encore plus de notre religion.

Si le soldat et le marchand devaient, par les méthodes employées, conduire à ce résultat, alors la colonisation serait une œuvre impie.

C'est pour vous faire entendre ce que je crois être une vérité qui s'impose à notre patrie et à ceux qui la servent que j'ai décidé de vous écrire au moment où vous allez, à la tête d'hommes armés, rencontrer d'autres hommes.

N'oubliez pas qu'ils sont nos frères, même si vous les combattez.

Et que vous devez reconnaître en eux l'humain.

J'ai la certitude qu'un jour – proche ou lointain – vous partagerez ma foi.

Peut-être, si Dieu le veut, nous rencontrerons-nous bientôt.

Je prie pour vous.

Dominique ORABONA.

8

Lettre de Charles Faurel à Lucien de Chalvon

Borj el-Aoui, le 20 septembre 1872.

Mon cher Lucien,

Je suis aux portes du désert !

Aboiements de chiens ou de hyènes. Froid de lame et parfois coup de vent inattendu qui secoue la tente et fait se balancer la lampe-tempête.

Le ciel est d'une intense luminosité, d'une beauté si fulgurante que, comme un Roi mage, j'y cherche ma route en suivant le sillage des étoiles filantes.

Le jour m'engourdit et m'écrase. La nuit m'exalte.

Et la pensée que tu es, mon cher Lucien, aux côtés de Francis Garnier et de mon frère, à l'autre extrémité du monde, et que nous faisons flotter le même drapeau au milieu de peuples si différents, sur des continents aux antipodes, m'enthousiasme !

La patrie est immense et nous allons l'agrandir encore.

Rollin m'a confié le commandement d'une compagnie d'avant-garde qui doit marcher vers le sud à la rencontre de ces tribus nomades qui naviguent entre les montagnes de Kabylie et les confins de la forêt, entre les Blancs et les Nègres.

Tu as tes Pavillons-Noirs, ce sont mes Hommes bleus.

Je ne les ai pas encore vus, mais je les devine qui nous guettent derrière les dunes.

Je suis heureux d'être ici, même si j'aurais aimé m'attarder quelque peu à Alger ou à Oran.

Rollin en a décidé autrement. Il avait donné des ordres pour que je ne passe pas une seule nuit à Alger.

Et il est vrai que j'avais imaginé d'y rechercher la trace de Kallima. Curiosité un peu morbide, sans attendrissement en tout cas.

Mais j'ai été pris en charge dès mon débarquement et enfourné à destination d'Oran.

Je n'ai pas aimé ce voyage, ces hommes aux regards si durs que j'avais l'impression qu'ils allaient me poignarder ! Quant à ceux qui dérobaient leurs yeux, je les soupçonnais d'attendre que je leur tourne le dos pour me sauter dessus et m'étrangler.

Le lieutenant Berson – un camarade chargé par Rollin de me convoyer – me dit que, malgré l'état de siège que le général Chanzy a instauré à Alger, on découvre presque chaque jour des soldats assassinés dans les ruelles de la Casbah. Ils s'y aventurent malgré les risques qu'ils connaissent, tant ils rêvent de femmes !

Qu'en terre conquise nous pensions aux femmes captives, ce qui de toute éternité est l'attitude et le désir des vainqueurs, voilà ce que ne peut pas comprendre ton moinillon d'ami, le père Dominique Orabona, qui m'a écrit une longue lettre – un prêche ! – pour m'inciter à me comporter avec les Moricauds et les Nègres en frère dévoué.

Mais, dès les premières heures passées sur le seuil de l'Algérie, j'ai été persuadé au contraire qu'il fallait serrer les mors, tendre les rênes, user de la cravache si l'on ne voulait pas être désarçonné par ces Arabes qui, à l'évidence, n'ont pas admis que nous les enfermions, après les avoir pris, dans notre enclos national.

Il faudra bien qu'ils s'y fassent, n'est-ce pas ? Et si ton bon père Dominique Orabona veut les convertir, qu'il s'y emploie, mais ne lui laissons jamais la direction du troupeau ! Il lèverait les barrières et notre bétail redeviendrait sauvage avant d'avoir commencé à apprendre le premier mot d'une prière chrétienne !

Je suis donc, en compagnie de Berson, arrivé à Oran, éreinté d'être resté sur mes gardes tout au long du trajet dans des wagons ouverts à tous vents.

Rollin m'a accueilli d'un œil soupçonneux.

« Je ne vais pas vous laisser moisir ici, Faurel, m'a-t-il dit. Avec vous, je ne suis rassuré que lorsque, un revolver ou un sabre à la main, vous êtes face à l'ennemi. »

Il m'a donc dirigé vers Mascara, et, au-delà, vers le sud.

Heureusement, il a fallu plusieurs jours pour rassembler les hommes et les équipements de ma compagnie d'avant-garde. D'autant que nous étions en outre chargés de préparer les quartiers du régiment.

Berson m'a ainsi fait découvrir Oran où il y a si peu d'Arabes et tant d'Espagnols, d'Italiens, de Maltais et même d'Alsaciens-Lorrains, fraîchement débarqués, auxquels on a promis des terres... qu'il faut prendre aux indigènes, ce qui ne favorise pas, j'en conviens, les relations amicales !

Nous avons eu ainsi la visite d'un personnage qui m'a impressionné. Il était grand et fier, les traits d'une finesse aristocratique, le nez un peu busqué, le front haut, parlant un français à peine teinté d'un léger accent. Il nous a toisés, Berson et moi, qui avions été chargés par Rollin de le recevoir. Il était le chef – le caïd ? – d'un village situé au cœur de la Kabylie, El Mansour, auquel, nous a-t-il expliqué, depuis les temps anciens, quand existait encore l'Empire – mais pas le nôtre, le Romain ! il avait cette prétention-là, de remonter à l'Antiquité ! –, sa famille avait donné son nom patronymique.

Cet Hocine Aït Mansour s'est plaint que l'on ait confisqué ou volé les terres de son village. Il nous a démontré, ma foi fort raisonnablement, que l'achat à bas prix était une manière d'extorsion, de vol ou de confiscation. J'ignorais qu'une loi permettait, dès lors qu'un seul membre d'une tribu vendait une parcelle, de s'approprier toutes les terres collectives !

Que pouvais-je lui répondre ?

Je pensais : la loi est toujours celle du vainqueur. Le droit n'est que l'ample manteau de l'hypocrisie qui cache la lame du glaive !

Il nous a quittés, méprisant et menaçant ; il a répété : « Ce n'est pas la justice, vous le savez, et, un jour, Dieu le veut ainsi, la justice finit par triompher ! »

Ma foi, attendons et, d'ici là, cravache et éperons !

Mais si tous ceux que nous voulons gouverner ont l'énergie et la résolution de Hocine Aït Mansour, notre tâche sera difficile.

D'ailleurs, à ce que m'ont dit Rollin et Berson – et à ce que m'a raconté le père Dominique Orabona –, elle l'est aussi bien ici, en Kabylie, que dans le delta du fleuve Rouge.

À Oran, dès que je me suis écarté du centre ville et que j'ai marché par ces chemins – il ne s'agit pas de rues – qui sinuent entre les masures, j'ai ressenti la même impression d'hostilité.

Mais peut-être est-ce seulement parce que je ne suis pas habitué à être perçu comme un vainqueur, à affronter la jalousie et la haine que cet état suscite toujours.

Au fond, nous préférons être aimés plutôt que craints ! Et c'est peut-être dans ce désir que le christianisme puise sa force ! Peut-être est-on charitable, peut-être tend-on l'autre joue à la main qui nous frappe parce que l'on ne supporte pas d'être haï, et que c'est une tâche ardue et austère que de commander à des hommes et de leur imposer sa loi.

Alors on s'agenouille. On préfère porter la croix et se laisser crucifier.

Mais moi, j'ai vocation à être centurion plutôt que martyr !

Cependant, je me serais bien attardé quelques jours de plus à Oran.

Berson m'a fait connaître à la périphérie de la ville, dans ces quartiers arabes où l'on risque un coup de poignard ou un crachat, une *Maison rouge*, un peu à l'écart.

Tu devines ce que j'ai pu y rechercher !

La tenancière de cette demeure où l'on se presse – mais les officiers y bénéficient d'une priorité – est protégée par deux anciens militaires qui se partagent ses faveurs et ses bénéfices.

On y trouve, réservées aux officiers et aux notables, des filles de quinze ans – voire plus jeunes encore –, à peine pubères. Sont-ce des Bédouines ou des Négresses mâtinées de Maures ? Elles m'ont fait penser à un café au lait foncé.

Je les ai bues sans remords, dois-je te le dire ?

Elles gardaient leur visage voilé. Et je n'ai pas cherché à le voir. Le reste m'a comblé comme un entremets léger mais onctueux.

Je serais devenu un habitué du lieu si Rollin ne m'avait expédié vers Mascara et le sud.

Ici, pas de *Maison rouge*. Mais, la nuit, un souffle glacé qui, sous le ciel constellé, purifie.

Voilà un mot qui plairait sans doute au père Orabona.

Bien à toi,

Ton ami,
Charles FAUREL.

9

Lettre de Louis Faurel à son frère Charles

Saigon, le 17 janvier 1874.

Mon cher frère,

Notre ami Francis Garnier est mort le 21 décembre. Je ne sais si je t'apprends cette nouvelle, mais je ne puis te parler que de cette perte.

Il a été tué sous mes yeux de plusieurs coups de lance alors que nous pourchassions une bande de Pavillons-Noirs.

Ils avaient tenté de nous reprendre la citadelle d'Hanoi. Mais Francis Garnier était décidé à conserver ce qu'il avait conquis un mois plus tôt. Il a été héroïque et a brisé l'assaut de ces pirates qu'aidaient des soldats de l'armée annamite.

Il est sorti de la citadelle pour achever de défaire l'ennemi.

Il se tenait à notre tête.

Je l'ai vu tout à coup entouré d'une dizaine de ces brigands. J'ai vu leurs lances se dresser et l'abattre.

Nous avons tiré trop tard. Nous les avons poursuivis et massacrés. Mais Francis Garnier était mort.

J'ai veillé son corps que nous avons placé sur la dunette de *L'Atalante* et auquel j'ai donné une garde d'honneur de quatre marins.

Je t'écris de Saigon. Je suis fiévreux et surtout accablé.

Les mauvaises nouvelles se succèdent. J'ai l'impression que tout ce que nous avons construit avec l'amiral Dupré, Francis Garnier, Lucien de Chalvon, est abandonné et qu'il n'en restera bientôt que des ruines.

On trouve toujours des hommes prêts à la capitulation. Tu les as vus à l'œuvre en 1870 et 1871.

Tu te souviens du cri de protestation de Francis Garnier au moment de l'armistice ? Il m'a dit cent fois que, pour lui, ce qu'il avait entrepris ici était une manière de préparer la revanche, là-bas, en France, de nous en donner les moyens. C'était un patriote visionnaire.

Mais ceux qui se sont agenouillés devant les Prussiens, les capitulards, ne veulent pas de cette revanche qui les condamnerait. Ils sont hostiles à tout agrandissement de nos possessions.

Ici, avec Francis Garnier, nous avons certes agi sans nous soucier de demander leur autorisation à des hommes dont nous savions qu'ils nous la refuseraient. Nous nous sommes préparés en secret.

C'est pour cela que je ne t'ai pas écrit de plusieurs mois et que j'ai donné l'ordre qu'on ne fasse pas suivre tes lettres, car nous ne devions pas être dans le golfe du Tonkin ou dans le delta du fleuve Rouge. Nous ne devions pas aider Jean Dupuis – dont je t'ai parlé et qui m'interroge souvent à ton sujet, car il continue d'espérer ta venue – que Garnier considérait comme un « éclaireur ». Et Dupuis l'était.

Avec lui, après lui, nous avons pénétré le Tonkin, réduit au silence les fortins tenus par les troupes annamites, car, en sous-main, l'empereur d'Annam, Tu Duc, leur ordonnait de s'opposer à notre avance.

Mais la situation se retournait peu à peu en notre faveur. Les chrétiens étaient de plus en plus nombreux dans les villages. Nos missionnaires, autour de Mgr Puginier, et notre ami le père Dominique ont été admirables de courage et de foi.

C'est miracle que j'aie pu sauver le père Orabona d'une mort horrible.

Il y a un mois, Francis Garnier a décidé d'adresser un ultimatum à ceux des Annamites qui s'opposaient à notre progression.

Je peux maintenant te dire tout cela qui, à l'époque, devait rester ignoré des hommes de Paris et de quelques-uns de leurs larbins en Cochinchine.

Notre réussite a été complète.

Les Tonkinois n'aiment pas les Annamites et détestent aussi bien les Chinois. Certains d'entre eux sont devenus chrétiens. Ils nous ont aidés à chasser les Pavillons-Noirs de toutes les forteresses du delta, et d'abord de la citadelle d'Hanoi.

Nous l'avons conquise en une heure, faisant à l'ennemi quatre cents tués et deux mille prisonniers.

Francis Garnier, ce jour-là, a offert le Tonkin à la France.

Et nous n'étions que cent quatre-vingts hommes !

Eh bien, c'est ce don – et celui de sa vie – que les capitulards sont en train d'abandonner.

Le gouvernement craint l'opinion ! Le gouvernement craint Londres ou Berlin ! Il tremble devant l'empereur d'Annam ! Alors, pusillanime et lâche, il négocie !

Le capitulard s'appelle Villeret. Je l'ai croisé à l'École navale. Lucien de Chalvon me confirme qu'il avait déjà une âme de valet et de courtisan. Villeret a décidé de faire évacuer toutes les citadelles du Delta que nous avions conquises. Et non seulement il ne soutient plus Jean Dupuis, mais il l'a forcé à quitter la région.

Il va signer avec l'Annam un traité aux termes duquel on nous concédera quelques droits que nous n'utiliserons jamais, car il faudrait se faire respecter et cela ne se peut qu'à coups de fusil et de canon !

Villeret donnant l'ordre d'ouvrir le feu : c'est aussi concevable que de rencontrer un pirate chinois qui ne vole ni ne torture, ou un Annamite qui ne mente pas !

Mais il y a plus inacceptable et plus déshonorant !

Pendant que Villeret se pavane à la cour d'Annam, négocie – les capitulards ne capitulent jamais, ils *traitent* ! –, on tue avec raffinement les Tonkinois qui nous ont aidés. Et on crucifie – ce n'est pas une métaphore, mais le mot exact – les chrétiens.

Pour l'instant, on se contente d'insulter et de moquer les quelques marins qui sont affectés à la garde des consulats que l'on nous a autorisés à ouvrir à Hanoi et à Haiphong.

Mais comment, dans ces conditions, les populations que nous voulons coloniser pourraient-elles nous faire confiance, nous respecter, nous craindre ?

Enfin les capitulards ne se soucient pas de notre avenir.

Ils se complaisent dans les eaux croupies du déshonneur.

Tu peux juger de mon amertume.

Peut-être les fièvres qui m'épuisent – les médecins parlent à leur propos de « fièvres paludéennes » : connaissez-vous en Algérie ce « paludisme » dont ici, depuis qu'on l'a découvert et nommé, tout le monde se plaint ? – assombrissent-elles encore plus mon caractère ?

Ne fais pas état de mon humeur et de ses causes à nos parents. Notre père doit être rassuré maintenant que le cours de ta carrière militaire se poursuit sans cahots ! Ne l'inquiète donc pas.

Mais je sais ce qu'il advient de toi !

Les journaux reçus de France avec deux mois de retard parlent d'opérations militaires engagées par plus de quatre-vingt mille hommes pour réduire une insurrection en Kabylie.

J'imagine que ton régiment est entré dans le bal, et, tel que je te connais, tu dois être parmi les premiers danseurs.

Je ne te conseille pas la prudence. Elle n'est pas dans ton caractère. Alors je me fie à ton expérience de soldat et à la Providence pour te garder en vie.

Ton frère,
Louis FAUREL.

10

Algérie 1874 – Notes éparses

4 mars. Oran.

Berson entre bruyamment dans ma chambre alors que je relis la lettre de Louis, arrivée ce matin.

Je reste prostré, incapable de lui répondre.

La mort de Francis Garnier, la maladie et l'amertume de mon frère m'accablent.

Berson, heureusement, ne se rend compte de rien.

Il est éméché, comme chaque soir depuis que nous avons regagné Oran.

Dans le bled, en opérations, la nécessité de la vigilance et sans doute la peur de tomber dans un guet-apens le font rester sobre. Mais il est alors d'une nervosité et d'une brutalité extrêmes – effrayantes, même.

Je l'ai vu tuer à coups de pied et de ceinturon un berger qu'il soupçonnait d'avoir renseigné et guidé quelques rebelles survivants de l'insurrection de Mokrani en Kabylie.

Il est vrai que nous avions retrouvé aux abords du camp plusieurs de nos sentinelles égorgées et mutilées.

Voir ses hommes éventrés, le cou tranché, les parties génitales enfoncées dans la bouche, n'incite pas à l'indulgence.

Je me suis donc interdit de juger Berson.

J'ai moi-même laissé à plusieurs reprises mes soldats embrocher des rebelles blessés qui imploraient qu'on leur accordât la vie sauve.

Étaient-ce ceux-là ou d'autres qui avaient troué le ventre et crevé les yeux de nos camarades ?

On ne se pose pas la question. On agit, ou on détourne les yeux pendant que les autres se chargent de la besogne.

Mais, tout au long de ces mois passés à pourchasser les derniers partisans de Mokrani, à les enfumer dans les grottes de leurs montagnes de Kabylie, à incendier les mechtas, à abattre les moutons, à dévaster les champs afin que ces irréductibles ne trouvent plus ni abri ni nourriture, je me suis souvenu de ce que m'écrivait le père Dominique Orabona.

Il avait raison.

Ici, parce que nous avons le pouvoir de tuer, les masques tombent, les caractères ou plutôt les âmes se révèlent. Et d'autant plus que nous agissons à notre guise.

Les généraux ne demandent à leurs subordonnés que de maintenir ou de rétablir l'ordre par ce qu'ils appellent les « moyens appropriés ». Puis ils retournent au hammam ou bien patientent dans les antichambres des ministères afin d'obtenir la promotion qu'ils désirent pour eux ou leurs proches.

Aux échelons inférieurs, leurs subordonnés agissent de même. Le commandant Rollin nous délègue son autorité. Il préfère rester à Oran ou à Mascara. Et quand il quitte ces villes, c'est pour se rendre dans d'autres : à Tizi Ouzou, Dellys, Bougie, Batna ou Fort-National.

Je ne l'ai pas vu souvent escalader les pentes rocailleuses et broussailleuses de Kabylie, ni claquer des dents à la lisière du désert que glace la nuit.

Au lieutenant Berson, à moi, à nos camarades de décider si nous laissons en vie ces paysans, ces bergers, ces femmes qui crient, dont les voix aiguës nous percent, nous blessent, nous affolent, ou bien si nous les faisons griller en les empêchant de sortir des masures de leur douar auquel nous avons mis le feu.

Je n'ai aucun remords, je l'avoue.

Je lis chaque soir quelques pages des *Commentaires de la Guerre des Gaules.*

Sommes-nous les Romains de notre siècle ? Et eux, ces peuples que nous colonisons, les barbares ?

Je ne cesse de me poser ces questions en lisant César.

Il est un vainqueur implacable. Il donne à ses légionnaires l'ordre de trancher les gorges des prisonniers agenouillés. Les centurions crèvent les yeux, coupent les mains et les oreilles de ceux qui, après leur avoir résisté, se rendent. Ces mutilés deviennent ainsi les messagers de l'ordre romain. Leurs moignons prêchent la soumission. La terreur ainsi montrée, appliquée partout sans hésitation, est à la source de la paix romaine.

Peut-on, quand on prétend régner sur des peuples étrangers et les soumettre, faire autre chose que les terroriser et se montrer d'autant plus cruel qu'ils résistent davantage ?

N'a-t-on pas agi ainsi en Algérie dès les premières années de notre conquête ?

Le général Bugeaud a été notre petit Jules César ! Il a dit *Ense et aratro*, comme s'il avait eu conscience de sa lointaine ascendance romaine. Par le glaive et la charrue. Ma foi ! Il y a des fermes ici et là sur les terres arrachées aux Arabes. Mais nous avons toujours besoin du glaive. Et il nous faut tuer.

Peut-être ne suis-je si bouleversé par la lettre de Louis, par l'état d'esprit qu'elle révèle et par la nouvelle de la mort de Francis Garnier que parce que je sens la mort autour de moi depuis que j'ai débarqué en Algérie.

Elle n'est pas orgueilleuse, fière comme une cavalière brandissant sa faux, tous voiles noirs au vent tels des étendards. Non, ici elle n'est qu'un scorpion dissimulé mais présent sous chaque pierre, dans le sable, les replis de notre couverture ou de notre uniforme, dans la poche où nous plongeons la main.

Elle ne chevauche pas dans le fracas des détonations. Elle poignarde et mutile, silencieuse et cruelle.

On ne la voit pas.

Elle n'est pas précédée par des roulements de tambours, des chants martiaux, l'éclat des fanfares et des déclarations de guerre. Elle n'en est pas moins présente partout et à chaque instant.

Je ne dis mot de ces pensées à Berson.

Dans le bled, sa brutalité impitoyable m'indispose, même si je me refuse à la condamner. Ici, sa vulgarité d'ivrogne me choque.

Il titube. Il m'invite à l'accompagner à la *Maison rouge*.

La tenancière vient de lui faire savoir qu'elle a reçu un lot de quelques filles – Berson se frotte les mains, déglutit – plus jeunes encore que les pensionnaires que nous connaissons. Des filles si fines qu'elles devraient plaire même à ceux qui recherchent et se satisfont des jeunes Bédouins.

Elles seraient vierges. Et, comme à chaque fois qu'il y a un nouvel arrivage, la tenancière prévient ses clients fidèles afin qu'ils aient la primeur des plus belles pièces.

Berson s'étonne de mon refus.

Je le repousse hors de la chambre, tandis qu'il se moque et m'injurie.

Il y aurait là matière à duel et, un instant, je suis tenté de le souffleter, mais je me contiens et lui-même, dès que nous avons atteint la cour du casernement, se redresse, cesse de tituber, me salue d'un geste raide.

« Vivre, prendre le meilleur de chaque jour, Faurel, voilà la morale du soldat, le plus mortel des mortels ! » dit-il en claquant les talons.

J'hésite.

J'ai déjà joui de ces corps si légers, si souples, si dociles que j'ai craint, en les étreignant, qu'ils ne glissent entre mes bras. Formes frêles aux odeurs fortes, dont le visage se limite à des yeux noirs. Mais, si l'on essaie de soulever le voile, souvent de tissu bleu, plaqué sur leurs traits, elles hurlent et se débattent.

J'ai préféré le souvenir de Kallima à ces filles voilées.

Elles étaient vendues si jeunes qu'en les possédant, en les écrasant de mon corps suant de soldat, j'aurais éprouvé un sentiment trouble qui aurait ajouté à mon plaisir. Leur jeunesse m'aurait donné la sensation d'être une force irrésistible. Il m'aurait semblé qu'un geste un peu brutal aurait suffi à leur briser la nuque ou les membres, à les écarteler, à les percer de part en part.

J'aurais pu. Est-ce cette tentation, cette ivresse qui font d'un homme un criminel ?

J'aurais été la masse musclée qui domine, le mâle, le maître qui ne laisse aucune possibilité de bouger à la femelle qu'il tient sous lui, écartant les cuisses de l'animal pris au piège, immobilisé.

Kallima, elle, c'était la puissance démesurée du fleuve inconnu, de la forêt inexplorée.

Kallima, c'était la profusion qui enveloppe, un débordement de chairs noires entre lesquelles reprendre vie.

Je rentre dans ma chambre et entreprends d'écrire à Louis.

*
* *

5 mars. Oran.

J'ai découvert Berson agenouillé dans le sang qui s'était répandu sur le sol du vestibule de la *Maison rouge.*

Il avait les yeux exorbités, ses mains ensanglantées étreignant ses joues, les maculant.

J'ai cru qu'il était grièvement blessé, sa poitrine étant elle aussi éclaboussée de sang.

Il a d'abord paru ne pas me reconnaître, effrayé même à la vue de la patrouille qui m'accompagnait.

Puis il s'est redressé, a tendu le bras vers la grande pièce où les filles attendaient habituellement en compagnie de la tenancière. C'est là que nous les choisissions avant de monter dans les chambres, au premier étage.

Berson s'est dirigé vers cette pièce en bredouillant et en tremblant. J'ai compris à ce moment-là que son corps était indemne, mais que son âme était blessée, peut-être même morte.

Je l'ai suivi jusqu'au seuil.

Jamais je n'oublierai ce que j'ai vu.

Je suis pourtant déjà un soldat aguerri et qui ne détourne pas les yeux quand il rencontre la mort.

Je me souviens de cette vingtaine de cuirassiers dont les corps gonflés, éclatés, étaient encore assis autour de la table où ils prenaient leur repas, dans une grange sur laquelle étaient tombés coup sur coup deux obus prussiens.

J'avais enseveli les cadavres que les chiens errants ou les rats avaient commencé à dévorer.

Mais, dans la *Maison rouge*, j'ai contemplé l'abîme sans fond de la haine et de la cruauté.

Ils avaient égorgé les filles, leur avaient crevé les yeux, découpé les seins avant d'enfoncer des bouteilles ou des bâtons – certains enflammés – dans leur sexe.

Ils avaient empalé, après les avoir émasculés, les deux anciens soldats qui protégeaient la tenancière.

Celle-ci, ils l'avaient mutilée et torturée comme les filles, mais ils l'avaient en outre écorchée, bandelette de peau après bandelette de peau.

Peut-être avaient-ils d'abord tranché les gorges et crevé les yeux ? Mais les visages ou ce qu'il en restait exprimaient tant d'effroi qu'ils avaient dû se contenter de taillader les langues et les cous pour empêcher qu'on crie, mais sans aveugler, sans tuer, pour que la terreur saisisse avant la mort ceux qui attendaient d'être torturés et qu'avant de subir à leur tour les supplices, ils en soient les témoins.

Quelques-uns de nos soldats, surpris avec les filles, s'étaient débattus.

Dieu veuille qu'ils soient morts en se défendant à mains nues contre des hommes armés de poignards, de sabres et de coutelas !

Berson les avait vus.

En s'approchant de la *Maison rouge*, ivre pourtant, il avait eu l'intuition que des choses anormales s'y déroulaient.

Il s'était arrêté, puis, entendant des bruits de lutte, des cris étouffés, des râles, il s'était caché dans les buissons en bordure de la route, et il avait tiré plusieurs coups de revolver en direction de l'établissement.

Dans les secondes qui avaient suivi, il avait vu s'enfuir une dizaine d'hommes en burnous.

Il avait attendu puis s'était avancé, son arme à la main, et il était entré dans la *Maison rouge* silencieuse, ne voyant pas d'abord le sang qui avait couvert le sol du vestibule.

C'est après avoir découvert les corps – celui de la tenancière pendu par les poignets, des lanières de peau tombant de ses épaules et de ses cuisses – qu'il avait reculé, s'était affaissé, abandonnant son arme, les mains dans le sang.

Nous avons enfoui les corps sans attendre, car il fait déjà très chaud en ce début de mars, dans une grande fosse creusée à quelques centaines de mètres de la *Maison rouge*.

Pas de cérémonie, ni messe ni discours. Les filles sont inconnues. On dit qu'on achète à certains chefs de tribus une dizaine d'entre elles pour un cheval maure !

La tenancière et ses deux gardiens étaient espagnols. L'Espagne est loin.

Nos soldats, mieux vaut écrire à leurs parents qu'ils sont morts en héros. Le commandant Rollin les proposera pour une décoration et peut-être les familles obtiendront-elles une petite pension.

Que la terre et le sable ocre recouvrent vite ces corps. Qu'on referme la fosse.

Mais, en moi, l'abîme ne sera jamais comblé.

Ces corps que j'ai vus, mutilés, ne sont pas tombés dans une guerre contre l'étranger, celle des Arabes ou des Kabyles contre nous.

Ce ne sont pas non plus les victimes d'une guerre civile, même si les filles que l'on a torturées étaient nées en terre africaine.

J'ai connu la guerre contre une armée étrangère.

J'ai participé aux combats de la Commune de Paris, une guerre civile plus barbare que l'affrontement de deux armées ennemies.

Mais, en entrant dans la *Maison rouge*, j'ai pénétré dans un monde que je ne connaissais pas.

Même ce que les légions de Jules César infligent à leurs prisonniers, aux peuples qu'ils veulent soumettre, et donc qu'ils doivent terroriser, me paraît encore relever de l'ordre humain et de la raison humaine.

Couper le poing d'un Gaulois d'Uxellodunum est un acte net comme un coup de hache, une blessure franche.

Ici la haine et la cruauté sont sales, sordides, obscènes.

L'acharnement dans l'horreur, la volonté obstinée et inventive de faire souffrir n'ont pour but que d'humilier, d'avilir.

On retient la mort, car elle est délivrance, et l'on s'évertue à prolonger la souffrance, à martyriser et profaner.

Pourquoi ?

*

* *

30 mars. El Mansour.

Nous avons laissé derrière nous une traînée de cendre et de sang depuis que nous parcourons la Kabylie à la poursuite des tueurs de la *Maison rouge*.

Berson commande. Je ne discute pas ses ordres.

Je crois qu'il veut cautériser la plaie que ces assassins nous ont faite. Ce qui veut dire brûler des chairs au fer rouge.

Nous les brûlons.

Berson marche en tête de la colonne.

Il ne parle pas. Il ne cède à aucun accès de nervosité. Il est un bloc de rage résolue.

Quand je suis, le soir, en face de lui, j'ai l'impression de me trouver devant une pièce de métal incandescent.

Il me fascine. Peut-être même me fait-il peur.

Il a menacé d'abattre un sergent qui hésitait à tirer sur un vieil homme qui s'enfuyait de sa cahute en flammes.

Il tue sans que l'expression de son visage manifeste la moindre émotion.

Nous couchons sous la même tente, mais il ne dort pas.

Il reste allongé les mains croisées sous la nuque, immobile, sanglé dans son uniforme, sans même s'être déchaussé. Tout à coup il bondit, sort son revolver de son étui et quitte la tente.

Je sais qu'il fait le tour du camp, s'approchant silencieusement des sentinelles, parfois bondissant sur elles, les désarmant, puis posant la pointe de leur baïonnette ou de leur sabre sur leur gorge.

Les malheureux sont terrorisés. Mais Berson ne punit pas. Il désigne simplement ces hommes-là pour avancer, le lendemain, loin au-devant de la colonne, en éclaireurs.

À deux reprises nous avons retrouvé leurs corps dénudés, éventrés, la bouche remplie par leur sexe ensanglanté.

Berson a voulu que l'on ne touche pas les corps avant que le dernier soldat de la colonne ne les ait vus.

Il est resté debout, bras croisés, parmi ces cadavres, veillant à ce que les hommes ne détournent pas la tête.

Après cela, il n'est plus besoin de donner des ordres.

Un geste suffit pour désigner la mechta. Et déjà les compagnies se précipitent. Les détonations couvrent à peine les cris, les hurlements des femmes. Et bientôt tout s'embrasse. Aït Méchar, Laghorine, Tancret, d'autres hameaux dont nous ne connaissons même pas le nom et dont les masures en pierres sèches se confondent avec les pitons rocheux sur lesquels elles sont le plus souvent construites.

Les hommes savent ce que veut Berson. C'est aussi cela qu'ils désirent.

Je suis comme eux, mais je reste inactif, incapable de sortir mon arme pour tirer sur ces silhouettes qui fuient l'incendie de leur mechta et que je vois, bras levés, poussant devant elles des enfants.

Les feux de salve les abattent, mais parfois, avant de tomber, elles donnent l'impression, sous l'impact des balles, de bondir, pauvres marionnettes soulevées de terre et qui paient pour d'autres.

Je l'ai dit à Berson : nous n'avons aucune preuve qui nous permette d'affirmer que les habitants de ces mechtas ont accueilli les tueurs de la *Maison rouge* ou ceux qui ont égorgé nos éclaireurs.

Assis sur le bord de son lit de camp, Berson d'abord ne me répond pas. Puis, tout à coup, les poings dressés devant son visage, les abattant et martelant ses genoux au rythme de ses phrases, il me dit que ce pays, comme tous les territoires que nous colonisons, ne sera le nôtre – « à nous Faurel, vraiment à nous » – que lorsqu'on l'aura vidé de tous ceux qui résistent, ou qui rêvent de nous chasser, ainsi que de leurs complices. Et peut-être même, ajoute-t-il, faudra-t-il aller au-delà.

En Australie, les colons anglais chassent les indigènes comme des animaux nuisibles. Les Américains font de même avec leurs Indiens.

Il se penche, prend ma *Guerre des Gaules*, brandit le livre devant mes yeux.

« Les conquérants appliquent tous la même loi, parce qu'il n'en existe qu'une : l'ennemi n'est vaincu que lorsqu'il est mort. »

Il repose le livre, se lève.

« Cesse de lire, Faurel. Avant d'écrire le récit de ses campagnes, César les a faites et gagnées. Donc il a tué. Tue, Faurel ! Tue ! Sinon, *Maison rouge*, Faurel, *Maison rouge*... »

Il sort en me lançant : « *Delenda Cartago* ! »

Mais les mechtas que nous détruisons sont de bien pauvres Carthage !

Le village d'El Mansour, que nous avons encerclé quelques jours plus tard, est d'une autre taille que les hameaux que nous avons brûlés jusqu'alors.

Les maisons construites avec des blocs de pierre sont hautes et leurs façades, qui prolongent les pentes rocheuses au sommet desquelles elles s'élèvent, sont comme des falaises aux étroites fissures, des meurtrières plus que des ouvertures.

Maisons de guerriers.

Le village entier est une hautaine forteresse, un nid d'aigle tel qu'on en voit dans nos Alpes.

Il ressemble à son chef, Hocine Aït Mansour, dont la morgue aristocratique, l'élégance des traits, le français à peine teinté, qu'il maîtrisait, m'avaient impressionné quand, à Oran, il nous avait rendu visite.

Il avait dit, je m'en souviens, que nous volions les terres arabes et kabyles pour nous les partager comme font les brigands avec leur butin. Notre droit n'était que l'expression de notre force. Il avait ajouté sur un ton méprisant : « Ce n'est pas la justice. » Et il nous avait avertis : Dieu voulait qu'un jour celle-ci triomphe.

Berson aussi s'est souvenu de Hocine Aït Mansour.

« Celui-là, dit-il, m'exposant pour la première fois ses intentions depuis que nous sommes en opérations, nous le ramènerons à Oran la corde au cou. Nous l'exécuterons sur une place après l'avoir forcé à s'agenouiller ! »

Peu après, un homme est sorti du village, marchant d'un pas lent vers nous. Il portait l'uniforme des tirailleurs et avait accroché à sa poitrine plusieurs décorations. Il a salué réglementairement les soldats qui le menaçaient de leurs baïonnettes.

Je me suis avancé. Je tenais à précéder Berson.

L'homme m'expliqua qu'il avait été décoré après la bataille de Frœschwiller, parce qu'il avait été le seul survivant de son bataillon.

« Tous morts à l'assaut », a-t-il répété.

Je me suis placé devant lui pour empêcher Berson de lui arracher ses médailles et de l'abattre. Il a donc pu parler, dire que le maître du village, le chef Hocine Aït Mansour, faisait savoir aux officiers qu'il n'avait participé à aucune attaque ni révolte, qu'on devait donc laisser vivre les habitants d'El Mansour, village pacifique. Il était prêt, lui, si les soldats respectaient les habitants et ne détruisaient pas leurs maisons comme ils le faisaient partout, à se présenter aux officiers pour montrer sa bonne foi et à accepter leur jugement, même si ce n'était pas la justice. Mais Dieu la ferait régner un jour, et malheur à ceux qui ne la recherchaient pas !

L'ancien tirailleur est reparti avec la réponse de Berson :

« Tout est à nous, ici : les pierres, les moutons, les hommes, les femmes, les maisons. Nous sommes les maîtres. Si vous ne sortez pas, vous serez brûlés comme de la paille et écrasés par les pierres de vos murs ! »

Nous n'avons pas détruit ce village. Hocine Aït Mansour avait dû pressentir le danger qui le menaçait et avertir les autorités d'Alger de la marche de notre colonne.

En fin de matinée, le capitaine Lelong, de l'état-major du Gouverneur général, nous a rejoints avec une escorte. Il a pris le commandement de nos compagnies et fait aussitôt lever le siège d'El Mansour.

Le lieutenant Berson était, ordre du général Chanzy, relevé de son commandement et placé aux arrêts de rigueur avant même d'arriver au cantonnement.

« Berson est devenu fou, m'a dit Lelong. On ne résout pas une affaire criminelle en brûlant les mechtas. Nous devons nous faire respecter, mais aussi aimer. Nous sommes justes comme peuvent l'être des aînés, et non barbares et tyranniques comme des gardes-chiourmes ou des exécuteurs. Voilà depuis toujours la politique de la France. Je vous le dis, Faurel : j'ai plus d'estime pour Hocine Aït Mansour que pour Berson. Celui-ci ne vaut pas mieux que les égorgeurs de votre *Maison rouge*. »

Il m'a ordonné de désarmer Berson et d'assurer sa garde jusqu'à notre arrivée à Oran.

J'ai refusé.

*

* *

16 mai. Alger.

J'ai rencontré cette nuit une femme qui a vu mourir Kallima.

C'était la mère maquerelle d'une de ces maisons dans lesquelles on se vautre.

J'y avais accompagné Berson après qu'une commission disciplinaire l'eut blâmé, sanctionné de plusieurs semaines d'arrêts de rigueur et muté dans une garnison du nord de la France. L'accusateur avait été le capitaine Lelong. J'avais déposé comme témoin, décrivant les corps martyrisés des femmes et des soldats de la *Maison rouge* et ceux, aussi mutilés, de nos éclaireurs.

Le général Labezie, qui présidait, m'avait interrompu :

« Un officier français, avait-il dit, n'applique pas la loi du talion. Il ne cède jamais à l'instinct de vengeance. Il est au service d'un idéal. Ici, lieutenant, nous représentons la civilisation et le christianisme, donc la justice et le droit. »

À l'issue des délibérations, Lelong m'avait expliqué que mes états de service et mon nom avaient plaidé en ma faveur. Mais mon régiment allait être dissous et son chef, le commandant Rollin, quitterait l'Algérie pour l'Annam.

« Vous vous êtes conduits comme des barbares », m'a répété Lelong.

Je n'ai pas voulu laisser Berson seul.

Nous avons bu dans cette « maison » située au pied de la Casbah.

Les filles étaient des Négresses aux corps adipeux ou des Arabes sèches comme de vieilles dattes.

Il y avait aussi deux ou trois Espagnoles que l'on se disputait parce qu'elles piaffaient comme des pouliches sauvages.

Les Françaises étaient maigres et poudrées ; elles m'ont fait penser à ces débris que le sel a rongés et que la mer rejette.

Toute la nuit nous avons dégorgé notre énergie amère et belliqueuse dans le corps de ces filles dociles dont nous tentions d'oublier la laideur et l'indifférence.

Alors que nous partions, la mère maquerelle nous a invités à sabler le champagne avec elle, parce qu'elle aimait, disait-elle, les jeunes officiers à la bourse généreuse.

Elle avait les lèvres rouge sombre, les yeux soulignés d'un trait violet, la voix rauque.

Berson était trop ivre pour l'écouter ou lui parler. Il ne savait plus que boire, la nuque ployée.

« Si vous étiez venu il y a un mois, avait commencé la maquerelle, vous auriez vu le monstre : une Négresse, jeune, aux traits de madone mais au corps de bête. »

On la lui avait déposée un soir : des gendarmes maritimes qui la portaient dans une sorte de filet. Elle était arrivée de Toulon à bord du *Colbert*. On avait dû la frapper. Elle avait la tête cabossée, les lèvres fendues. Mais, dès le premier soir...

La maquerelle s'était interrompue, hochant la tête, puis avait repris :

« Je l'ai mise à l'ouvrage. Ici, ça n'est pas un hospice. Et les gendarmes m'avaient dit : "Faites-en ce que vous voulez." Je lui ai parlé : "Ici on ouvre les jambes", lui ai-je dit. Je voulais savoir si elle comprenait. J'ai vu qu'elle aimait ça, la salope. Elle était énorme. Rien qu'à la voir, ça donnait envie de la toucher. Même moi, j'ai voulu caresser ce qu'elle avait entre les jambes. Ce n'était pas un sexe, mais des bourrelets de chair autour d'une grosse bouche rouge. Le mien, à côté, tout comme ceux que j'ai déjà vus avaient plutôt l'air de petites boutonnières. Celui-là... »

La maquerelle avait bu, avait ri puis continué :

« Les hommes, surtout les plus distingués – les officiers comme vous, les légionnaires dont je sentais qu'ils étaient des aristocrates –, tous ceux-là la voulaient. Ils disaient qu'elle les aspirait, qu'ils avaient l'impression d'être avalés entre ses cuisses. Ils l'appelaient la Grosse Femelle noire, ou bien ils me disaient : “Je veux la Bête. Je paierai ce qu'il faut.” C'était une mine d'or. »

Au fur et à mesure que la maquerelle parlait, je me couvrais de sueur.

Je me souvenais de ce que j'avais éprouvé avec Kallima. Moi aussi, j'avais disparu en elle, dans cette faille sombre, ce puits sans fond où l'on perdait toute raison pour n'être plus qu'un corps.

« Elle s'est laissée mourir », a dit tout à coup la maquerelle d'une voix éraillée.

Kallima avait cessé de se nourrir et même de boire.

« Je ne l'ai pas jetée dehors, comme j'aurais pu, peut-être comme j'aurais dû : qui me l'aurait reproché ? Mais elle m'a fait pitié. Quand j'entrais dans ce cagibi où je l'avais portée – parce qu'une chambre qui ne sert pas, ça, ça n'était pas possible –, elle ne me quittait pas des yeux. Elle ne me suppliait pas de la garder, mais c'était comme si elle me jugeait. Elle me donnait des remords. Vous comprenez ça ? Qu'est-ce que c'était, après tout ? Une sorte de bête noire. Et moi, toujours conne, je l'ai traitée comme une femme... »

J'ai pris Berson par le bras et nous sommes partis.

*
* *

16 juin. À bord du *Colbert.*

J'ai quitté ce matin la terre africaine.

« Cette mère..., m'a répété le père Orabona. Vous y reviendrez. Vous êtes de ceux qu'elle appelle. Je le sais. Elle a besoin de vous ! »

D'où peut venir, chez cet homme, tant d'assurance et de certitude ? De sa foi ? J'ai été tenté de l'ébranler en lui parlant de Kallima.

Au moment où je quittais sa « maison » en soutenant Berson, la maquerelle m'avait dit que le corps de Kallima, dans les heures qui avaient précédé sa mort, s'était recouvert de chancres et de pustules.

Plus personne n'avait osé s'en approcher.

La maquerelle avait dû se rendre sur les quais du port, payer quatre hommes – des Arabes dont même les autres Arabes se méfiaient – pour qu'ils viennent prendre la négresse avec un tombereau.

En la voyant, pourrie comme elle était, ils avaient exigé le double du prix convenu. La maquerelle avait accepté.

Ils avaient alors fourré Kallima dans un sac, et, à eux quatre, quatre brutes pourtant, ils avaient eu du mal à la soulever.

Ils avaient dû lester le sac et le jeter au large.

Qu'aurait-il dit, le père Orabona, si je lui avais raconté cela ?

Je n'ai pas osé.

Je l'ai écouté alors que nous marchions à la recherche de vestiges, sur les collines qui dominent Alger ou dans la campagne de Bône ou de Tipasa.

Il évoquait Cham, l'un des trois fils de Noé.

Cham était l'impudique, l'ivrogne et le lubrique, celui dont on dit qu'il est maudit et qu'avec lui le sont tous les peuples d'Afrique !

Puis j'ai vu le père Orabona s'agenouiller, écarter les ronces, faire surgir sous ses doigts écorchés le fût brisé d'une colonne antique ou les marches disjointes d'un temple, peut-être celles d'une église primitive.

« Saint Augustin est de cette terre, m'a-t-il dit. Il a commencé de la racheter. À nous de poursuivre ! Dieu parie sur vous, Charles Faurel. Quoi que vous pensiez et même quoi que vous fassiez, vous êtes à Dieu, je le sais. »

Je ne lui ai donc pas parlé de Kallima, du souvenir des nuits passées avec elle qui me hantait.

Et comme pour le chasser – ou le retrouver – je me suis accouplé avec ces filles noires dont la bouche souvent était édentée, mais dont le corps huileux me rappelait le sien.

Pouvait-il comprendre cela, le père Orabona ? Son visage était exsangue, sa peau jaune.

Parfois, ces derniers jours, il m'a semblé qu'il pressentait que j'avais le désir non seulement de me confier, mais de me confesser en m'agenouillant devant lui, tête baissée, espérant qu'il poserait sa main consolatrice sur mes épaules.

Je lui en veux de ne pas m'avoir incité à ces aveux.

Au contraire, il m'a dit :

« Il faut attendre le moment, Faurel. Rien ne presse. Dieu est patient. Vous êtes au commencement de la route. Les questions sont en vous comme le grain qui germe. »

Il m'a accompagné jusqu'au pied de la passerelle.

Avant de nous séparer, j'ai voulu une dernière fois dire ce que Kallima avait subi à bord de ce navire où j'allais embarquer, et combien j'avais été responsable de son destin.

Mais il m'a pris la main, parlant avant que je ne commence, me réduisant ainsi au silence.

« Allez votre chemin, Faurel. À votre pas. Vous reviendrez. Nous nous retrouverons. »

J'écris, assis sur le pont supérieur du *Colbert*.

Au loin, l'entassement des cubes blancs de la Casbah d'Alger.

La terre africaine où Kallima est née.

Et, devant moi, autour de moi, la mer où elle est enfouie, que creuse la proue du navire.

DEUXIÈME LIASSE

11

Dans Paris que je retrouvais gris et assoupi, ordonné et calfeutré, j'ai d'abord eu l'impression que je n'existais plus. Personne ne semblait me voir. L'indifférence dissolvait mon corps.

J'avais été mis à la disposition du ministère de la Guerre, sans affectation précise.

Les officiers de la rue Saint-Dominique que j'interrogeais, auxquels je faisais part de mon souhait d'être désigné, comme l'avait été le commandant Rollin, pour la Cochinchine, l'Annam ou l'Afrique noire, m'ignoraient. Ils m'écartaient d'un geste ennuyé ou plein de morgue, me répondaient que nous autres, officiers d'Afrique, devions réapprendre la discipline et que l'armée française ne serait plus jamais abandonnée aux coloniaux comme elle l'avait été en 1870, avec les résultats que l'on connaissait.

Ainsi me renvoyaient-ils, mais jamais leurs yeux ne croisaient les miens.

Je regrettais la folie, la passion criminelle, l'ivresse et la démesure qui emplissaient ceux de Berson.

Il avait, avais-je appris, réussi à se faire affecter à un poste sur la frontière mouvante de notre colonie du Sénégal. Il menait, murmurait-on, des incursions vers le Niger, agissant sans ordres au milieu de peuplades hostiles.

Je l'imaginais, emporté par ses instincts. J'avais honte de l'envier.

Moi, j'étais oisif.

Mon père me sermonnait, organisait des dîners où se côtoyaient des généraux et des républicains d'avenir : Ferry, Gambetta...

J'étais assis à l'extrémité de la table, blanc-bec que personne n'interrogeait, qu'on découvrait parfois au salon, par inadvertance, et auquel on adressait quelques mots, par politesse : « Ah, vous arrivez d'Algérie ? » – puis on se détournait. On évoquait pourtant Mgr Lavigerie qui venait de s'adresser aux officiers de la garnison d'Alger en les invitant à traverser le désert et à gagner les terres noires de l'Afrique inconnue. Tel était leur devoir : « C'est vous qui ouvrirez les portes de ce monde immense et les clefs de ce sépulcre sont ici dans vos mains ! » leur avait-il dit.

On se gaussait un peu de l'emphase cardinalice de ce bon Lavigerie. Mais tant Gambetta que Ferry approuvaient ses intentions.

L'un disait : « Vous savez bien que nous ne pouvons sans folie songer à reprendre l'Alsace et la Lorraine, il nous faut donc tâter d'une politique d'expansion, conquérante, et gagner, par d'habiles neutralités, l'équivalent de ce que nous avons perdu. On verra après. »

L'autre, Ferry, ajoutait : « Les possessions que nous acquérons outre-mer font partie du faisceau des forces vives de la nation. Elles nous donnent vigueur, prospérité, richesse. Elles contribueront à relever notre prestige et notre grandeur dans le monde. »

Mon père, que la défaite de Napoléon III avait accablé, avait choisi de parier sur la République. « L'Empire, disait-il, a dégoûté notre pays des aventures. Les désastres d'une guerre insensée ont développé dans les masses profondes de la nation le goût obstiné de la paix. C'est à la République de redonner vie à l'héroïsme. »

Sentencieux et courtisan, il approuvait Ferry et Gambetta, répétant qu'il fallait en effet une « politique de fierté nationale » qui remplacerait, pour notre gloire et notre fortune, cette attitude de recueillement et d'abstention qui étaient indignes de la France.

Ferry ajoutait : « Vous avez raison, général, la France ne peut se résigner à jouer dans le monde le rôle d'une grande Belgique ou d'une Suisse élargie ! L'étranger – la Prusse d'abord – ne prendra jamais le recueillement de la France pour de l'indifférence, c'est ainsi. Nous ne pouvons nous cantonner dans une solitude orgueilleuse ou timide. Nous devons agir. Et puisqu'il ne saurait être question de revanche aujourd'hui, tournons-nous vers l'outre-mer ! »

J'écoutais avidement ces propos, mais j'étais tenté d'interrompre Ferry ou Gambetta pour leur faire part de mon indignation.

Les dernières démarches que j'avais effectuées au ministère de la Guerre m'avaient valu un rappel à l'ordre. À entendre les officiers des bureaux, je n'avais pas à faire connaître mes vœux. Sénégal, Tonkin, Annam, Nouvelle-Calédonie, Congo ? Quoi d'autre encore ? Un officier devait se soumettre à la décision de ses supérieurs et l'attendre sans impatience. Quant à celui qui ne supportait pas ces règles de la discipline militaire, il pouvait quitter l'Armée. C'était un honneur de servir. Certains caractères n'en étaient pas dignes. Que je relise mes classiques : il y avait de la grandeur dans la servitude militaire.

Tout cela dit sans un regard, la tête penchée sur des papiers ou bien les yeux tournés vers une fenêtre.

C'est de cette absence de regards que je souffrais le plus, non seulement dans les bureaux du ministère de la Guerre, mais dans toute cette ville où je me sentais devenu un étranger.

Parfois je me demandais même si Kallima, avant de mourir, ne m'avait pas jeté un sort, comme si elle avait voulu que je connaisse moi aussi un peu de ce qu'elle avait vécu : la dépossession de soi par impossibilité d'échanger avec l'autre ce qu'on ressent.

Elle avait été enfermée dans son apparence, jamais vue pour ce qu'elle était, sauf peut-être par Lucien de Chalvon. Et moi, depuis que j'étais rentré d'Algérie, je ne croisais que des visages qui me semblaient dépourvus de regard.

J'errais pourtant dans les quartiers du centre et du nord de Paris, entre l'Opéra et Montmartre, où j'espérais retrouver un peu de l'atmosphère âcre et brûlante que j'avais connue en terre africaine.

Mais on me côtoyait, on me parlait sans me voir.

À Oran, dans le quartier de la *Maison rouge*, à Mascara ou à Tizi Ouzou, quand le vent chargé de sable balayait les rues – des voies à peine tracées, plutôt –, dans les ruelles suintantes de la Casbah ou dans les mechtas dont nous chassions les habitants, aux confins du désert quand je m'asseyais face à un homme aux traits masqués par une grande écharpe bleue, les regards dessinaient mon destin. Ils étaient haineux ou apparemment soumis, la plupart fuyants après m'avoir jaugé, mais tous faisaient de moi une force, une volonté, une présence qu'on ne pouvait ignorer, qu'il fallait tuer ou respecter.

J'étais le colonisateur. Je disposais à mon gré de leurs biens et de leur vie. Ce pouvoir qu'ils me reconnaissaient me faisait vivre.

Ici j'étais le vide, un contour à peine tracé, sans aspérités.

La foule autour de moi ne s'écartait pas quand je m'avançais. Elle m'ignorait.

J'entrais dans l'un de ces cafés-concerts où, presque chaque soir, j'essayais de tuer le temps.

Je choisissais une table proche de la scène. J'offrais une bouteille de champagne à l'une des filles qui, se penchant vers moi, se proposait pour me distraire.

Mais, tout en parlant, en buvant, en m'invitant à la connaître davantage, elle regardait ailleurs et je ne pouvais la prendre par la nuque, la plier, la forcer à m'obéir.

Je ne la désirais même pas, comme si je ne souhaitais plus que des amours violentes dans lesquelles, dominateur, j'imposais ma loi à une femelle que j'avais le droit, si je le souhaitais, de cravacher, d'éperonner, dont la soumission et la bestialité m'excitaient, faisant de moi le mâle conquérant et souverain.

Ici je n'étais plus qu'un médiocre client esseulé comme il y en avait tant parmi cette foule qui se pressait devant l'entrée des cafés-concerts ou qui hésitait à s'engouffrer dans les « maisons » discrètes de la rue de Provence ou de la rue de la Chaussée-d'Antin.

À plusieurs reprises j'en ai franchi le seuil, découvert les salons où, sur des sofas, des femmes en corset et bustier croisaient haut leurs jambes.

Mais je ne choisissais aucune d'elles.

Je buvais.

Ces filles proprettes me paraissaient insipides. Je pensais à Kallima, aux Négresses d'Alger, aux adolescentes voilées de la *Maison rouge*.

J'avais bu un alcool trop fort pour me contenter de ce vin léger.

J'ai donc eu froid durant les premières semaines qui ont suivi mon retour à Paris.

Ce mois de juillet ressemblait à septembre. Je ne voyais derrière le rideau terne de la pluie que des silhouettes pressées, recroquevillées, indifférentes les unes aux autres.

Il m'est arrivé, dans ces moments-là, de regretter les pierres et les crachats que les jeunes Arabes lançaient dans ma direction lorsque je me hasardais dans les quartiers indigènes. J'avais aussi la nostalgie des couleurs crues : les ocres, les bleus, les rouge sang, les noirs, les blancs incandescents. Me manquait même l'appel du muezzin, torsadé comme la lame d'un nomade du désert.

Je me sentais prisonnier de cette grisaille, et, face aux rebuffades du ministère, j'ai envisagé de quitter l'Armée.

Je me suis mis à fréquenter les conférences de la Société de Géographie où se retrouvaient des explorateurs, des professeurs, quelques officiers de marine, des représentants des compagnies commerciales qui commençaient à essaimer leurs entrepôts et leurs comptoirs le long des côtes d'Afrique et dont les agents s'aventuraient à l'intérieur des terres.

J'ai écouté, fasciné, ces hommes qui parlaient de peuples dont j'ignorais l'existence. J'ai aimé la mystérieuse sonorité de ces noms : Wolofs, Mandingues, Peuls, Toucouleurs, Bambaras, Dioulas, Malinkés, Sarakolés, Songhaïs, Soninkés, Sénoufos, Batékés, Bafourous, Apingis...

Un amiral, La Roncière le Noury, tenant à deux mains le pupitre, parlait d'une voix forte.

« Messieurs, la Providence nous a dicté l'obligation de connaître la terre et d'en faire la conquête. Ce suprême commandement est l'un des devoirs impérieux inscrits dans notre intelligence et dans notre activité. La géographie, cette science qui inspire un si beau dévouement et au nom de laquelle tant de victimes ont été sacrifiées, est devenue la philosophie de la Terre. »

J'échappais ainsi à la morosité, au désespoir même. Je m'enthousiasmais à entendre les récits de quelques explorateurs qui, dans le silence d'une assistance pétrifiée, décrivaient les mœurs de telle ou telle peuplade cannibale et les funérailles cruelles – hideuses, disaient-ils – qu'elles pratiquaient.

Ils avaient vu, dans certains villages de la forêt, des membres et des quartiers de chair humaine suspendus au-dessus du feu afin de les « fumer » et de pouvoir ainsi les conserver. La graisse était recueillie avec soin dans des calebasses, car on l'utilisait dans toutes les préparations culinaires.

Là, dans un autre village, les rues étaient jonchées de débris humains et on avait présenté à l'explorateur plus de deux cents crânes ayant tous subi la cuisson.

Les tribus les plus nombreuses, les plus puissantes, les plus habiles pratiquaient la chasse à l'homme, traquant et dépeçant les plus faibles, gardant les prisonniers dans des enclos pour les égorger, les cuire et les dévorer quand les prises deviendraient insuffisantes.

Il existait même des marchés de chair humaine, les enfants débités et vendus par morceaux comme on fait des bestiaux.

Les vainqueurs des guerres tribales se partageaient les cadavres des vaincus, les dévoraient comme pour s'approprier leur puissance. On buvait le sang des blessés, on mangeait leur chair crue. Il arrivait quelquefois qu'on déterrât des cadavres pour s'en repaître.

J'écoutais.

Je voyais la fosse dans laquelle on plaçait le corps du chef mort, autour duquel on entassait des femmes vivantes. Puis on comblait la fosse. Parfois plus de cent femmes étaient ainsi immolées dans la tombe du chef, la seconde épouse ayant seule le privilège d'être égorgée avant que la terre ne retombât sur elle.

Les voyageurs évoquaient ces têtes plantées au bout de longs bambous à l'entrée des villages, ou ces morceaux d'hommes carbonisés suspendus à des branches d'arbre.

Là, les femmes étaient assommées, leurs corps livrés aux hyènes et aux oiseaux de proie.

Ailleurs, on organisait des sacrifices pour l'âme d'un ancêtre. On chantait, on dansait, on poussait des cris de guerre autour de celui qui devait mourir. On le plaçait sur un siège dont les pieds étaient enfoncés en terre. On lui mettait autour du cou une fourche fixée à un arbre que l'on courbait vers le supplicié. Le sacrificateur tranchait la tête de la victime. L'arbre, en se redressant, envoyait, comme une catapulte, la tête au loin.

On arrachait alors du corps sanglant des lambeaux de chair que l'on faisait rôtir. On les pimentait, on s'en goinfrait.

J'étais horrifié, mais l'attirance était plus forte que le dégoût.

Je voulais connaître, parcourir ces contrées, rencontrer ces hommes aux mœurs sauvages.

J'ai pensé que je pourrais, après avoir démissionné de l'Armée, devenir agent de l'une de ces compagnies commerciales.

Je me suis donc approché d'un des orateurs, un homme jeune au visage ouvert dont le nom – Paul Leroy-Beaulieu – m'était connu. J'avais lu son livre, *De la colonisation chez les peuples modernes*, et j'avais constaté qu'il bénéficiait, auprès des représentants des compagnies, d'autorité et de prestige. Lui pourrait sans doute me conseiller, me recommander auprès de l'une d'elles.

En me présentant à lui, je croisai enfin un regard !

Il m'écouta, répéta que la colonisation était le fruit naturel de l'industrie, du commerce, du désir de puissance, de la concurrence entre nations, mais aussi du devoir de civilisation qui incombait aux races supérieures.

« Nous ne pouvons pas laisser des peuples s'entre-dévorer comme des animaux sauvages », me dit-il en me prenant le bras.

Puis il insista sur l'intérêt qu'il y avait, pour les capitaux d'un vieux et riche pays comme le nôtre, à féconder des colonies et à les exploiter. Mais il me déconseilla de quitter l'armée. Je m'étais seulement trompé de portes, me dit-il. Les fantassins ne pensaient qu'à l'Alsace et à la Lorraine. Ils régnaient en Algérie et dans la vieille colonie du Sénégal. Mais c'étaient les marins qui avaient pris en mains la colonisation. Eux regardaient vers l'Afrique lointaine, celle des tropiques, de la forêt vierge, des peuples barbares qui y vivaient. Ils prenaient aussi des initiatives en Océanie, en Cochinchine, au Tonkin, en Annam.

Je lui parlai de mon frère, de Lucien de Chalvon et du malheureux Francis Garnier.

« Vous êtes déjà plus marin que fantassin, dit-il en riant. Nos lieutenants de vaisseaux, nos amiraux sont notre fer de lance. Je parlerai de vous à l'amiral Montaignac, le ministre de la Marine. »

Il m'entraîna dans la grande salle de conférences qui se vidait peu à peu.

Je n'étais pas, à l'entendre, un homme de commerce et d'argent. C'était une vocation. Ce que je

12

Depuis que ce jeune lieutenant de vaisseau à la silhouette un peu voûtée s'est mis à parler, je ne peux plus le quitter des yeux.

Il est assis en face de moi à cette table ronde disposée au centre de la salle à manger de Lucien de Chalvon qui préside le dîner avec, à sa droite, une femme au port altier, grande, les traits assez grossiers, le nez un peu épaté, le teint foncé d'une métisse, que notre hôte m'a présentée comme l'héritière d'une des plus anciennes familles de la Martinique – une Béké, Geneviève de Lancel, apparentée à la famille Beauharnais.

Au début du dîner donné par de Chalvon pour fêter son séjour à Paris – bref, puisqu'il repartait pour l'Annam après avoir vu le ministre de la Marine, l'amiral Montaignac, et tenté d'obtenir des renforts, un navire, des fusiliers marins –, je n'ai eu d'yeux que pour cette femme et n'ai prêté aucune attention à mon vis-à-vis, cet officier de marine d'abord silencieux, au visage amaigri, à la peau jaunâtre, ternie, même, comme l'est souvent celle des coloniaux. Sa veste d'uniforme lui serrait la poitrine et les épaules, lui donnant un aspect malingre, presque maladif, qu'accentuait encore son regard fiévreux.

Chalvon avait seulement indiqué qu'ils s'étaient connus à l'École navale où ce Pierre Savorgnan de Brazza – c'était son nom – avait été admis au titre d'élève étranger. Mais il avait abandonné sa nationalité italienne pour la française et il avait, durant la guerre, navigué en mer du Nord, puis en Méditerranée, au large de la Kabylie, pendant l'insurrection de Mokrani. Il revenait d'une longue croisière le long des côtes d'Afrique, au-delà de l'équateur. Il avait fait relâche à Libreville, cette ville fondée en 1849 par les marins français pour y accueillir les Noirs émancipés après l'abolition de l'esclavage.

« L'esclavage, l'esclavage... », avait marmonné Berson.

En attendant sa voix éraillée et gouailleuse, j'avais aussitôt regretté d'avoir suggéré à Lucien de Chalvon d'inviter mon ancien compagnon d'armes lui aussi en mission à Paris. Mais il m'avait paru si désemparé, presque hagard, avec son visage enflé, ses yeux enfoncés et rougis, ses mains boudinées, tremblantes.

Je l'avais cru capable de rester poli et discret. Au contraire il ricanait, le col de sa vareuse dégrafé, les joues écarlates d'avoir déjà trop bu.

« Libreville ? Mais les Nègres ne sont pas capables d'être libres ! Vivez comme moi parmi eux, loin de tout, avec une lampe-tempête, un lit de camp, une dizaine de tirailleurs et de laptots... Oui, comme vous, messieurs les marins, nous utilisons des matelots indigènes sur nos fleuves. Mais vous savez à quoi ils pensent ? Au nombre de femmes qu'ils vont pouvoir rafler quand nous entrerons dans un village, et dont ils feront des esclaves. Et moi, qu'est-ce que je fais ? Au lieu de libérer notre butin féminin, je le répartis équitablement entre mes tirailleurs et mes laptots, et quand il y en a une qui... »

Il s'était esclaffé, la tête rejetée en arrière.

« Une femme... »

Il avait pointé le doigt en direction de Geneviève de Lancel qui s'était raidie.

« Une femme, avait repris Berson, sur les marchés, selon ses qualités – et vous voyez ce qu'on entend pas là, n'est-ce pas ? –, ça vaut entre six et quinze chèvres ! »

Il avait passé la main entre le col de sa chemise et son cou en respirant bruyamment.

« Ils ne désirent pas le règne de la liberté ! Les plus malins veulent pouvoir se livrer au commerce des esclaves... »

Il avait haussé les épaules et grogné :

« Pourquoi voulez-vous que nous changions quoi que ce soit à cet ordre ? C'est le leur. Il faut simplement le mettre à notre service, utiliser les Nègres qui ont une âme de maître. Il y a des chiens de troupeau, non ? Et le berger ne court pas lui-même après les moutons, il siffle, donne un ordre, et le chien s'élance. Voilà comment je traite mes tirailleurs et mes laptots ! »

Il avait frappé dans ses mains et ajouté en riant :

« Mes chiens et mes moutons ont un point commun : ce sont des animaux, et nous leur sommes supérieurs. Si nous oublions cela, alors les chiens deviendront des loups et nous égorgeront, puis ils ne feront qu'une bouchée du troupeau. »

Il était devenu intarissable, entrecoupant son récit d'exclamations, ou bien s'interrompant pour boire, racontant comment il avait découvert que les

Sarakolés, l'un des peuples les plus intelligents du Sénégal, prospéraient en achetant des esclaves à des tribus de l'intérieur pour une poignée de sel, en les utilisant comme porteurs, en les enchaînant, en les frappant avec des fouets faits de peau de rhinocéros qu'ils se procuraient auprès des tribus de la forêt. Au Sénégal, ils revendaient ces esclaves ou les employaient à la mise en culture des campagnes.

« Libreville ! C'est une farce ! Tous sont ligués pour que l'esclavage continue ! Mêmes les esclaves, parce qu'on les nourrit. Essayez donc de faire d'un mouton un chien ! Et puis, il y a nos chers Arabes, nos braves musulmans qui achètent aux chefs de tribus les enfants et les jeunes femmes. Les uns deviendront eunuques, les autres filles de harem. Du moins ceux qui survivront à la marche à travers le désert, enchaînés les uns aux autres, partageant le carcan qui les étrangle si l'un d'eux vient à bouger. Lorsqu'ils sont épuisés, on les abandonne et ils crèvent de soif. Heureux ceux qui meurent avant que les charognards ne viennent les picorer ! »

Il avait reculé sa chaise, croisé ses mains derrière sa nuque.

« Libreville ! Vous m'amusez. Vous avez vu ce que nous avons fait, à Paris, entre Blancs ! Communards et Versaillais, nous nous sommes comportés comme des sauvages, non ? Et vous voudriez que les Nègres soient libres ? Ne rêvons pas, mes amis ! Une femme vaut entre six et quinze chèvres, ou une poignée de sel : voilà le cours et la vérité des choses africaines ! »

Tout à coup, Geneviève de Lancel s'était levée. La fureur et le mépris crispaient son visage. Sa main posée sur la table effleurait les couverts et j'ai craint qu'elle ne les lance à la tête de Berson.

Elle a dit, une moue déformant sa bouche :

« Nous autres Békés, nous avons tous dans les veines un peu de sang noir, du sang d'esclave ! »

Berson a balbutié comme s'il avait réalisé l'inconvenance de ses propos. Il avait des accès de fièvre, a-t-il marmonné. L'Afrique, c'était d'abord cela : la maladie, une gangrène qui rongeait la raison et la volonté, qui poussait à la folie. La civilisation allait s'y corrompre, s'y dissoudre.

« Nous serons tous des Nègres, mais sans leur force ni leur résistance, a-t-il poursuivi. La chaleur, l'humidité nous empêchent de penser. Et dès lors que nous perdons cette faculté – et nous la perdons, là-bas –, il ne nous reste rien. Quand vous voyez les porteurs, avec leurs caisses sur la tête, vous comprenez que vous leur êtes inférieur sur ce plan-là. Ce sont des bêtes racées, belles, pleines de sang, viriles. Nous autres Blancs, nous ne savons que nous laisser porter. Cette chaleur, cette forêt nous épuisent. Eux, ils avancent à vive allure, avec élégance. On dirait qu'ils dansent, qu'ils vont s'envoler. Si nous n'avions pas nos fusils, nos canons, qu'est-ce que nous serions ? Des impotents. Ce que nous devenons au bout de quelques mois passés là-bas. Regardez-moi… »

Il avait le visage couvert de sueur. Il s'est frappé la poitrine, s'est mis à tousser a murmuré qu'il demandait qu'on l'excusât, mais, au contact des sauvages, il était devenu l'un d'eux.

« On finit par ressembler au troupeau que l'on mène », a-t-il ajouté.

Puis il a laissé sa tête retomber, comme terrassé. Geneviève de Lancel s'était rassise.

C'est alors que Savorgnan de Brazza a commencé de parler et je n'ai plus cessé de le regarder.

Sa voix est teintée par un accent italien qui confère aux mots une sonorité plus douce. Il dit qu'il ne craint pas de vivre parmi les Noirs. Dieu les a faits hommes. Les Blancs aussi ont connu l'esclavage. Il y a moins de dix ans que le servage a été aboli en Russie. Quant à la cruauté, qui ne connaît les supplices que nous nous sommes infligés les uns aux autres, les massacres que nous avons perpétrés, la Voie romaine bordée de milliers d'esclaves crucifiés parce qu'ils avaient voulu être libres ?

Berson a redressé la tête, il objecte que l'anthropophagie...

Savorgnan de Brazza l'interrompt. Durant les grandes famines, des hommes en bandes enlevaient femmes et enfants afin de les égorger et de les dévorer dans les forêts.

« C'était au XIIe siècle, et plus tard encore, continue-t-il, au temps des abbayes et des cathédrales. Il ne faut pas exclusivement juger les hommes sur la sauvagerie de leurs mœurs. Sinon, après les carnages de nos guerres de religions, de nos guerres civiles ou nationales, qui serions-nous ? Seulement des barbares ! »

Lucien de Chalvon fait remarquer qu'en Cochinchine, en Annam, au Tonkin, la civilisation est à la fois d'un raffinement et d'une cruauté extrêmes.

« Le drapeau français a une vertu merveilleuse, ajoute-t-il. À sa vue, les mandarins les plus farouches deviennent doux comme des agneaux. Nous pouvons extirper la sauvagerie de ces pays en respectant la noblesse de leur civilisation.

« Vous n'avez jamais vu des Nègres, objecte encore Berson. Nus comme des bêtes, mêlés à elles...

— Il faut savoir regarder », lui répond Brazza.

Il revient de Libreville. Il a rencontré les Noirs des régions côtières. Il les a écoutés avec respect. Il a noué avec eux des liens d'amitié. Maintenant, il voudrait s'enfoncer dans cette forêt immense qui semble impénétrable et que seuls quelques explorateurs ont tout juste effleurée.

« Il y a ce fleuve, l'Ogooué, reprend-il après un long silence, dont l'embouchure géante voit ses eaux se marier à celles de l'océan. Quelle est leur source ? Peut-être existe-t-il, au cœur du continent, des grands lacs, dont les Noirs parlent comme du Pays des eaux bleues, la source de toute vie. Je voudrais remonter ce fleuve, rencontrer les tribus qui n'ont jamais vu de Blancs, qu'aucun de nous n'a encore maltraitées ou effrayées. Je voudrais apprendre leur langue, savoir quels sont leurs dieux, leurs rites... »

Berson secoue la tête :

« Ils crèvent le ventre d'un poulet ou celui d'un homme. Ils lisent l'avenir dans leurs entrailles. Voilà toutes leurs croyances !

— Rome... » murmure Brazza.

Il sourit. Son visage exprime une lassitude empreinte de commisération. Il esquisse un geste de la main.

« Je suis né à Rome, reprend-il, la ville du monde où l'on a cru le plus et où l'on croit encore le plus aux signes, aux sortilèges, où l'on a craint le plus et où l'on craint encore le plus les malédictions, le pouvoir des mages. Quant à la cruauté, regardez le Colisée : les chrétiens livrés aux bêtes sauvages... Soyons indulgents, mon cher, souvenons-nous !

— Ils vont vous dévorer tout cru, réplique Berson. Vous êtes aveuglé par votre humanisme, votre christianisme. Mais il n'y a pas de mot en *isme* en Afrique. Il y a la chaleur et la chicotte. Vous ignorez ce que c'est ? Une bonne baguette, bien dure et bien flexible, avec laquelle on se fait comprendre des Nègres. Vous survivrez en Afrique si vous avez un fusil et des tirailleurs qui manient pour vous la chicotte ! Et, croyez-moi, ils s'en donnent à cœur joie, ils aiment ça, frapper les Nègres ! Vous ne serez pas dévoré si vous avez compris que la tête des Nègres est faite pour porter des caisses et celle du Blanc pour penser !

— Ce fleuve, ai-je demandé à Brazza, ce fleuve que vous voulez remonter...

— L'Ogooué. Je cherche des hommes courageux pour m'accompagner », m'a-t-il répondu.

13

Carnets de route - 1

J'ai peur.

Je tremble.

Je suis assis à quelques mètres du feu que Samba Batéké vient d'allumer. Je l'appelle le « maître des pirogues. »

Il se tient debout à la proue de la première, à la main un long bambou qu'il brandit comme une sagaie démesurée, l'enfonçant dans les eaux boueuses de l'Ogooué. Il sonde. Puis il donne le signal du départ aux pagayeurs et, en quelques cris sourds, bientôt repris par les Nègres de toutes les embarcations, il impose le rythme. Lorsqu'il lance un appel aigu, les pagayeurs s'arrêtent. Samba Batéké sait que nous approchons des rapides et montre la crique où nous devons accoster.

À peine s'il se tourne vers Brazza, assis au centre de la pirogue, pour le consulter du regard.

Batéké est celui qui sait, mieux que le chef blanc.

À quelques mètres du rivage, il demande aux tambours de commencer à battre. Et j'ai chaque fois l'impression que mon cœur, mon sang s'accordent au rythme du tam-tam.

Samba Batéké avertit ainsi les tribus de la forêt que nous allons débarquer.

Le docteur Lahorit, qui s'est aventuré dans cette région, m'a dit que les peuples qui y vivent sont les plus cruels de toute l'Afrique.

Il est resté près d'un mois parmi eux, craignant chaque jour d'être dépecé tout vif. Les Ossyebas ou les Pahouins ne dissimulaient même pas leur tentation. Lahorit avait lu dans leurs regards, ainsi qu'à la manière dont ils tournaient autour de lui, le frôlant de la pointe de leurs lances, leur désir de le découper comme ils faisaient de leurs ennemis ou de ceux que les devins désignaient pour les sacrifices. Mais – c'était Samba Batéké qui le lui avait expliqué – ils avaient craint qu'il ne soit un dieu, parce qu'ils n'avaient encore jamais vu d'homme blanc, surtout d'homme aux yeux bleus.

Lahorit avait eu l'intuition du pouvoir de ses pupilles et il s'était dit qu'il ne survivrait que s'il ne s'endormait pas, s'il pouvait continuer à fixer des yeux ceux qui s'approchaient.

Il avait vécu un calvaire, assistant au massacre quotidien de centaines d'hommes et de femmes qu'on égorgeait, dont on mutilait les corps en s'en partageant les morceaux pour la gloire du nouveau souverain et les hommages que celui-ci voulait rendre au roi auquel il succédait. Le sang des victimes était recueilli dans de grandes calebasses, puis répandu sur la tombe du souverain défunt. Enfin Samba Batéké était venu, accompagné des guerriers de ses tribus des hauts plateaux, et ils avaient libéré Lahorit, le reconduisant par l'Ogooué jusqu'à Libreville.

En quelques mois, Samba Batéké avait appris à maîtriser le français, mais il avait toujours refusé de prendre rang parmi nos tirailleurs ou nos laptots. Il n'avait pas revêtu comme les autres, avec des cris de joie et des danses exaltées, cet uniforme disparate de fantassin ou de marin qui comblait d'orgueil les Nègres qui se mettaient à notre service.

Il portait un pagne fait d'un carré de peau tenu par une ceinture en liane. Il y avait tant de force, de fierté et de beauté dans son corps, qu'on n'imaginait pas qu'il pût le cacher. C'eût été sacrilège.

Quand je le vis pour la première fois alors qu'il m'observait, hésitant à sauter pour gagner la pirogue, je me sentis inférieur à lui, presque humilié par l'aisance avec laquelle il se mouvait, levait son bambou, le plongeait dans le fleuve.

Il semble ne respecter que Savorgnan de Brazza, mais il lui parle – et Brazza lui répond de même – d'égal à égal.

Lahorit me dit que, pour Samba Batéké, il existe trois sortes de Blancs.

Ceux qui sont fils de serpents, dont la peau est belle et attirante, mais qui portent en eux le venin, mordent et étouffent ceux dont ils s'approchent. Il faudrait les tuer comme on le fait des reptiles, et l'on pourrait les écorcher, faire sécher leur peau et s'en faire des parures. La peau des serpents, dont les écailles dessinent des figures étranges et colorées, est très recherchée ; celle de ces Blancs-là l'est aussi.

Il existe d'autres Blancs qui sont comme des enfants prétentieux qu'aucun sorcier, aucun chef, aucun ancien, aucun guerrier n'a instruits. Ils ont le caractère des femmes qui ne savent ni frire les chenilles, ni fumer la viande, et qui ne trouvent pas d'époux.

Il y a enfin ceux dont la peau blanche n'est qu'un masque qui leur permet de ne pas craindre d'être attaqué, étouffé, empoisonné par les serpents, mais de se mouvoir parmi eux, d'arracher les secrets de leur puissance et de leur malfaisance. Mais, sous cette peau-déguisement, ils sont noirs, même si les dieux, pour mieux les protéger, leur faire tenir leur rôle, les ont privés de leur mémoire noire. Cependant, dès qu'ils retrouvent les peuples de la forêt, ils se souviennent de leur grande et noble mère commune. Ils sont bons pour leurs frères noirs de peau, et ceux-ci les reconnaissent pour membres de la tribu.

Brazza est de ceux-là.

Je l'observe depuis que nous avons quitté Libreville.

Il est fraternel avec tous les nègres que nous rencontrons, même ceux dont les yeux injectés de sang disent qu'ils rêvent de massacres.

Il s'avance seul vers eux. Il ne porte aucune arme. Il ordonne à Batéké de se tenir à distance. Il semble ne rien craindre. Il offre au chef de la tribu des tissus, de la poudre, de la verroterie. Il s'incline devant lui. Il s'assied. Il prononce quelques mots dans l'une des langues qu'il a apprises en écoutant les porteurs, les pagayeurs. Il dit qu'il veut vivre là, dans une hutte, durant plusieurs semaines s'il le faut, pour comprendre ce peuple, sa langue, s'en faire un allié avant d'aller plus loin.

Je tremble tant que je peine à tracer ces mots. Le crayon glisse entre mes doigts. Les pages de mon carnet sont si imbibées d'humidité que la mine s'y enfonce, les perce, les déchire. Elles sont spongieuses comme le sol de cette forêt dans laquelle nous marchons depuis que nous avons dû abandonner nos pirogues, le cours de l'Ogooué étant interrompu par des rapides.

Samba Batéké a fait battre le tam-tam.

On nous guette derrière les lianes. La forêt est si dense, les branches entremêlées aux racines, les arbres sont si hauts qu'on n'en voit pas la cime et que leur feuillage cache le ciel.

Un tam-tam a répondu au nôtre.

Et j'ai vu ce que je croyais être des amoncellements de sable gris ou des blocs rocheux se mettre tout à coup en mouvement, lentement, au rythme des tambours, rejoindre l'eau et s'y enfoncer : des crocodiles que Samba Batéké a aussi avertis de notre arrivée pour qu'ils nous laissent la place.

Nous débarquons.

Je m'enfonce dans le sable, dans l'humus, cependant que volètent autour de mon visage des papillons aux ailes rouges, que des myriades d'insectes, de mouches, de moustiques donnent une épaisseur bruissante à l'air moite qui colle à la peau. Je sens des piqûres sur tout mon corps car les moustiques et les mouches savent trouver le chemin de la peau, attaquant mes chevilles et mes mains, pénétrant sous le pantalon, piquant mes cuisses, mes genoux, et j'ai envie de battre des bras, des jambes, de hurler.

J'ai peur.

J'ai la fièvre.

Je vomis.

Le docteur Lahorit m'a apporté une calebasse remplie d'eau bouillie dans laquelle il a dissous je ne sais quoi, de la magnésie peut-être.

J'ai envie de poser la tête sur mes genoux, de serrer mes jambes entre mes bras, de tenter ainsi de m'empêcher de grelotter en devenant une boule qui offre le moins de prise possible à ce qui m'entoure : ces insectes, cette forêt, cette obscurité, ce climat qui déverse des torrents d'eau que les feuilles n'arrêtent plus, où j'ai l'impression que tout est liquide, que mon corps lui-même devient sueur, eau fétide.

Je crains de me fondre dans cette vie grouillante et bruyante – cris d'oiseaux, martèlement de la pluie, au loin parfois un tam-tam, des rugissements, des cris encore, aigus ou rauques, et les chants de nos porteurs, de nos tirailleurs aux voix aussi étranges que celles d'animaux inconnus.

J'ai peur de m'assoupir alors que ma nuque ploie sous le poids de cette touffeur.

J'ai la tentation de me laisser sombrer dans l'inconscience, d'oublier où je suis, qui je suis. Mais si je succombe à cette fatigue, à cette lâcheté, alors ils me tueront.

Ils : peut-être les hommes des tribus qui nous guettent, voire même nos laptots pour nous dépouiller, se parer de nos vêtements, se saisir de nos armes.

Ils : les insectes et les serpents.

Il y a quelques minutes, quand nous sommes arrivés dans ce qui n'est pas une clairière, mais un espace un peu moins encombré de lianes, de racines, de hautes herbes, peut-être parce que les frondaisons d'un immense fromager le recouvrent, j'étais si exténué par la marche que je me suis senti sur le point de me laisser tomber sur le sol. J'ai tendu la main, cherchant un appui. Et j'ai vu Batéké lever le bras, puis abattre sa machette sur la branche que je voulais saisir, la tranchant net, et elle s'est recroquevillée, enroulée sur elle-même : un serpent long de près de deux mètres dont Samba a commencé à arracher la peau luisante, couverte de figures entrelacées, vertes et noires, qui la faisaient ressembler à une écorce.

Samba Batéké ne m'a pas jeté un regard et je me suis senti dépendant de lui comme un enfant égaré.

Ai-je confiance en lui ?

Je le crains aussi comme un chien doit craindre son maître.

Et je me souviens tout à coup des propos de Berson, il y a quelques mois, au cours de ce dîner chez Lucien de Chalvon, quand j'ai rencontré Savorgnan de Brazza pour la première fois.

Les Nègres étaient ou des chiens ou des moutons, à l'entendre.

Ici, depuis que je remonte l'Ogooué, que je marche dans cette forêt qui semble à même d'étouffer le fleuve, dans cette gigantesque monotonie qui m'écrase, je mesure combien je dépends de Samba Batéké, qu'il n'est pas seulement le « maître des pirogues », mais celui de la forêt, de ma vie. Qu'il vient, d'ailleurs, de la sauver en décapitant ce serpent.

Il sait allumer des feux avec des lianes gorgées d'eau. Il sait trouver son chemin dans cet enchevêtrement de branches où je me perdrais au bout de quelques pas si je me retrouvais seul.

De cela j'ai peur : de me laisser distancer par les porteurs, par Brazza qui avance en éclaireur, qui va nous quitter demain matin pour aller à la rencontre de tribus hostiles, escorté seulement d'un ou deux hommes.

Lui est un Blanc qui reconnaît ce pays comme l'un des siens, qui l'aime.

Je l'aime aussi, malgré mon angoisse. Je veux y planter notre drapeau. Brazza l'a fait plusieurs fois depuis notre départ, offrant au chef notre pavillon tricolore, le hissant au bout d'un bambou, à l'entrée de ces quelques huttes qui forment un village et où, parfois, passant entre elles, nous découvrons des débris humains, des êtres entravés comme des animaux promis à la mort.

J'ai peur.

Je dois écrire pour ne pas sombrer dans le sommeil qui appelle ici la mort.

Si je ne garde pas les yeux ouverts, ils me tueront.

Hommes, serpents, insectes, arbres, crocodiles, rapides, porteurs, tirailleurs, et peut-être même Samba Batéké.

Je divague. Mais l'angoisse m'étreint.

La vie ici est mort. L'une et l'autre se mêlent et s'entre-dévorent.

J'ai peur. J'écris pour moins trembler.

14

Carnet de route - 2

C'est mon dernier carnet.

Encore quelques pages et je ne pourrai plus écrire.

Je suis assis sur la souche d'un arbre monstrueux, si haut que je n'en devine même pas la cime. Des singes sautent de liane en liane en poussant des cris aigus. Ils semblent regarder le fleuve qui coule en contrebas. J'aperçois les remous de l'eau brune, nos pirogues renversées que quelques-uns de nos pagayeurs tirent sur la rive.

Samba Batéké se démène, hurle, lève sa chicotte, en menace l'un ou l'autre, mais sans frapper.

Peut-être joue-t-il la comédie ?

C'est lui qui nous a fait quitter le cours de l'Ogooué en expliquant à Brazza qu'après quelques jours de marche à travers la forêt nous atteindrions un autre fleuve, l'Alima, et qu'en le descendant nous rejoindrions le roi Congo, le fleuve-mer.

Peut-être s'était-il entendu avec les pagayeurs, ou avec les tribus de la forêt, ces Ossyebas et ces Pahouins dont Lahorit me dit pourtant qu'ils sont anthropophages et mènent des guerres impitoyables contre toutes les autres ethnies.

Je m'en suis ouvert à Samba Batéké. Il a secoué la tête, a souri. Je l'ai cru. J'ai été rassuré par ses propos. Il connaissait, disait-il, les chefs de ces peuples. Il avait un droit de passage et tous ceux qui étaient avec lui bénéficiaient de sa protection.

Brazza l'a écouté. Il rêvait au roi Congo, à cette voie fluviale si large qu'on ne voyait pas ses rives quand on naviguait en son milieu. Ainsi Batéké l'avait-il décrite.

Nous avons donc commencé à marcher. Souvent nous entendions le tam-tam, comme si des hommes avançaient au même pas que nous.

Dans les villages que nous traversions, nous plantions notre drapeau.

À chaque fois j'étais ému, j'oubliais mes jambes enflées, mes chevilles dévorées par les moustiques, couvertes de mouches.

Le soir, autour du feu, Brazza hachurait sur une carte les zones dont nous avions pris possession au nom de la France.

Lahorit disait que dans la forêt, il suffit d'une heure pour qu'une trace s'efface, qu'on ne possédait que ce qu'on occupait. Derrière nous, la voie que nous avions ouverte se refermait et le drapeau était peut-être déjà transformé en pagne pour l'une des épouses du chef.

Nous avons atteint l'Alima et les pagayeurs qui portaient les pirogues ne nous ont rejoints qu'après plusieurs jours, peut-être plusieurs semaines.

Qui peut mesurer le temps, ici ? Il coule sans repère, comme les fleuves et les pluies torrentielles. Il glisse comme les serpents qui se faufilent dans les herbes. On entend alors tout à coup leur sifflement ou le claquement de la machette de Samba Batéké.

Je ne sais plus depuis combien de mois ou d'années nous avons quitté Libreville. Pas de saisons distinctes. Batéké a beau dire : « Voilà le règne de la pluie », cette saison pluvieuse ne se distingue pas pour moi des averses quotidiennes que les nuages accrochés à la cime des arbres déversent avec une obstination rageuse.

Est-ce la pluie ou la sueur qui me couvre le corps ?

Le relief ciselé par la lumière blanche du soleil algérien, le ciel vide et bleu d'une journée cristalline de France ne sont plus que des songes, les reflets d'une autre vie que je n'espère même plus retrouver, tant sont grands ma fatigue et mon désespoir.

Brazza, le « Blanc noir », comme dit Samba Batéké, semble n'avoir connu que la forêt. Ses cheveux et sa barbe cachent son visage et sa peau jaune, la fatigue et la fièvre voilent son regard, mais il veut avancer coûte que coûte.

Il fait mettre les pirogues à l'eau. Les porteurs chargent nos caisses, dont celle contenant mes carnets, ceux remplis depuis notre départ et ceux qui attendent mes notes. Nos ballots de café et de tabac, nos vêtements et nos chaussures de rechange, nos réserves de pétrole, de poudre et d'huile sont entassés à bord de plusieurs embarcations.

Nous commençons à voguer sur l'Alima vers le roi Congo...

Et tout à coup ces remous, ces cris, les pirogues qui chavirent, nos caisses et nos ballots qui flottent ou s'enfoncent dans l'eau. Samba Batéké qui hurle.

Brazza est debout, appuyé à son fusil, au milieu de la pirogue. Moi, à l'arrière, aux côtés de Lahorit.

Des hommes nus surgissent de la forêt, bondissent dans l'eau, s'emparent des caisses, les poussent sur la berge, les placent sur leurs têtes, bondissent, disparaissent en forêt, suivis par la plupart de nos pagayeurs.

Nous débarquons. Nous sommes dépouillés. Adieu, carnets et chaussures !

Je pense d'emblée au moment où il me faudra abandonner celles que je porte et qui sont déjà fendues, trouées, – tout, ici, est rongé en quelques jours, mais peut-être s'agit-il de quelques semaines ? – et où je vais devoir marcher pieds nus.

C'est fait. J'ai les pieds en sang. Et je sens – j'imagine – les vers grouillant dans mes plaies.

J'ai l'impression que mes jambes se raidissent, que mes genoux sont ankylosés, douloureux, qu'ils vont éclater comme des fruits pourris.

Tout se décompose ici en quelques jours – ou quelques semaines ?

Samba Batéké enveloppe mes pieds de grosses feuilles, frotte mes jambes avec de la sève et de la pulpe d'arbre. Je m'abandonne, ferme les yeux. Je vomis de fatigue.

Une main sur mon épaule. J'ouvre les yeux. C'est Brazza qui, d'une voix calme, m'indique que nous allons continuer à descendre l'Alima, que la voie royale du Congo nous attend d'ici quelques jours.

Ou quelques semaines, ou quelques mois.

*

* *

Dernière page

Dans la forêt, les pieds en sang.

Nous nous dirigeons depuis quelques jours – ou quelques semaines ? – vers l'Ogooué.

Samba Batéké ne nous a pas abandonnés. Il marche en tête.

Je me suis donc trompé quand je chuchotais à Lahorit que Batéké nous avait trahis.

Pauvre Lahorit, ses vêtements plus que les miens sont en lambeaux, sa peau à vif, couverte de mouches, de moustiques qu'il ne cherche même plus à chasser.

J'égrenais les preuves de la duplicité, de la fourberie de Batéké. Il avait ordonné aux pagayeurs de se diriger vers les remous afin que les pirogues y chavirent. Il avait organisé avec les Pahouins et les Ossyebas le vol de notre cargaison. Il nous livrerait vivants à ces cannibales. Il nous mentait.

Mais non, Batéké est là, nous ouvrant la route.

C'est lui qui, alors que nous descendions l'Alima, a fait arrêter les pagayeurs, a tendu le bras vers l'aval du fleuve, montrant ces centaines de pirogues, si nombreuses qu'elles avançaient bord à bord, couvrant le fleuve d'une rive à l'autre. Des guerriers nus sortaient de la forêt, brandissant leurs pagaies, hurlant cependant que battaient les tambours au rythme rapide d'un appel à la guerre.

Batéké a répété : « Bafourous, Bafourous ! »

Ces hommes-là n'ont jamais rencontré de Blancs, a-t-il dit.

Pourtant, certains de ces guerriers portaient des fusils à pierre et se sont mis à tirer.

J'ai vu Samba Batéké s'approcher de Brazza, lui montrer d'un geste qu'il fallait épauler et faire feu.

Brazza a hésité.

Les premières sagaies ont commencé à atteindre nos pagayeurs cependant que les pirogues des Bafourous approchaient, noir barrage accompagné du martèlement des tam-tam.

« Il faut tirer ! » a crié Lahorit en se redressant.

Je l'ai imité.

Nos tirailleurs et nos laptots ont épaulé.

Le feu de salve a couvert de sa fumée blanche le fleuve, puis la rive. Quand il s'est dissipé, les guerriers bafourous avaient disparu et leurs pirogues avaient cessé d'avancer.

Nous avons remonté l'Alima, débarqué et repris notre marche à travers la forêt en direction de l'Ogooué.

Les pieds en sang.

15

« Ces Nègres que vous avez côtoyés pendant près de trois ans, dit Hadrien de Boisrambert en feuilletant les pages du carnet sur lesquelles il a noté depuis le début du déjeuner quelques-uns de mes propos, dites-moi, mon cher Faurel, est-ce qu'on devra organiser contre eux des battues, comme on fait avec les animaux sauvages, ou bien est-ce qu'on pourra les dresser ? Le docteur Lahorit me dit qu'ils peuvent porter sur leur tête, sans fatigue, des poids considérables. Ce serait bien utile si nous voulons – et nous le voulons ! – construire des voies ferrées, ouvrir des routes. Nos militaires, Faidherbe et Gallieni, ont commencé au Sénégal. Mais ils manquent de moyens. Utilisons les Nègres puisque, me dit-on, les chevaux ne résistent ni au climat ni aux mouches tsé-tsé ! Qu'en pensez-vous ?

J'ai posé la question à Savorgnan de Brazza. Il a eu, vous le connaissez, son sourire triste, plein de commisération, et il m'a dit : “Je ne parle pas ainsi des humains, même quand ils sont noirs.” Ce n'est pas une réponse, n'est-ce pas ? Est-ce que des anthropophages sont des hommes ? Parlez-moi un peu de tout cela, Faurel... »

Boisrambert regarde autour de lui, salue certains convives aux tables voisines. Il s'incline parfois quand passe une dame. Il est aux aguets, mais avec le naturel et l'élégance d'un chroniqueur de *L'Illustration* dont on quête la bienveillance et la complicité.

Geneviève de Lancel, que j'ai revue chez Lucien de Chalvon, devenu maintenant chef de cabinet du ministre de la Marine, m'a confié qu'une page signée Hadrien de Boisrambert assurait la notoriété. Lorsque Savorgnan de Brazza, dans les semaines qui ont suivi notre retour à Paris, a été décoré de la Légion d'honneur, Boisrambert a brossé de lui, dans *L'Illustration*, un portrait enthousiaste : « L'aristocrate romain s'est mué en héraut de la France, a-t-il écrit. Il apporte la civilisation dans l'Afrique sauvage et donne à sa nouvelle patrie le cœur d'un continent. »

J'ai été surpris qu'il veuille me rencontrer, mais, comme me l'a répété Geneviève, on ne refuse pas une invitation de Boisrambert. On y court.

Je me suis donc assis en face de lui, dans cette salle de restaurant du Crillon où les grands miroirs biseautés multiplient les profils et les lumières.

Au début, Boisrambert m'a écouté. Il avait sorti son carnet, repoussé son assiette de manière à pouvoir écrire.

« Racontez-moi, Faurel, je veux aller plus loin avec vous. Lahorit se soigne à Vichy. Brazza n'est qu'un bon prêtre que sa charité aveugle, plus explorateur et missionnaire qu'officier et conquérant. Vous êtes le seul, mon cher, à pouvoir me renseigner vraiment. Or, nos lecteurs veulent savoir. Ils sont enthousiasmés par les exploits de Brazza – les vôtres, donc. Ils savent que le roi des Belges est en train de monter une expédition avec ce Henry Stanley – anglais, américain et belge, on ne sait plus trop... – pour s'emparer de ce qui revient à Brazza, de ce qui appartient à la France : car ce Congo, ce roi Congo, c'est l'artère vitale de l'Afrique, n'est-ce pas ? Dites-moi... »

J'ai commencé à parler de ces peuples que nous avions rencontrés : Apingis, Okotas, Okandas, Ossyebas, Fans, Pahouins, Adumas, Bafourous, et, au fur et à mesure que je prononçais ces noms, je mesurais combien, depuis mon retour à Paris, la forêt et ses habitants, et jusqu'à ma peur, mes souffrances, mes plaies – dont certaines, à mes chevilles et aux talons, étaient encore ouvertes – me manquaient.

C'était comme après mon départ d'Algérie, mais la nostalgie était encore plus forte, et le sentiment de me retrouver ici, à Paris, parmi des ombres exsangues, dans une civilisation anémiée, un monde désincarné, s'imposait à moi chaque jour davantage.

Je me reprochais cette attitude. Je n'oubliais pas que l'angoisse m'avait étreint tout au long de notre périple de l'Ogooué à l'Alima, puis de ce fleuve à Libreville.

Quand Savorgnan de Brazza m'avait indiqué que, grâce à l'appui des ministères des Affaires étrangères, de l'Instruction publique et de la Marine, il commençait à mettre sur pied une nouvelle expédition dont le but serait le Congo, pour tenter de devancer Stanley et empêcher que, par son entremise, le roi des Belges ne s'emparât de tout le bassin du fleuve, j'avais fait mine de ne pas comprendre qu'il souhaitait que je me joignisse de nouveau à lui.

Berson, de son côté, m'incitait à solliciter une affectation au Sénégal qui était, disait-il, la base de départ vers l'intérieur de l'Afrique, là encore par la voie fluviale, mais celle du Niger. En avançant vers l'est, on devait atteindre Tombouctou, la ville mythique, rencontrer le lac Tchad dont parlaient les marchands d'esclaves, et, de là, pourquoi pas, obliquer vers le sud, le Congo.

J'hésitais.

Je ne me suis guère confié à Hadrien de Boisrambert. J'ai senti que mes propos le décevaient.

Je lui avais parlé de Samba Batéké, du courage de cet homme, de son intelligence et de sa fidélité. Batéké avait finalement accepté, à notre retour à Libreville, de s'engager dans les tirailleurs et, en quelques semaines, avait accédé au grade de sergent, tant ses dons étaient grands.

J'ennuyais Boisrambert avec mes éloges de Batéké. Il voulait que je lui parle des sacrifices humains, des scènes de cannibalisme auxquelles j'étais censé avoir assisté.

« On dirait que vous êtes tous envoûtés ! me dit-il. Vous savez, vous avez vu, mais vous ne dites rien. Vous protégez les Nègres. Vous voulez en faire nos égaux. Brazza vous a contaminé et les sorciers vous ont drogué. L'Afrique que nous voulons ici – vous connaissez Leroy-Beaulieu, vous savez ce qu'il pense –, ça n'est pas un pensionnat où l'on apprend les bonnes mœurs à des sauvages, mais une terre qu'il faut exploiter afin de lui faire rendre plus qu'elle ne nous coûte. Si, par-dessus le marché, nous pouvons utiliser quelques Nègres comme soldats, pourquoi pas.... D'autant plus que ces colonies nouvelles sont des pièces qui peuvent se révéler décisives dans le grand jeu international. Les Anglais sont présents, naturellement ; les Belges s'approchent. Les Allemands se précipitent. Vos Nègres, mon cher Faurel, laissez les missionnaires les convertir s'ils en attrapent quelques-uns. Et matez les autres ! Je vous répète ma question : est-ce que les anthropophages sont des hommes ? »

Je l'observais. Je suivais son regard qui explorait la salle. Il avait un visage joufflu que de gros favoris élargissaient encore. Une moustache, une barbe fournies dissimulaient sa bouche et son menton. Son plastron serrait son torse rebondi.

Au fur et à mesure que le déjeuner se déroulait, je me sentais de plus en plus différent, non seulement de lui, mais de tous ces hommes bruyants et hautains, de ces femmes enrubannées qui exhibaient leurs colliers de perles et leurs bagues. Nègres à leur manière !

Faisais-je encore partie de la civilisation qu'ils représentaient ?

Avais-je été envoûté par la brutale démesure africaine ?

En me souvenant de Samba Batéké, de ce corps aux formes harmonieuses, de la vivacité de ses gestes, de l'intelligence de son regard, il me semblait que, s'il avait fallu établir une hiérarchie entre les humains, je l'aurais placé bien au-dessus de la plupart de ceux, costumés, qui étaient assis dans cette salle, si sûrs de leur supériorité.

J'ai été troublé, presque honteux de ces pensées.

Je me suis souvenu des débris humains que j'avais aperçus dans les villages, et du sacrifice des centaines d'hommes, de femmes, d'enfants dont le sang devait recouvrir la tombe d'un chef mort. Et comme la mort n'était jamais perçue là-bas comme naturelle, mais due à l'action d'un mauvais esprit, il fallait, quand un homme mourait, qu'on trouvât l'inspirateur du maléfice. L'on soumettait alors tel ou tel à l'épreuve du feu, brûlant sa langue au fer rouge, l'obligeant à se tenir debout dans les flammes, ou bien le forçant à absorber un poison. S'il réchappait à ces épreuves – un jugement de Dieu, une ordalie, disions-nous au Moyen Âge –, il était innocenté et on cherchait un nouveau coupable.

N'étais-je pas fou que d'oser éprouver de la nostalgie pour de tels peuples alors que, traversant leurs territoires, j'avais été horrifié, terrorisé même, désespérant de ne pouvoir m'extraire du piège de la forêt.

J'étais à Paris. Je déjeunais au Crillon. Le tintement des couverts d'argent sur la porcelaine fine ou le cristal accompagnait le brouhaha des voix posées et des rires maîtrisés.

Et je me souvenais des glapissements des guerriers nus sur la berge de l'Alima, du tam-tam battant comme un cœur qui s'affole.

Et je n'oubliais ni ma peur ni mes fièvres.

Et pourtant, pourtant...

« Comptez-vous repartir ? On me dit que les colonies sont un opium dont on ne peut se passer... », a questionné encore Hadrien de Boisrambert en se levant.

Il s'est éloigné, avançant lentement entre les tables, s'arrêtant pour serrer ou baiser une main.

J'ai admiré sa distinction.

Mais peut-être au savoir-vivre préférais-je depuis toujours le jaillissement et la violence des instincts.

Je me suis alors souvenu de Kallima.

16

Ici, à Khodor, nous avons des chevaux.

Ils sont petits, nerveux, avec une longue crinière emmêlée, de couleur plus foncée que leur pelage.

Celui que je monte chaque jour est blanc, mais des poils roux, torsadés, cachent presque entièrement son encolure.

Je quitte le poste à l'aube. Je traverse la cour au pas. Les sabots s'enfoncent dans le sable. Les sentinelles, des tirailleurs, me présentent les armes. Le drapeau n'est pas encore hissé. Le mât qui surmonte le plus haut des bâtiments du poste se dresse comme un doigt blanc perçant un ciel bleu et vide, déjà étincelant.

Berson, qui commande officiellement le poste, dort encore entre ses bouteilles et ses femmes.

Le lieutenant-colonel Rollin, que j'ai retrouvé à Saint-Louis du Sénégal dès le lendemain de mon débarquement après vingt jours de mer à bord du paquebot *Paris*, m'a fait comprendre qu'il ne me plaçait pas sous les ordres du capitaine Berson, mais à côté de lui, pour tenter de lui tenir les rênes.

« Vous n'avez pas à lui obéir, m'a-t-il dit en me raccompagnant sur le seuil de son bureau dont les fenêtres donnaient sur l'embouchure du Sénégal. Et vous ne pouvez pas lui donner d'ordres. Mais vous le connaissez depuis l'Algérie. Vous êtes le seul auquel je puisse confier cette mission. Il faut le contrôler, le retenir, le raisonner. Je ne veux pas avoir à faire un rapport qui briserait définitivement la vie de Berson, et pas seulement sa carrière. »

Il m'a pris le coude :

« Vous savez ce que je pense, Faurel ? Que nous avons autour de Khodor suffisamment de Maures belliqueux pour que Berson puisse se comporter et finir en héros. Mais vous – il m'a serré le bras –, je ne vous demande pas de *finir*. Vous commencez, Faurel. J'ai parlé de vos états de service à Gallieni. Il va vous suivre du coin de l'œil. En Afrique, si on résiste, c'est-à-dire si on ne renonce pas à être un homme civilisé, avec des règles de vie, une morale, on avance à grandes enjambées. Mais n'oubliez pas, Faurel : restez sobre – sobre en tout, vous me comprenez ? »

J'ai mis plus d'une semaine de marche pour atteindre Khodor qui se trouve au nord-est du fleuve Sénégal, sur les collines. Celles-ci dominent la vallée et sont parmi les dernières à ne pas être recouvertes par le sable qui s'avance comme une marée poussée par le vent du désert.

Le premier jour, la chaleur et la lumière m'ont paru si intenses que j'ai eu l'impression que ma tête allait éclater, ma peau se décoller, et que je ne serais bientôt plus que l'un de ces squelettes – d'hommes ? de chevaux ? les os sont trop mêlés et dispersés pour qu'on puisse répondre – qui jalonnent notre marche.

Ces ossements blanchis sont comme des bornes.

« Ils attaquent souvent », me dit N'Goré Dior, un sous-lieutenant sénégalais dont Rollin m'a expliqué qu'il était le seul tirailleur indigène à avoir atteint ce grade.

Il a été formé, a continué Rollin, dans cette « école des otages » créée par Gallieni pour les fils de chefs afin de les instruire et de s'assurer du même coup la loyauté de leurs pères.

N'Goré Dior tend le bras vers le désert, montre les grandes vagues de sable qui viennent battre les collines où s'accrochent encore des arbustes et quelques touffes de résineux.

Il parle, le visage tourné vers le désert ; ses yeux plissés confèrent à son visage fin, juvénile encore, une brusque gravité.

Les Maures, Trarzas, Braknas, Douaiches, surgissent souvent la nuit, dit-il. Ils descendent jusqu'aux rives du Sénégal, s'emparent des esclaves noirs qui y travaillent, puis disparaissent avec eux. Ils les revendront sur la côte ou bien à d'autres tribus qu'ils peuvent aussi attaquer. Ils commercent et harcèlent les Bambaras, les Toucouleurs. Ils sont cruels. Les Noirs capturés qui ne peuvent les suivre sont blessés d'un coup de lance ou de poignard et laissés agonisant dans le sable. Alors viendront les hyènes du désert.

Je m'arrête pour reprendre souffle, car la chaleur m'étouffe, la lumière me brûle.

Je regarde défiler devant moi la colonne d'une vingtaine de tirailleurs, suivie par leurs femmes qui souvent portent des enfants, et fermée par les porteurs, des esclaves arrachés aux Maures et partagés comme butin entre les tirailleurs.

« Tu connaîtras ce pays, capitaine, me dit N'Goré Dior. Le Soudan est dur comme un os. C'est la terre des guerriers. Les fils du Prophète y sont chaque jour plus nombreux. El Hadj Omar a régné sur tout un royaume et son fils Ahmadou est le maître de la ville de Ségou, sur le Niger. Tu devras aller jusque-là, capitaine, parce qu'ici personne n'échappe à la guerre. Tu sais ce qu'il a fait, Ahmadou ? Il a retenu chez lui pendant des mois, parmi son peuple de Toucouleurs, ton commandant Gallieni. Pas prisonnier, mais... – N'Goré Dior secouait la tête, souriant – en prison quand même ! Les hommes d'ici, Maures, Bambaras, Toucouleurs, et ceux des montagnes du Fouta-Djalon, et les Mossis, ceux de la ville de Sikaso, comme tous les peuples du Niger, sont des hommes de combat.

— Toi, tu es avec nous ?

— Moi, je suis N'Goré Dior, fils de Nambi N'Goré Dior, roi des Ouolofs qui a fait alliance avec vous, les Blancs. Je suis chef parmi vous. Et je suis chrétien. »

Je l'ai regardé, étonné, cependant qu'il se signait.

Berson se méfie de lui.

À notre arrivée à Khodor, alors que je félicitais et remerciais N'Goré Dior pour la manière dont il avait conduit le détachement, choisissant l'itinéraire et les lieux de campement, Berson m'a interrompu avec brutalité, lui intimant l'ordre de quitter la pièce, réservée aux Blancs. Il le savait ou il devait l'apprendre. Et s'il violait à nouveau cette consigne, il recevrait vingt coups de chicotte, parce qu'à Khodor, lui, Berson, faisait ainsi respecter la discipline. Il aimait le dos des Nègres, que celui-ci fût nu ou sous l'uniforme. Et ce n'était pas les galons de fantaisie ou de complaisance que des imbéciles de l'état-major avaient accordés à tel ou tel macaque qui allaient le faire changer d'avis...

Dire qu'il n'avait pas encore bu !

Il m'a reproché ma familiarité avec N'Goré Dior. Il s'est scandalisé de ce que j'avais pu manifester ma satisfaction du service d'un Nègre.

« Vous n'avez donc rien retenu, Faurel, de votre séjour en Algérie ? Vous ne vous souvenez pas de la *Maison rouge* ? Ces gens-là ne sont pas comme nous ! Arabes ou Nègres, ce sont des fourbes. Vous leur tournez le dos, ils vous volent ou vous poignardent. Ici, j'ai toutes les espèces. Il y a les Maures qui capturent les Nègres, les enchaînent et les vendent comme esclaves. Il y a les Nègres bambaras, toucouleurs, qui se haïssent les uns les autres, vendent aux Maures tous ceux des autres ethnies qu'ils peuvent capturer. Et vous voulez que je fasse confiance à ces Nègres parce qu'ils ont posé sur leur crâne une chéchia rouge ? Ceux-là sont les pires. Ils peuvent trahir à tout moment. Vous croyez que N'Goré Dior a oublié que nous avons battu, humilié, soumis son père ? Et que nous l'avons forcé à nous abandonner son fils ? Il sait tout cela. Il attend son heure. Il veut redevenir roi. C'est le plus malin de tous. Il vous a fait le coup de sa conversion ? Parce qu'il serait catholique, celui-là ! Quand je vois un Nègre abandonner ses croyances de Nègre pour adopter les nôtres, je me méfie, Faurel. C'est le prince des hypocrites. Pour peu que vous l'observiez, vous découvrirez qu'il continue à plonger ses mains dans les entrailles des poulets, à glisser une peau de serpent dans votre lit de camp. Il joue sur tous les tableaux. Je préfère les mahométans, Faurel. Ceux-là, au moins, ont la franchise d'être nos ennemis depuis toujours. Et c'est contre nous, parce que les Européens sont chrétiens, qu'ils deviennent fils du Prophète. Mais... »

Il avait commencé à boire et, tout en parlant, titubait.

«... un Nègre musulman, c'est un combattant, Faurel. Vous verrez ça quand vous aurez leur grand roi, celui que j'appelle l'Empereur – il avait ri – Samory, l'Almany Samory en face de vous ! Vous en viendrez à regretter vos cannibales ! »

Il m'a entraîné dans un autre bâtiment, plus bas, qui fermait la cour du côté du fleuve.

C'était, comme toutes les constructions de Khodor, un cube. On devinait, sous l'épaisseur brune de terre séchée, un maillage fait de roseaux entrecroisés, encadrés par des branches d'arbre jouant le rôle de poutres.

Berson m'a précédé dans une petite pièce rectangulaire, éclairée par une lampe à pétrole posée sur un coffre repoussé dans l'un des coins.

J'ai deviné, allongées sur des nattes, deux femmes, la poitrine nue, les hanches et les jambes enveloppées dans un grand pagne multicolore. Une troisième était assise, jambes croisées, à la tête du lit de camp. On eût dit, tant elle paraissait belle avec ses seins fermes, ses épaules larges, son regard fier, ses traits fins, une statue de l'ancienne Égypte.

Elle était légèrement penchée en arrière, mains appuyées au sol, bras tendus.

« Faurel, je vous laisse choisir celle que vous voulez, m'a dit Berson. Y compris la première de mes femmes, Magimba. »

Il caressa du bout de sa cravache les seins de la femme assise.

« Mais je ne vous la prête que pour une seule nuit. »

Je suis sorti sans répondre.

Le ciel était d'une limpidité glaciale.

17

Je résiste à Berson sans l'affronter.

Lorsque, hirsute, le pas hésitant, il apparaît dans la cour, suivi par ses femmes qui s'étirent, rient, jacassent comme des oiseaux que le soleil vient d'éveiller, j'ai déjà fait hisser le drapeau et suis rentré depuis longtemps de ma chevauchée matinale.

J'aime partir à l'aube en compagnie de N'Goré Dior.

Il m'attend devant notre poste de garde avec les chevaux qui piaffent, humant l'air plus frais du matin, juste avant le jour.

Nous sautons en selle, gravissons l'une des collines. Je veux assister à l'émergence du soleil, à son enfantement par le désert, au flot rouge, assorti de reflets verts et violets, ocre et or, qui se répandra, recouvrant les dunes, inondant la vallée du Sénégal.

C'est l'instant où, souvent dressé sur les étriers, N'Goré Dior me parle.

Depuis que je l'ai invité à m'accompagner, à monter l'un de nos chevaux, nos relations ont changé. J'ai l'impression qu'il s'est redressé, comme si sa nuque était devenue plus droite, voire comme s'il avait grandi.

Il me parle avec une vivacité nouvelle, laissant jaillir les mots, me regardant droit dans les yeux. Je ne décèle chez lui aucune impertinence. Il exécute mes ordres sans hésiter, les devinant, les devançant même.

Je me dis parfois avec orgueil et émotion qu'il m'est dévoué comme devait l'être un Muiron, l'aide de camp de Bonaparte qui se plaça devant lui lors de l'assaut du pont d'Arcole pour faire un bouclier de son corps. Et la décharge autrichienne le tua.

N'Goré Dior connaît cet épisode des guerres d'Italie. Il n'ignore rien non plus du destin de l'Empereur.

Un matin, alors que nous attendions l'aube et que la nuit, en se retirant, laissait tout un monde de piaillements, de rugissements, de bruissements, il m'a dit – c'étaient les premiers mots qu'il prononçait depuis que nous avions quitté Khodor :

« Nous autres Noirs, nous avons aussi nos aigles. »

Je n'ai d'abord pas compris. Je me suis tourné vers lui. Il regardait ce point de l'horizon où le soleil allait surgir et je distinguais son profil régulier, menton levé, bras tendus tirant sur les rênes, et le cheval se cabrait.

« Mamadou Lamine, Ahmadou, fils d'El Hadj Omar : ce sont nos Napoléon, nos aigles, m'a-t-il dit d'une voix grave en se tournant vers moi. Je suis avec toi, capitaine, pour toujours ; mais eux sont notre Grande Armée ! »

Tout à coup, le froid de l'aube m'a saisi.

Je me suis souvenu des propos que m'avait tenus, un matin, Berson.

Furieux, venant à peine de s'arracher à sa nuit d'alcool et de femmes, il avait découvert que les tirailleurs étaient déjà à l'exercice, que leurs épouses pilaient le mil, préparant le repas, et que j'arpentais la cour comme un chef de poste alors que lui-même n'était plus qu'un figurant.

Il avait ricané. Mais il avait entendu le murmure de ses femmes, derrière lui. Il m'avait même semblé que Magimba me souriait, m'aguichait, la tête penchée sur son épaule gauche, la bouche entrouverte, les mains sous ses seins non pour les cacher, mais pour me les offrir.

Berson avait-il senti cela ?

Il s'était mis à hurler, chassant ses femmes, rentrant dans le bâtiment, en ressortant quelques minutes plus tard, botté, sanglé, fouettant l'air de sa cravache, s'avançant vers moi avec un regard méprisant.

« Vous êtes un naïf, Faurel, m'avait-il lancé, les dents serrées. Regardez-les ! »

Du bout de sa cravache, il avait désigné les sentinelles, les tirailleurs qui traversaient la cour, les femmes accroupies, les enfants qui se tenaient près d'elles.

« Vous savez ce qu'ils espèrent tous ? Que nous nous sautions à la gorge comme deux fauves imbéciles qui se disputent une proie – et pendant qu'ils se battent, qu'ils s'entre-déchirent à grands coups de griffes, ce sont les hyènes qui dévorent la proie. Ces gens-là sont des hyènes, Faurel. Si nous nous divisons, nous ne ferons pas la conquête de ce pays, ou bien nous ne le garderons pas. Vous jouez leur jeu. Qu'est-ce que vous attendez ? Qu'ils vous aiment ? Ils doivent nous craindre. Nous obéir ! Que vous le vouliez ou non, vous êtes de mon côté, Faurel. Et quoi que je fasse, même si vous condamnez ma conduite. Peu militaire selon les règles de France, j'en conviens. Mais nous sommes en Afrique, Faurel. Vous me reprochez l'alcool et mes trois femmes. Moi, Faurel, je ne vous rappelle pas le temps où vous aimiez les Négresses, mais je vous accuse de trahir. C'est pire que de forniquer, même avec une grosse putain ! »

Je ne cesse de penser à Berson cependant que j'écoute N'Goré Dior.

Nous marchons côte à côte au sommet de cette colline, et nos chevaux nous suivent.

Il fait encore froid ; la nuit s'accroche aux arbustes, aux touffes d'épineux, aux replis du sol.

« Demande à tes capitaines et à tes commandants qu'ils te racontent, dit N'Goré Dior. Mais moi qui suis avec toi – il hésite –, souvent aussi avec les miens par l'esprit et le sang de mes ancêtres, je suis le seul à pouvoir tout te dire. Ainsi, qui était Mamadou Lamine ? Un grand marabout, un saint pour ceux qui sont les adeptes de ce prophète, et tu sais que je n'en suis pas. Il a fait le pèlerinage de La Mecque, il a vécu dans la grande capitale des Turcs, loin, très loin… – N'Goré Dior tend le bras vers l'est. Il était aussi savant dans sa religion que dans celle des sorciers. Il lisait chaque jour, et trois porteurs étaient chargés de ses caisses de livres. Tes capitaines, tes commandants ont cru pouvoir se servir de lui. Mais il a préféré le combat contre vous, contre les chrétiens. »

N'Goré Dior s'est arrêté, puis s'est tourné vers moi :

« Vous avez des canons, des fusils à répétition. Vous avez construit des chemins de fer, ces machines qui courent plus vite que les chevaux, d'autres qui font entendre la voix à des dizaines de journées de marche. Comment veux-tu que l'on s'oppose à vous ? La sagesse, m'a enseigné mon père, est de se laisser pousser par le vent en lui tournant le dos, tant qu'il souffle. Après, quand il est retombé, tu choisis ton chemin à ta guise. Mais il y a des aigles qui volent contre le vent. Ils succombent toujours. Ils sont trahis. Ahmadou, le fils d'El Hadj Omar, dans l'espoir de se faire respecter par les Blancs, a trahi Mamadou Lamine et livré le fils glorieux de Mamadou. Vous avez condamné ce jeune homme à mort et ce sont les tirailleurs qui l'ont exécuté. »

Il secoue la tête.

« Nous ne nous aimons pas entre nous. Nous avons le souvenir de tant de guerres entre nos tribus ! Alors je suis avec toi, comme les cavaliers boundoukés étaient aux côtés de ces capitaines et commandants, de votre grand chef, le lieutenant-colonel Gallieni, quand il a livré bataille à Mamadou Lamine, à Toubakouta. Que veux-tu que puissent quatre mille guerriers contre vos armes qui tirent de si loin qu'on voit à peine ceux qui visent ? Les canons ont fait feu. Et Toubakouta a été détruit. Les morts se sont entassés dans les vallées, leurs cadavres ont couvert la plaine. Mamadou Lamine, l'homme qui lisait, le marabout, le guerrier, mais aussi l'homme cruel, s'est retrouvé seul. Il ne savait pas se faire aimer de tous. Il régnait en tuant. Vous aussi, les Blancs. Sauf que vous savez aussi vous faire des amis parce que vous êtes puissants. Des tirailleurs vous suivent ; des peuples croient se servir de vous pour vaincre leurs ennemis des temps passés... »

Nous étions remontés à cheval et redescendions vers Khodor. Dans les champs cultivés des bords du fleuve, les silhouettes des esclaves – des travailleurs, disions-nous ! – se détachaient, taches noires sur les étendues vertes et jaunes.

« Ce n'est pas l'un des tiens qui a tué Mamadou Lamine, m'a répondu N'Goré Dior, mais un des guerriers qui combattaient à vos côtés. Ils se sont lancés à la poursuite du fils du Prophète, ils l'ont blessé, puis l'un d'eux a tranché sa tête pour la montrer au capitaine. »

N'Goré Dior a arrêté son cheval à l'entrée de Khodor.

« Moi, je suis allé à l'école des otages avec les deux fils de Mamadou Lamine. Ils se souvenaient de leur frère, jugé et fusillé. »

Il rit :

« Mais ils ont vu se lever le vent. Et quand il souffle fort, mieux vaut rentrer la tête dans les épaules ! »

18

Nous avons quitté Khodor.

Berson, comme autrefois en Kabylie, a pris la tête de la colonne.

Je ferme la marche avec N'Goré Dior et quelques tirailleurs aux chéchias rouges.

Je me dresse souvent sur mes étriers pour apercevoir cette longue file sinueuse qui disparaît parfois derrière une crête ou au fond d'une vallée. Elle s'étire sur plusieurs centaines de mètres, sorte de caravane désordonnée. J'imagine qu'au temps de nos guerres d'autrefois, au Moyen Âge ou durant la guerre de Trente Ans, nos campagnes durent être ainsi parcourues par des bandes de chevaliers errants, de lansquenets, de reîtres, de condottieres...

Il me semble que je suis devenu l'un de ces soldats.

Si j'oublie que j'appartiens à un ordre qui a ses règles, je ne suis plus qu'un barbare.

Lors d'une de nos haltes, Berson est venu s'asseoir près de moi, le visage empourpré, le souffle court.

« Ce soleil me tue, m'a-t-il dit. Vous êtes maigre comme un Maure, Faurel. Tant mieux pour vous !

Mais cette chaleur – il s'est épongé le front – fait aussi fondre la morale et les bonnes mœurs ! Vous n'y pouvez rien, mon cher. Ce soleil scelle le règne de la jouissance et donc de la mort. »

Il a bu. Il s'éloigne et, alors que nous venons seulement de mettre pied à terre, donne le signal du départ.

J'entends le cri des bouviers qui aiguillonnent les quelques bœufs attelés à des chariots où sont entassées nos caisses de munitions. Puis viennent les porteurs, les tirailleurs, et les femmes.

Elles forment la fin de la colonne et j'avance parmi elles.

Alors que les porteurs, chargés de ballots, marchent le torse raide, les épaules presque immobiles, mais les jambes ployées à chaque pas, les femmes se déhanchent. Elles tiennent, en équilibre sur leurs têtes, de grosses calebasses remplies de nourriture, d'ustensiles de cuisine. Leurs enfants sont accrochés dans leur dos, serrés dans la toile bariolée du pagne.

Je ne peux détacher mes yeux de ces corps souples qui ondulent.

Magimba est poitrine nue. Son cou est long. Elle ne porte sur le sommet du crâne qu'un panier d'osier, signe de son privilège.

Elle lève souvent la tête vers moi et tout son visage est invite et défi.

Le troisième jour, N'Goré Dior m'a dit en me fixant dans les yeux :

« Si la mort prend le capitaine, Magimba est à toi. »

Je n'ai pas réfléchi avant de répondre :

« Si la mort prend le capitaine Berson, je te tue, N'Goré Dior. »

Nous n'avons plus échangé un mot. Mais je n'ai pu, durant plusieurs jours, chasser de mon esprit cette pensée, me souvenant que le lieutenant-colonel Rolin avait explicitement souhaité que Berson fût tué afin de se débarrasser d'un officier gênant dont on ne voulait pas briser la carrière ni donc ruiner la vie. Il fallait donc qu'il la perde !

À l'étape, ces soirs-là, les rires des femmes sous la tente de Berson m'ont été insupportables. J'ai même craint que Magimba et N'Goré Dior ne m'aient envoûté.

J'avais aperçu des tirailleurs et des femmes agenouillés autour de calebasses noires ; leurs corps avaient commencé à trembler, à se tordre sur le sol avant de s'enlacer, cependant qu'autour d'eux on battait des mains.

J'ai donné alors raison à Berson : l'Afrique, celle de la forêt que j'avais connue avec Brazza, ce Soudan dans lequel nous nous enfoncions, était le continent des puissances obscures, dissolvantes. L'idéal humain y fondait tout comme la morale et la civilisation.

J'ai levé la tête : un même disque pareil à l'entrée d'un gouffre ouvert au milieu du ciel.

Soleil de mort. Lune de mort.

J'ai eu la nostalgie des nuages et du gris qui adoucissent le jour et la nuit.

Nous nous dirigeons vers l'est, vers Keta, un bourg – ce mot ici signifie des centaines de constructions en terre, comme celles de Khodor – encore situé sur les rives du Sénégal ou de l'un de ses affluents. Mais nous devons poursuivre jusqu'au Niger vers Bamako, puis Ségou et au-delà...

Je rêve à cette traversée de part en part de l'Afrique, d'ouest en est, de l'Atlantique à la mer Rouge, ou du nord au sud, de l'Algérie au Soudan où je suis, chevauchant près de N'Goré Dior dont j'ai voulu, malgré la réprobation méprisante de Berson, qu'il monte l'un de nos petits chevaux.

Nous parlons à nouveau. J'évoque Bamako, Ségou, Tombouctou, et ces noms seuls m'enivrent comme si je mâchonnais du bétel.

« Ici nos aigles sont les plus grands », dit N'Goré Dior.

Je l'observe. Il chevauche tête droite, sans jamais se tourner vers moi, comme s'il se parlait à lui-même.

« Le Niger, continue-t-il, ceux qui veulent vivre à proximité de lui doivent l'apaiser, le flatter comme un animal sauvage. Sais-tu, capitaine, ce que font les habitants de Bamako ? Chaque année, une nuit de pleine lune, ils choisissent une jeune fille, l'une des plus belles de leur ville, ils l'enduisent d'huiles parfumées, puis, après lui avoir lié les poignets, ils l'offrent aux crocodiles du fleuve pour que ceux-ci rassurent le grand Niger sur les intentions des habitants. »

L'effroi et le dégoût me saisissent. Là où ces peuples ne sont pas cannibales, leurs rites, leurs croyances sont criminels, leur cruauté sans limite, comme elle l'était déjà en Kabylie.

Ce continent est-il voué à la folie et à la barbarie parce que tout y est démesuré : le désert et la forêt, la sécheresse et la pluie ?

« Pourquoi tes aigles ne sauvent-ils pas cette jeune fille, n'interdisent-ils pas cet acte barbare ? Que penses-tu de cela, si tu es capable de penser ? »

Je me reproche ma violence, mais N'Goré Dior paraît ne pas l'avoir remarquée.

« Les aigles volent trop haut, murmure-t-il. Ils se battent entre eux. Ici, les Bambaras s'opposent aux Toucouleurs. Et Ahmadou, comment veux-tu qu'il ait songé aux vierges livrées aux crocodiles du Niger, alors qu'il a livré lui-même aux Blancs le fils de Mamadou Lamine, ce jeune garçon que tes capitaines ont condamné à mort et exécuté ? Est-ce la manière de tuer qui fait la différence entre sauvages et civilisés ? Tu ne rencontreras ici, capitaine, que des hommes blancs ou noirs plus cruels que les bêtes. Les soldats de ton commandant Archinard, un officier auquel j'ai obéi, ont attaqué avec tout un peuple de Bambaras, cavaliers et fantassins par milliers, les Toucouleurs d'Ahmadou ; ils ont tiré au canon sur la forteresse de Ouessaboudougou que défendait un fidèle d'Ahmadou… »

N'Goré Dior s'est tourné vers moi et a poursuivi :

« Ahmadou était un empereur et avait, comme ton grand Napoléon, des généraux. Certains d'entre eux ne l'ont pas trahi, ils ont défendu la forteresse maison après maison. Ils ont tué des milliers de Bambaras qu'Archinard envoyait à l'assaut. Et les Bambaras ont massacré les Toucouleurs d'Ahmadou. Noirs contre Noirs, pour la plus grande gloire des Blancs ! »

Il me dit encore qu'Ahmadou a péri entouré de quelques guerriers fidèles après s'être réfugié loin, au-delà de Tombouctou, dans la brousse, à quelques jours de marche de Sokoto.

« Beaucoup de morts, murmure N'Goré Dior, plus que n'en peuvent dévorer les crocodiles du Niger, et pourtant leur vie est longue ! »

J'ai tout à coup la conviction que Berson a raison, que jamais N'Goré Dior ne pourra nous aimer, quand bien même il nous obéit.

Il me parle maintenant de l'Almany Samory, le plus grand de tous les aigles, celui dont les soldats, les Sofas, portent l'uniforme. Il gouverne un empire et dispose de milliers de guerriers, de six mille fusils – dont près de mille à répétition que les Anglais lui ont vendus, car entre Blancs aussi on se combat, N'Goré Dior le sait.

« Mais Samory ne peut rien face aux canons », dit-il.

Il baisse la tête. Presque dans un murmure, mais je l'entends, il ajoute :

« Vous autres blancs, vous ne serez vaincus que par le temps ! »

19

Je regarde devant moi.

J'ai l'impression de marcher vers la mort.

Le chemin que j'ai emprunté s'ouvre entre les hautes herbes de la brousse. Il conduit à une clairière qui se trouve à quelque cent pas.

Peut-être n'atteindrai-je jamais cet homme qui se tient debout dans l'espace où l'herbe a été coupée.

Et si je parviens jusqu'à lui, peut-être me fera-t-il agenouiller devant lui et ordonnera-t-il qu'on me tranche la tête.

L'un des hommes qui l'entourent tient une hache démesurée, mi-cimeterre, mi-francisque. Un autre a les mains posées sur un énorme tambour.

L'un, m'a indiqué N'Goré Dior, est le Dyoughou Fagha, l'exécuteur des méchants ; l'autre, celui qui accompagne par les battements du tam-tam les paroles et les pas du premier, domine de la tête et des épaules les guerriers qui restent à distance.

Lui, c'est l'Almany Samory, silhouette haute et maigre, enveloppée dans une tunique blanche, la tête surmontée d'un turban bleu dont les plis retombent de part et d'autre du visage.

Au-delà de la clairière, entre les arbustes, je devine les enclos des animaux, celui des bœufs, celui des chevaux.

J'aperçois des cases et discerne toute une foule de femmes, d'enfants, d'esclaves, de guerriers qui se presse, s'approche de la clairière.

Ainsi devait être – cette pensée m'exalte – l'armée, la cour, le peuple de Clovis au temps de la fondation de la France.

Je suis face à un roi barbare. J'explore un monde disparu.

Une rumeur s'élève de cette foule dont je n'aperçois que la masse noire avec, çà et là, des taches de couleur : les tissus dont les femmes sont enveloppées, certaines portant un turban.

Quand Berson – peut-être parce qu'il veut notre mort – nous a chargés de rencontrer l'Almany Samory, N'Goré Dior, qui s'avance à présent à mes côtés, au même pas que moi, m'a dit ceci : le plus puissant des aigles d'Afrique, le Maître des pays du Niger, l'Empereur du Soudan, le Commandeur des Croyants ne se déplace, au gré des batailles, qu'avec une foule de plus de cent mille personnes, une armée et une nation errantes mais toujours combattantes. Samory dispose de trente mille guerriers, ces Sofas que je ne regarde pas mais qui sont là, serrés les uns contre les autres, formant de part et d'autre du chemin que nous suivons, N'Goré Dior et moi, deux haies noires et bariolées. Ils portent des boucliers aux couleurs vives. Ils brandissent des lances, de vieux fusils à pierre, et, pour quelques-uns, des armes à répétition. Ils frappent en cadence le sol de leurs talons, et les anneaux de métal qui enserrent leurs chevilles tressautent, se heurtent. Ils sont des milliers à nous accompagner de ce battement qui fait trembler le sol, soulève une poussière ocre qui brûle les yeux, colle à la peau, m'étouffe.

Et la terre va se fendre, et N'Goré Dior et moi allons être précipités dans la fosse. Encore heureux si l'Almany Samory donne l'ordre de nous tuer d'un coup de sagaie plutôt que de nous laisser ensevelir tout vifs, ou bien de nous livrer à ses Sofas pour qu'ils nous lacèrent !

Depuis que je parcours l'Afrique, et déjà en Kabylie, quand j'ai vu les morts de la *Maison rouge* puis le corps de nos éclaireurs, la bouche remplie par leur sexe, je sais que la plus généreuse, l'ultime grâce de Dieu est d'accorder à l'homme une simple mort, d'interrompre cette phrase qu'est la vie par un petit point bien net et bien propre.

Maudits sont ceux dont la mort est pareille à une tache qui n'en finit pas de s'étaler, dégoûtante agonie, corps martyrisé, dépecé, dont la vie perdure malgré tout comme un long bégaiement, une phrase qui ne trouve plus ses mots.

Voilà à quoi j'ai pensé quand Berson m'a ordonné de prendre la tête d'un détachement de tirailleurs commandés par N'Goré Dior. Il avait hoché la tête et émis un ricanement, le visage déformé par une moue méprisante :

« Je ne sépare pas deux compagnons d'armes, l'officier blanc et son ami nègre. Vous êtes satisfait, Faurel ? Vous allez pouvoir bavarder tout à votre aise. Bonne route à vous deux ! Mes amitiés à Samory. Revenez-nous avec un traité de paix. Sinon, je vous vengerai, mon camarade ! »

Nous avons marché vers Sokoto, au-delà du Niger. Nous avons traversé le pays mossi. Nous avons vu les décombres de la ville de Kong. Elle avait compté plus de dix mille habitants et il ne restait d'elle qu'un champ de ruines, les murs brisés des cases, le feu dévorant poutres et roseaux, les cadavres entassés, égorgés, mutilés, et, sur les chemins tout autour de la ville, d'autres corps entravés, car les survivants avaient été liés les uns aux autres, troupeau d'esclaves que Samory échangeait contre des chevaux.

J'ai vu les yeux des tirailleurs se révulser quand nous avons commencé à suivre à la trace le peuple et l'armée de Samory.

Les morts étaient les bornes qui nous guidaient.

Ils formaient une traînée noire et putride au-dessus de laquelle voletaient les charognards au bec crochu, acéré, au long cou rose et déplumé.

Nous avancions sur de la chair morte qui grouillait de vermine et nous nous arrêtions parfois devant le cadavre gonflé d'un bœuf que se disputaient des hyènes et des vautours.

« Samory marche avec six mille bœufs, me dit N'Goré Dior. Il possède des centaines de chevaux, des femmes, des porteurs, des esclaves, des dizaines de milliers de Sofas. Les peuples autour de lui se soumettent parce qu'il égorge tous ceux qui lui résistent. Et il y a aussi ceux que sa force, sa foi, sa lutte contre l'Infidèle enthousiasment et qui le rejoignent pour nous chasser, nous tuer, nous autres chrétiens, toi, capitaine blanc, et moi, ton allié. Regarde-nous, capitaine... »

Il montra la dizaine de tirailleurs qui nous escortaient.

« Qu'est-ce que nous sommes ? Une poignée d'herbes dans la brousse, rien ! Il suffira à l'Almany Samory d'un battement de cils pour que les Sofas nous tranchent la tête d'un coup de machette. Et Dieu nous protège d'un sort plus cruel ! »

Il avait les mêmes craintes que moi.

J'ai tenté de le rassurer et de me donner par là du courage.

J'ai fait déployer notre drapeau. Je l'ai porté. C'était l'emblème magique, celui qui rappelait que nous étions l'avant-garde, les représentants de la nation qui avait défait plusieurs fois déjà, avec ses canons, ses fusils, les troupes de Samory. Que la masse des Sofas jetés contre une dizaine de tirailleurs commandés par un seul Blanc pouvait être fauchée par un feu de salve.

Notre drapeau avait la couleur bleue de l'immensité, blanche de la paix, rouge du sang que nous pouvions faire couler si l'on ne reconnaissait pas notre puissance.

Voilà ce que j'expose à Samory, et N'Goré Dior traduit sans oser regarder l'Almany que, pour ma part, je ne quitte pas des yeux.

Il a le visage maigre d'un vieux marabout. Ses joues et ses tempes sont creusées, son regard brillant de vivacité, mais non de cruauté.

J'essaie de ne pas être envoûté par la force qui émane de lui, par la mélopée de ces milliers de voix qui murmurent, ce bourdonnement grave, accompagné par le martèlement des talons, qui nous enveloppe.

Je me cramponne à la hampe du drapeau et répète :

« Nous avons la puissance du feu, nous sommes vastes comme le ciel et nous voulons traiter avec toi, Almany Samory, grand roi, fils du Prophète. »

Il me fixe. Son regard exprime l'intelligence et la finesse, voire une certaine douceur.

Et cependant, cet homme-là ravage le Soudan, massacre ceux qui lui résistent, incendie les villages, pille, réduit en esclavage tous ceux qui ne lui sont pas utiles comme guerriers ou qui refusent de l'être. Il donne dix jeunes hommes ou huit jeunes femmes pour un cheval. Il traite avec les Anglais qui avancent au sud depuis la Côte de l'Or et qui veulent nous contenir.

Tout à coup, Samory élève la voix. Elle est claire et tranchante. Il détache chaque mot. Il m'observe tout en parlant, ignorant N'Goré Dior qui traduit et dont la peur déforme le visage.

« Ton pays est celui du mensonge. Dix fois j'ai traité avec vous. Dix fois on m'a promis de respecter mon Empire. Cent fois l'on m'a trahi ! »

Je proteste.

Je remontre qu'il a voulu agrandir ses terres, réduire des peuples entiers en esclavage, les vendre pour s'armer. Nous savons cela.

Il lève la main et, un instant, je crois qu'il va donner l'ordre à l'homme qui porte la hache démesurée de s'avancer, de l'abattre sur moi, de me fendre la tête, comme Clovis avait fait avec ceux qui contestaient son autorité et la part de butin qu'il s'octroyait.

Je vis en notre temps des situations d'autrefois, d'il y a plus de mille ans. Je traite avec un roi barbare.

Mais Samory n'a pas ordonné ma mort. Il veut seulement parler.

« Sais-tu ce que disent les envoyés des autres Blancs ? commence-t-il. Ceux qui tiennent les côtes, ceux qui me vendent des fusils semblables aux tiens… »

Il s'interrompt, plisse les yeux. Il est rusé et fin comme un vieux diplomate.

« Les Français sont comme les hyènes, ils poursuivent leur proie jusqu'à épuisement, reprend-il. Voilà comment te jugent les Anglais ! »

Il sourit.

« Eux prétendent bondir avec la force foudroyante du lion. »

Il croise les bras et conclut :

« Et moi, Samory, fils du Prophète, je ne crains ni les hyènes, ni les lions. »

Il semble sûr de lui. Il paraît sage. Et pourtant, c'est lui qui transforme le pays qu'il traverse en champ de morts. Mais il agit en stratège, non en tyran aveugle. Lui, le roi barbare, divise ses forces en trois groupes : le premier, armé de fusils à tir rapide, s'oppose à nous, attaque, résiste ; le second, avec ses sagaies et ses vieux fusils, occupe et terrorise le pays ; le troisième recherche de nouveaux territoires où se replier et s'installer lorsqu'il aura fallu céder face à notre puissance.

Il fait un pas vers moi.

« Tu es venu jusqu'ici avec courage, comme un guerrier, dit-il. Respecteras-tu ce que tu promets ?

Je veux construire une forteresse. J'appellerai cette « Tata » : *Boribana.* »

N'Goré Dior hésite, puis traduit : « La fuite est finie. »

Samory se tourne vers les hommes qui, tout autour de la clairière, forment une haie murmurante.

Il lance un nom :

« Karamoko ! »

Un jeune homme s'avance. Il est à peine moins grand que Samory. Lui aussi porte une gandoura blanche, mais il est tête nue. Son front est haut, ses traits sont fins, ses yeux grands, son nez droit.

« Mon fils », lâche Samory.

Il pose le bras sur les épaules de Karamoko.

« Je te le confie afin qu'il t'accompagne dans ton pays dont tu dis qu'il est immense et bleu comme le ciel. Karamoko reviendra avec ce qu'il a vu et appris. »

Il pousse Karamoko dans ma direction.

« *Boribana* », répète-t-il à plusieurs reprises.

Il frappe le sol du talon.

« Je construirai la forteresse ici et tu la laisseras s'élever, parce que je te confie Karamoko, qu'il est gage de paix. Je veux que mon peuple puisse vivre sur sa terre selon sa religion, comme il l'entend. Et toi, tu vivras comme tu le veux, avec les tiens et ceux qui te servent. »

Sa voix s'est chargée de mépris et celle de N'Goré Dior a tremblé.

« Karamoko, à son retour, me dira qui vous êtes. Alors nous choisirons pour toujours la paix ou la guerre, le blanc ou le rouge. »

20

Karamoko était un jeune homme fier dont personne ne pouvait douter, en le voyant, qu'il était fils de roi.

Il avait embrassé la main de son père, puis s'était placé entre N'Goré Dior et moi, et nous avions commencé à nous éloigner.

Les guerriers avaient envahi le chemin comme s'ils avaient voulu nous empêcher de progresser.

Je m'étais retourné. Samory avait quitté la clairière et nous étions seuls au milieu de cette foule d'hommes en armes dont certains arboraient un visage lacéré de profondes cicatrices.

J'avais pensé qu'il suffirait d'un geste de l'un d'eux, d'une goutte de sang pour que la violence qui les habitait, qui les faisait frapper avec encore plus de force le sol de leurs talons, se transformât en rage et que leurs corps nous engloutissent en se ruant sur nous, en nous recouvrant. Il ne leur aurait fallu que quelques instants pour nous éventrer et ne laisser parmi les herbes que nos dépouilles déchiquetées.

Alors j'ai vu Karamoko lever le bras, se placer devant nous et, sans prononcer un mot, sans tourner la tête, ouvrir notre route, guider notre troupe en souverain.

C'était comme s'il écartait les flots d'une mer furieuse qui, après le passage du dernier tirailleur, se refermait, mugissait, nous laissant disparaître derrière les hautes herbes et les buissons d'épineux de la brousse.

J'ai laissé Karamoko marcher devant nous.

Il avançait, le corps droit, les bras le long du corps, comme si le sol pourtant inégal, là sableux, ici rocailleux, n'avait été pour lui qu'un tapis d'apparat.

Lorsque nous sommes arrivés au camp que Berson avait fait dresser sur une hauteur dominant le cours du Niger, il nous précédait toujours de plusieurs pas, comme conduisant un cortège.

Il suffit alors de quelques minutes pour que les femmes – d'abord Magimba et les deux autres concubines de Berson –, les enfants, les porteurs, les esclaves et même les tirailleurs, quittant leur poste, se rassemblent, le suivent, s'inclinent devant lui qui paraissait ne pas les voir, ignorer leurs regards soumis, leur échine courbée, les murmures qui s'élevaient comme des prières.

J'ai craint la colère de Berson, quelque acte irréparable.

Je me suis placé auprès de Karamoko et l'ai retenu en lui empoignant le bras gauche.

J'ai vu Berson s'avancer vers nous, revolver au poing. La foule reculait mais ne se dispersait pas. Magimba seule n'avait pas bronché, debout près de Karamoko, ignorant les ordres de Berson qui hurlait, exigeant que chacun regagnât son poste, jurant qu'il allait abattre sur place ceux qui ne disparaîtraient pas. Il gesticulait, revolver pointé vers le ciel. Et, naturellement, il a tiré plusieurs fois sans que Karamoko tressaille ou que Magimba bouge d'un pouce.

« Qu'est-ce que c'est que cet épouvantail ? » avait vociféré Berson en s'approchant de Karamoko.

Je lui ai fait le récit de notre rencontre avec Samory.

Karamoko était resté impassible, semblant même ne pas nous entendre, ne pas comprendre qu'il était question de sa vie ou de sa mort, Berson ripostant que Samory avait des dizaines de fils, que je m'étais laissé berner, qu'il fallait juger sur-le-champ ce bâtard qui avait dû participer au massacre des habitants de Kong et de tous ces villages déserts, saccagés, brûlés, que nous avions traversés.

« Ça va être vite fini, a conclu Berson. Vous commanderez le peloton d'exécution, Faurel, et vous donnerez le coup de grâce. »

J'ai dit en me plaçant devant Karamoko :

« Il faudra d'abord me tuer, capitaine. »

Magimba m'a rejoint, puis N'Goré Dior.

Berson a menacé puis s'est éloigné, revolver au poing, suivi par ses deux femmes, cependant que Magimba s'asseyait aux pieds de Karamoko.

Quelques jours plus tard, j'ai conduit le fils de Samory à Saint-Louis du Sénégal. Le colonel Rollin avait reçu l'ordre d'organiser son voyage jusqu'à Paris.

J'ai pensé à ces rois barbares que les Romains conviaient à Rome et qui, écrasés par la splendeur de la cité, par la diversité de ses visages, de ses temples, par le grouillement de la foule, s'agenouillaient.

J'ai imaginé Vercingétorix enchaîné au char de César, à tous ces peuples vaincus que Rome civilisait après les avoir forcés à se soumettre.

Nous étions les Romains de ce siècle. J'étais un centurion chevauchant au côté du fils d'un souverain qui refusait encore d'accepter les lois de l'Empire. On allait faire découvrir au fils otage la puissance irrésistible de notre pays, la grandeur monumentale de notre capitale, la supériorité de notre civilisation, et combien il était fou et suicidaire de vouloir lui résister.

La route fut longue entre le camp sur le Niger et Saint-Louis du Sénégal.

N'Goré Dior et quelques tirailleurs marchaient devant.

Berson avait refusé de nous octroyer plus de deux chevaux. J'avais compris qu'il souhaitait que je me rebiffe afin de trouver prétexte sinon à m'abattre, du moins, dans le tumulte qui s'en serait ensuivi, à tuer Karamoko.

Car Magimba s'était mise au service du fils de Samory durant tout notre séjour au camp.

C'est en vain que j'avais essayé de la repousser – et peut-être avais-je aussi, comme Berson, été jaloux de la manière dont elle s'était donnée à Karamoko, préparant ses repas, elle que je n'avais pas vu piler le mil, lui apportant des calebasses d'eau fraîche, lui frottant le corps d'huile, s'offrant enfin sans que je pusse dire s'il l'avait aimée.

Il ne m'a pas parlé d'elle. Il aurait pu, puisque, au long du voyage, j'ai découvert qu'il connaissait notre langue. Il m'expliqua que des tirailleurs qui avaient rallié l'armée de Samory lui en avaient appris les rudiments. Et je fus étonné de la rapidité avec laquelle, heure après heure, il acquit, en dialoguant avec moi, de nouveaux mots, les répétant avec jubilation.

Au bout de quelques jours de route, je lui parlai comme s'il s'était agi d'un vieux compagnon et je remarquai que N'Goré Dior se tenait souvent près de nous, sans doute pour écouter ce que nous disions. Mais, lorsque Karamoko remarquait sa présence, il se taisait, visage fermé, regardant droit devant lui comme si ses origines lui interdisaient de se livrer devant un inférieur.

N'Goré Dior n'était pour lui qu'un guerrier qui avait trahi, ou un esclave qui avait changé de maître.

Je sentais l'humiliation de N'Goré Dior, lui-même fils de roi. Et jamais autant qu'au cours de ce voyage il ne m'a paru plus difficile de faire régner sur cette terre l'égalité entre les hommes.

Barbarie ou civilisation, race noire ou race blanche : tout n'était que hiérarchie, donc inégalité.

Et cependant, en regardant et écoutant Karamoko, en lui parlant, je le sentais homme comme moi, mon semblable, mon égal en tous points.

Et j'ai été ému quand, après l'avoir présenté au colonel Rollin, et au moment où je m'apprêtais à partir, il me dit :

« Tu as respecté ce que je suis. Si tous étaient comme toi, la paix entre les miens et les tiens serait possible. »

Il s'est tourné vers Rollin, puis à nouveau vers moi :

« Mais c'est aussi notre terre, et vous voulez la posséder. Vous êtes forts et nous sommes faibles. Nous n'aurons la paix que si nous vous reconnaissons pour maîtres. Mais nous aussi, nous sommes des maîtres. »

Rollin a ri.

Karamoko a croisé les bras et il m'a semblé qu'il se renfermait en lui-même.

21

Je n'ai plus revu Karamoko.

Je suis retourné à Khodor où Berson était rentré, sa mission sur le Niger étant terminée.

Il m'y a accueilli avec ironie, assis dans la pénombre moite de sa case. Ses deux femmes étaient allongées à ses côtés, leurs corps collés à ses jambes, leurs têtes posées sur ses cuisses.

J'ai scruté les coins de la pièce pour y découvrir Magimba.

Berson a ricané, commençant par me dire que le colonel Gallieni, et le colonel Rollin, et le gouverneur, et *tutti quanti* l'avaient félicité pour sa capture du fils de Samory. On expédiait donc ce Nègre à Paris ! Pourquoi pas, si c'était pour l'exposer dans un cirque où il avait sa place au même titre que la progéniture des fauves ? Car Samory en était un, mais peut-être en doutais-je ?

Je n'ai pas répondu. Je suis sorti de la case et la première personne que j'ai aperçue, traversant la cour, fut Magimba.

Je ne la vis que de dos, mais je reconnus aussitôt ses épaules larges, la cambrure de ses reins, ses fesses charnues serrées dans un pagne rouge, son déhanchement lascif qui conférait à sa démarche la beauté d'une figure de danse.

Elle dut sentir l'intensité de mon regard, car elle s'arrêta net, me laissant le temps de la rejoindre au cœur de cette lumière incandescente qui brûlait et blanchissait le sable.

Alors j'ai découvert son visage tuméfié.

Ses paupières étaient si enflées qu'on voyait à peine ses yeux brillant au fond d'une fente. Ses pommettes étaient crevassées, ses lèvres gonflées. Mais ses seins étaient toujours aussi provocants, fermes, comme si la souffrance avait encore rendu plus palpitante leur beauté, plus ignoble la violence qui s'était exercée sur elle, mutilant le visage de ce corps à la perfection insolente.

Magimba me regarda en levant un peu la tête d'un air de défi, comme si elle avait voulu que je mesure ce qu'elle avait subi. Puis elle avait souri.

Berson ne lui avait cassé aucune dent.

Car je ne pouvais douter de la culpabilité de Berson. Il s'était vengé de l'humiliation que Magimba lui avait infligée en l'abandonnant pour Karamoko.

J'ai tendu le bras droit vers le sein de Magimba, sans oser le toucher. Mais elle s'est avancée d'un pas et mes doigts ont rencontré cette peau lisse, comme huilée. Et ma main gauche s'est posée sur l'autre sein.

Je suis resté ainsi quelques secondes, puis je me suis rué vers la case de Berson, me heurtant à lui au moment où il sortait, vareuse ouverte, tête nue.

Il avait vu Magimba immobile au milieu de la cour.

J'ai crié que son comportement était indigne d'un officier français. Il n'avait plus sa place dans notre armée. Il déshonorait notre pays.

Il m'a repoussé, ses deux mains plaquées sur ma poitrine.

« Je ne suis pas le paillasson sur lequel les Nègres s'essuient les pieds, monsieur Faurel ! a-t-il riposté. Je défends les intérêts de ma patrie et de ma civilisation, celle des Blancs. Le droit qu'elles ont à conquérir des territoires peuplés de barbares. Et je suis généreux en les nommant ainsi. Ouvrez les yeux, Faurel, ce sont des fauves ! On ne transforme pas les bêtes fauves en êtres humains. Quand comprendrez-vous cela ? Mais vous n'aspirez qu'à être leur valet... »

Il s'éloigna, m'invectivant tout en marchant, et les femmes et les tirailleurs qui se trouvaient dans la cour s'écartaient sur son passage, se réfugiaient dans les cases, mais je les devinais aux aguets, écoutant Berson dont la voix se faisait de plus en plus aiguë.

« Quittez l'uniforme, monsieur Faurel ! hurlait-il. Devenez missionnaire ! »

Bras en croix, comme s'il prêchait, il avait fait mine de psalmodier une prière, puis lancé :

« Vous étiez bien différent quand je vous ai connu, Faurel ! Les Négresses, les plus grosses, les plus vicieuses, les plus repoussantes, vous ne crachiez pas dessus, si j'ai bonne mémoire ? Vous les chevauchiez avec entrain à la *Maison rouge*, dans les bordels d'Alger ? Et votre monstrueuse préférée, vous aimiez la renifler, non ? Du moins cela vous mettait-il le nez dans les réalités ! »

Il a pivoté comme s'il cherchait un auditoire, des témoins, lançant encore :

N'Goré Dior était accompagné par trois épouses qui s'affairaient, le soir, lui préparant son repas et sa couche. Lorsque je lui ai rappelé qu'il était chrétien et qu'il devait respecter les règles de sa religion, et non pas se comporter comme un musulman polygame, il m'a répliqué laconiquement :

« Le capitaine Berson est chrétien. »

Que répondre ?

Quelques jours plus tard, en pleine brousse, nous avons croisé un détachement de tirailleurs que commandait le capitaine Lelong que j'avais connu autrefois en Kabylie puis à Alger, et à qui je pus me confier.

Il avait été l'un des officiers qui avaient condamné Berson. Les agissements du capitaine ne le surprenaient donc pas.

La colonie poussait chacun de nous, me dit-il, vers les extrêmes de sa personnalité. La nature africaine ou indochinoise, démesurée, n'admettait pas ici la paisible existence que suggéraient les climats tempérés. Certains Blancs, au milieu des peuples de couleur qu'ils dominaient dans l'implacable touffeur des régions équatoriales ou tropicales, révélaient leur part de sainteté :

« J'emploie le mot, Faurel, en pensant à Brazza qui est à nouveau au Congo. Il avance pieds et mains nus, convertissant les peuples à la France et au Christ. »

Brazza avait réussi à signer un traité avec un roi africain, Makoko, et à planter ainsi notre drapeau sur la rive droite du Congo.

« D'autres, comme Berson, continua Lelong, jettent le masque. Ce sont des charognards. Ils avilissent, ils tuent non par nécessité, mais pour obéir à leur nature criminelle. Qu'ont-ils à voir avec Brazza, avec nous ? Ils salissent le drapeau. Ils pervertissent notre grande ambition coloniale. Faurel, écoutez-moi : le triomphe de la civilisation sur la barbarie est la seule forme de l'esprit de conquête que la morale d'aujourd'hui, notre morale, française et chrétienne, puisse admettre.

Ces propos-là m'apaisaient.

Lelong me parlait aussi de la visite de Karamoko à Paris. Le fils de Samory avait été reçu par le ministre de la Guerre, puis par le président de la République. Il avait arpenté les salons du palais de l'Élysée et du ministère sans paraître le moins du monde impressionné, répondant avec intelligence aux discours de bienvenue et aux questions les plus saugrenues.

Avait-il mangé de la chair humaine ? lui avait-on même demandé.

Il avait simplement rétorqué :

« Et vous ? »

On avait ri.

Il avait aussi prononcé des phrases qui avaient frappé par leur vigueur lapidaire, disant ainsi, aux journalistes qui l'interrogeaient après une revue militaire où le général Boulanger avait fait défiler des escadrons de cavalerie, des compagnies d'artillerie et des milliers de fantassins :

« Votre pays est fort. Mais la noblesse et la force consistent à respecter les droits des autres. Mon peuple est digne, même s'il ne possède pas de canons ! »

Naturellement, les adversaires de la colonisation s'étaient emparés de ces propos. Clemenceau avait écrit un article intitulé : « La leçon de morale du prince noir », et vanté l'intelligence du fils de Samory.

Karamoko avait ainsi fait preuve à la fois d'un sang-froid, d'un à-propos et d'une faculté d'adaptation qui avaient étonné.

Un nègre était donc capable de « ça » ?

Il avait refusé de boire du vin et de l'alcool et s'était montré indifférent aux femmes complaisantes qu'on lui avait présentées.

Il était rentré au Sénégal et, me confia Lelong en baissant la tête :

« C'est notre cheval de Troie. Nous comptons sur lui pour convaincre son père de l'inutilité de nous résister. Nous espérons qu'il se montrera éloquent et que Samory suivra ses recommandations. »

Nous étions assis de part et d'autre du feu que les tirailleurs avaient allumé, la nuit tombée, car, avec elle, le froid saisissait le ciel et la terre.

« C'est de la diplomatie, reprit Lelong. Ce n'est pas très héroïque, peut-être même est-ce un peu indigne. Car nous payons Karamoko. Nous lui faisons miroiter qu'il succédera à son père, s'il nous sert bien... »

Lelong se redressa et poursuivit :

« Karamoko n'est pas dupe. Il connaît nos intentions : conquérir le territoire de son père. Il veut éviter une défaite ou un massacre. Il sait que nous sommes les plus forts. Il accepte donc d'entrer dans notre jeu. Diplomatie, Faurel, ici comme à Berlin ou à Saint-Pétersbourg... Mais si nous empêchons ainsi les hommes de s'entre-tuer et de mourir, pourquoi pas ? »

Lelong est mort peu après.

Il se dirigeait avec ses quelques tirailleurs vers la forteresse de Boribana pour rencontrer l'Almany Samory, connaître ses intentions, savoir si Karamako l'avait persuadé de traiter avec nous.

J'ai retrouvé son corps à demi dévoré par les chacals, le visage déchiqueté par le bec des vautours. Autour de lui il n'y avait aucun cadavre de tirailleurs. Ses soldats l'avaient-ils trahi, le tuant pour gagner la reconnaissance de Samory, ou bien avaient-ils été désarmés, entraînés par les guerriers sofas, le cou et les poignets passés dans une cangue, bétail humain voué à l'esclavage, vendus aux Bambaras, perdus comme fétus de paille sur l'océan de la servitude et de la misère humaines ?

L'ordre est venu, impérieux et légitime, de venger le capitaine Lelong, officier exemplaire dont la mort – l'assassinat – était une insulte à la France, à ses valeurs, la preuve d'un refus de la civilisation. On devait en finir avec Samory. C'était une bête fauve qu'il fallait traquer et abattre.

Nous nous sommes donc mis en marche vers Boribana.

J'ai reconnu le chemin qui conduit à la clairière.

Nous nous sommes avancés jusqu'aux abords du camp de l'Almany Samory. Ce n'était pas la « Tata », la forteresse que nous imaginions. Ni palissade ni fossé comme savaient en aménager les Romains et les peuples gaulois quand ils se faisaient face à Alésia.

Ici nous rampons dans les hautes herbes. Nous apercevons les cases, les femmes rassemblées autour des feux, les enfants courant en tous sens, les guerriers sofas un peu à l'écart.

Et tout à coup j'aperçois l'Almany Samory.

Il lit le Coran comme à son habitude, nous avait précisé Karamoko. Comme le croyant qu'il est, fils du Prophète, combattant les Infidèles. Il est étendu devant sa case, l'avant-bras appuyé sur l'accoudoir d'une sorte de chaise longue.

Il est tôt, à peine huit heures du matin.

J'entends le chant des femmes qui bercent les enfants tout en cuisinant.

Je fais un signe à N'Goré Dior et aux quelques tirailleurs qui me suivent.

Je montre Samory, seul, sans garde autour de lui. Si nous nous emparons de sa personne, on n'osera pas nous attaquer.

En avant ! Bondir. Sortir de l'abri des hautes herbes, traverser en courant, fusil au poing, mais sans tirer un coup de feu sur cette foule de femmes dont les visages disent la stupeur et l'effroi.

Courir vite vers la case de l'Almany Samory.

Les femmes se reprennent, lancent des cris stridents.

Samory me voit. Nos regards se croisent. Il s'enfuit. Il est à demi vêtu. Il court vers l'enclos des chevaux. Il trébuche. Il doit sauter un fossé. N'Goré Dior le saisit par le bord de sa gandoura, le retient. Il se dégage.

Je crie :

« Halte, Samory ! Halte ! »

J'entends son souffle haletant.

Il n'est plus qu'un vieil homme épuisé par cette course, qui trébuche à nouveau. Une femme se dresse devant lui. Il la heurte, tombe. N'Goré Dior le ceinture.

Les Sofas armés nous encerclent. Je leur montre l'Almany prisonnier, le canon de mon revolver sur sa tempe.

Il lève les bras dans un geste de renoncement, d'abdication. Les Sofas reculent.

C'en est fini de l'Almany Samory et de son royaume.

« L'empereur est tombé, l'aigle est pris, murmure N'Goré Dior. Tu l'envoies où, capitaine ? On ne tue pas un empereur. »

Une femme vient à moi. Je reconnais Magimba. C'est elle qui a arrêté la course de Samory. Elle me fixe. Son visage a recouvré sa beauté primitive. Mais, avant même que j'aie pu faire un geste, elle m'a tourné le dos et je ne garde d'elle, comme dernier souvenir, que le mouvement de sa démarche soulignant à chaque pas la cambrure ondulante de ses reins, l'ample courbe de ses hanches.

Mais elle a parlé à N'Goré Dior et, après que nous eûmes, le soir, dénombré les prisonniers, les deux mille Sofas, les soixante chefs, marabouts ou griots, les femmes, les fils, les esclaves par milliers, et rassemblé les bœufs et les chevaux, la centaine de caisses de cartouches, les cinq cents fusils à tir rapide, les vingt barils de poudre, et même deux cent trente mille francs en numéraire, puis, le lendemain, constitué avec nos captifs une longue colonne, après que nous eûmes commencé à faire route vers Khodor, puis, au-delà, vers Kayes, emmenant un Samory au port digne, chevauchant en tête, maigre et droit dans sa blanche gandoura, N'Goré Dior m'a rapporté les propos de Magimba.

« Karamoko est venu, lui a-t-elle dit. Il s'est exprimé avec courage. Je tremblais à chaque mot qu'il prononçait, car je lisais dans le regard de l'Almany Samory la colère et la fureur.

Karamoko disait ce qu'il avait vu dans la capitale des Blancs : les soldats qu'on ne peut compter tant ils sont nombreux, les canons, la ville avec les avenues plus larges que le Niger. Il répétait que, face aux Blancs, on peut seulement espérer qu'ils ne vous réduisent pas en esclavage, qu'ils ne vous arrachent pas à votre terre, qu'ils ne vous tuent pas. S'ils le veulent, ils sont capables de conquérir tous les royaumes, soumettre tous les peuples : ceux des Mossis, des Toucouleurs, les Bambaras, « et le tien aussi, père ».

Samory l'a écouté sans desserrer les dents, avec dans les yeux cette rage embrasée. Puis il a dit :

« Je t'ai entendu. Tu es mon fils bien-aimé… Mais chasse de ton esprit ce que tu viens de me dire. Oublie ce que tu as vu ou ce que tu as cru voir. Que personne ne puisse jamais lire sur tes lèvres ou dans ton regard ce que tu m'as dit. Les Français sont comme tous les hommes. Ils meurent. Et la mort fait trembler même le lion. Les Français ne sont pas des lions, mais des hyènes. Les combattre est le devoir de tous les fils d'Allah. »

J'ai caressé le corps de Karamoko, a continué Magimba. Il tremblait, était couvert de sueur.

Je suis restée près de lui toutes les nuits pendant que l'Almany Samory haranguait ses guerriers qui venaient de lui annoncer que les Français avançaient en longues colonnes avec des canons ; et qu'ils clamaient partout qu'ils voulaient s'emparer de l'Almany, le juger pour la mort d'un de leurs capitaines.

« Que je le veuille ou non, avait alors conclu Samory, c'est la guerre, et elle durera jusqu'à la mort. »

« J'ai essayé de retenir Karamoko quand il a voulu sortir de la case pour aller dire aux Sofas rassemblés qu'il ne fallait pas combattre, la guerre promettant d'être perdue, a poursuivi Magimba.

« Je n'ai pu l'en empêcher.

« Je l'ai vu se diriger vers l'Almany Samory, lui parler, le prévenir de ses intentions, et celui-ci l'a fait saisir, jeter dans une case dont il a fait murer toutes les issues.

« Je suis restée comme une chienne fidèle, couchée devant cette case.

« Il m'a semblé entendre la nuit et le jour la voix de Karamoko.

« Il était comme enseveli.

« Au cinquième jour, Samory a fait rouvrir ce tombeau. Karamoko était étendu, encore vivant.

« J'ai vu Samory se pencher, nouer ses mains autour du cou de son fils. Il a serré. Il l'a étouffé. Il a dit en tirant le cadavre hors de la case :

"Voilà mon fils bien-aimé prisonnier du sort que les Français lui ont jeté. Que Dieu le juge comme je l'ai jugé ! Que périssent ainsi tous ceux qui craignent de combattre l'Infidèle, l'envahisseur !"

« Depuis ce jour, m'a dit Magimba, je ne suis plus qu'une survivante. »

Samory était lui aussi habité par la mort.

Je l'ai vu drapé dans sa gandoura, le visage exprimant le détachement et le mépris, écouter la sentence que, sur le front des troupes rassemblées sur la place d'armes, à Kayes, lisait le colonel Rollin.

Il était condamné à être déporté au Gabon, à N'Djôlé.

J'ai appris quelques jours plus tard que Samory, à la veille de son départ pour l'exil, avait tenté de se suicider.

Ses gardes l'avaient sauvé.

« Ils lui ont volé même sa mort », commenta N'Goré Dior.

Je n'avais pas répondu.

Je pensais à toutes les incompréhensions, à tous les ressentiments, à toutes les haines accumulées jusque dans les corps qui semblent les plus dociles, les plus soumis.

TROISIÈME LIASSE

22

J'ai vécu à N'Djôlé, là où on avait exilé l'Almany Samory et où il mourut.

C'était le dernier village que pouvaient atteindre les grands vapeurs fluviaux qui remontent l'Ogooué depuis son embouchure.

Après N'Djôlé, le cours du fleuve est interrompu par des rapides que seules peuvent franchir les longues pirogues.

Je me souvenais d'elles, du chant des cents pagayeurs et de Samba Batéké debout à la proue. Mais j'avais oublié la chaleur moite, l'épaisseur de l'air gorgé d'eau, les eaux noires, l'étouffante proximité de la forêt vierge, ce mur vivant, opaque et menaçant.

En débarquant à N'Djôlé par une fin d'après-midi rayée par l'averse, j'avais découvert une dizaine de cases et les habitants des missions catholiques et évangéliques enveloppés par une vapeur grise.

À cet instant, j'avais regretté de ne pas avoir choisi l'affectation au Tonkin ou en Annam, dans les troupes de l'infanterie de marine, que m'avait proposée Lucien de Chalvon, devenu un personnage influent aux ministères de la Marine et de la Guerre, puisqu'il était membre du cabinet du président du Conseil, Jules Ferry, que mon père connaissait et dont il faisait avec emphase l'éloge.

« Ferry, m'avait-il asséné presque chaque jour, a une vision moderne de la grandeur française. Nous lui devons la Tunisie. Sans lui, personne n'aurait osé défier le Bey, engager nos troupes contre ces bandes de Kroumirs qui semaient le trouble à la frontière algérienne. Il a pris tous les risques. On l'injurie. "Ferry-Kroumir !" On devrait plutôt dire : "Ferry-Patriote !" »

Mon père reprochait à Clemenceau de persister à refuser les conquêtes coloniales, à s'accorder avec le nationaliste Paul Déroulède qui répétait que Ferry lui offrait « vingt domestiques alors qu'il avait perdu deux sœurs, l'Alsace et la Lorraine ».

« Comme si nous pouvions affronter l'Allemagne aujourd'hui ! » ajoutait mon père.

Mais le plus grave à ses yeux était la campagne de calomnies que l'on menait contre Ferry et les partisans des conquêtes outre-mer, accusés d'être des agents stipendiés de l'« affairisme colonial ».

« Tu entends, Charles ? Clemenceau prétend que Ferry n'a voulu le protectorat sur la Tunisie que pour satisfaire les banquiers. Et certains d'ajouter : "juifs, de surcroît !" Clemenceau ne va pas jusque-là, mais il dit qu'il n'aperçoit, "dans toutes ces entreprises, que des hommes qui veulent faire des affaires et gagner de l'argent à la Bourse. Ces affaires-là peuvent intéresser des particuliers, mais elles n'intéressent pas l'honneur national." On a accusé notre consul à Tunis, Roustan, d'être coupable de "vol qualifié, compliqué d'assassinat" ! Ça, c'est du Rochefort, dans *L'Intransigeant*... »

À chaque dîner chez mon père, je devais subir ses indignations. Je le laissais dire, mais il s'étonnait de mon silence qui l'irritait :

« Un officier, un colonial, un patriote comme tu dois l'être, Charles, peut-il accepter ce dénigrement d'une grande entreprise nationale qui s'est conclue par notre victoire : le protectorat sur la Tunisie, acquis malgré l'Italie, cette servante de l'Allemagne ? »

Il m'avait lu des passages du discours de Ferry qui avait affirmé qu'en allant en Tunisie, « la France avait fait un pas de plus vers l'accomplissement de la tâche glorieuse que ses destinées lui ont confiée : le triomphe de la civilisation sur la barbarie » !

J'avais reconnu là les propos que m'avait tenus le capitaine Lelong.

Mais peut-être étais-je en train de devenir un « Blanc de France », abandonnant peu à peu sa peau de colonial ?

Je soupais avec Geneviève de Lancel. Je la raccompagnais chez elle, boulevard La Tour-Maubourg. J'aimais la douceur ou la fraîcheur de l'air parisien. Je frôlais sa main de mes lèvres. Nous parlions fiançailles, mariage.

Il m'arrivait, après l'avoir quittée, de passer la nuit avec une fille, Marthe ou Charlotte, que j'allais attendre à la sortie des coulisses des petits théâtres grivois où elles levaient la jambe. Leur peau était si blanche, si parfumée qu'à la caresser j'avais l'impression d'effleurer un tissu de soie.

Je songeais avec honte et même dégoût à l'homme que j'avais été, serrant avec fureur le corps de Kallima, ceux des jeunes négresses de la *Maison rouge* ou des lupanars d'Alger.

J'avais été le compagnon de fredaines de Berson, cet officier indigne qui continuait de sévir au Soudan.

J'avais même désiré l'une de ses femmes, Magimba, dont l'image continuait de me hanter.

Étais-je plus envoûté que je ne le pensais ?

Mais c'est le père Dominique Orabona, rencontré au cours d'un dîner chez Lucien de Chalvon, qui m'a décidé à solliciter cette mission dans les territoires du Gabon et du Congo, là où Savorgnan de Brazza venait d'être nommé secrétaire général du gouvernement.

« Vous devez le rejoindre, Faurel, l'aider, me dit Orabona. On l'a décoré de la Légion d'honneur, encensé pour le traité qu'il a passé avec le roi africain Makoko, mais, en fait, on conteste son action. On n'aime pas les purs. Et Brazza est un incorruptible, l'incarnation de ce que devrait être notre civilisation. La France est la fille aînée de l'Église, Faurel ; nous avons le devoir de guider, d'enseigner, de soigner, de convertir. Et la gloire et la force que notre pays gagne en colonisant ces nouveaux territoires nous seront données par surcroît. Notre tâche première, ne l'oubliez jamais, Faurel, c'est de conquérir les âmes, de les ouvrir à notre foi. »

J'ai été fasciné, ce soir-là, par la passion du père Orabona, par son énergie.

Je l'ai revu plusieurs fois dans le petit bureau qu'il occupait, rue du Bac, au siège de la mission des Pères Blancs dont il était l'un des inspirateurs.

Sa table de travail, le lit de camp, les trois chaises étaient recouverts par des cartes et des photographies qu'il me commenta.

Il parcourait le monde d'une colonie à l'autre, devançant parfois nos soldats, accompagné de quelques Pères Blancs qui construisaient de leurs mains les premiers bâtiments – des cases ! – de leur mission. Ils ouvraient une salle de classe. Ils soignaient. Ils tentaient d'établir la paix entre les tribus. Ils priaient, ils convertissaient, apôtres perdus parmi des populations étonnées, souvent hostiles, qui quelquefois les massacraient.

Mais Dominique Orabona revenait sur les lieux avec deux ou trois nouveaux prêtres, quelques sœurs. On reconstruisait la chapelle, l'école, l'hôpital.

« Ce sont à première vue des mots trop grands, me dit-il, car nous sommes pauvres, et nos constructions sont modestes. Il suffit d'une tornade pour balayer nos efforts, renverser nos cloisons de bambous, arracher nos toits de branchages ! Mais ces mots sont aussi trop étroits pour dire la foi, le dévouement de mes frères. »

Il m'étreignit le bras.

« Il ne faut pas laisser les rapaces s'abattre seuls sur les peuples que nous colonisons, Faurel ! »

Il revenait d'Algérie. Il avait parcouru les confins du désert, se rendant dans ces oasis – Ouargla, Touggourt, Tamanrasset... – où certaines de nos colonnes avaient été massacrées par les Touaregs.

Ces guerriers – que j'avais approchés autrefois – avaient ainsi surpris une petite troupe commandée par le colonel Flatters. L'officier et la plupart de ses hommes et de ses bêtes avaient été exterminés autour d'un point d'eau où ils avaient fait halte. Les quelques survivants s'étaient enfuis dans le désert, sans eau, sans chameau, sans nourriture. Au bout de quelques jours, ils s'étaient guettés les uns les autres, craignant que la faim ne les pousse à s'entretuer pour s'entre-dévorer.

Et cela s'était en effet produit, chaque jour.

Quelqu'un tuait. Les autres se partageaient le corps. Puis ils se dispersaient, reprenaient leur marche, espérant échapper à la mort pour pouvoir participer, le soir venu, à une nouvelle curée.

« Le dernier tué, le dernier dévoré fut le maréchal des logis Pobéguin, conclut Orabona. J'étais à Ouargla quand une colonne de secours y a ramené les survivants. »

Il se cramponna à moi.

« Nos soldats, Faurel, sont ainsi devenus des anthropophages. Ils ont tué pour se nourrir. Ce n'étaient pas pour autant des bêtes sauvages ! »

Il débordait d'indignation, parlait en désordre :

« C'est en chaque homme, en chacun de nous que se livre le combat avec l'Ange ! Il n'y a pas de race qui y échappe. Sauf que les unes ont livré bataille depuis longtemps, quand les autres en sont encore aux balbutiements de l'espèce. Mais, jusque parmi nous, il y a des rapaces, des bêtes fauves, des monstres cruels. »

Certains colons d'Algérie, expliqua-t-il, étaient avides au point de dépouiller les Arabes de toutes leurs terres. Ils se comportaient en tyranneaux.

Orabona avait vu l'un d'eux payer à coups de gourdin deux perdrix ainsi *achetées* – « oui, c'est le mot qu'il employa, Faurel » – à un Arabe. Et, parce que celui-ci avait protesté, le colon s'était acharné sur lui.

« N'eussé-je pas été là qu'il l'aurait tué. »

Orabona s'assit à son bureau, repoussant les cartes, les dossiers, les photos qui l'encombraient.

La tête entre les mains, il continua à parler sans me regarder :

« On s'accoutume à l'injustice, tant on vit dans l'injustice. On oublie non seulement le droit, mais la charité chrétienne, la simple humanité. On chasse les Arabes des forêts où ils font paître leurs moutons, on les réduit à la famine et on s'étonne qu'ils y mettent le feu ! »

Il secoua la tête.

« Je ne nie pas, Faurel, la cruauté de ces peuples, vous la connaissez aussi bien que moi. J'ai vu de nos soldats auxquels les Kroumirs venus de Tunisie avaient coupé les oreilles, arraché les yeux, mutilé les parties génitales, et que les femmes arabes avaient torturés en leur enfonçant dans les chairs des aiguilles rougies au feu. Tout cela est vrai. Mais nous sommes les civilisés. Si nous ne prêchons pas par l'exemple, comment voulez-vous que les peuples nous respectent et cherchent à s'élever ? »

Il poussa vers moi une carte du cours inférieur de l'Ogooué. Depuis l'embouchure, il fit glisser son doigt le long du fleuve, citant le nom des villages où il avait installé des missions : N'Gomo, Lambaréné, Samba – sur un affluent de l'Ogooué –, Samkita, Talagouga, N'Djôlé. Aux côtés des bâtiments des missions catholiques se dressaient ceux de la Mission évangélique de Paris.

Pour la première fois, il sourit :

« Nous ne recommençons pas là-bas les guerres de religions, Faurel ! »

Les jésuites, m'expliqua-t-il, avaient débarqué pour la première fois sur cette côte en 1521. L'un d'eux, le père Odoardo Lopez, avait donné son nom au cap qui terminait le port en eau profonde que l'on commençait d'aménager à l'embouchure de l'Ogooué. Puis, vers 1865, étaient arrivés des pasteurs américains, bientôt remplacés par des évangélistes français.

Il se tut un long moment, grave à nouveau :

« Faurel, ce qui se passe au Gabon et au Congo est le pire qui se puisse imaginer. Il faut y aller, aider Brazza. Voyez le père Marcoux qui dirige notre mission de N'Djôlé. Il vous racontera. Il faut aussi lui apporter votre soutien. Brazza, lui, quelques autres, pasteurs, prêtres, soldats, ne sont qu'une poignée, un îlot au milieu d'une tourbe d'aigrefins, de voraces. J'ai vu de ces gens-là partout, dans toutes nos colonies, mais jamais je ne les ai vus se comporter comme ils font sur les bords de l'Ogooué ou du Congo. Faurel, écoutez ceci : l'un d'eux, parce qu'un pauvre serviteur a cassé une assiette, lui a coupé une oreille et l'a jetée à son chien ! Tels autres ont poussé dans l'Ogooué une trentaine de malheureux, hommes, femmes et enfants enchaînés, parce qu'ils leur avaient paru menaçants ; ceux qui nageaient ont été achevés à coups de fusil. Mais on tue d'abord pour s'emparer des défenses d'éléphants, des coupes de bois précieux. On tue parce qu'on refuse d'admettre que les habitants de la forêt sont des hommes, et non des bêtes sauvages. »

Il leva les bras.

« Oui, les Pahouins sont anthropophages, vous le savez mieux que moi. Et si Brazza n'avait pas réussi à instaurer la paix entre les tribus, ces Pahouins auraient achevé de dévorer les autres peuples, ceux du delta et du cours inférieur du fleuve, les Oroungous et les Galoas, qu'ils ont décimés. Je sais cela, qui est horrible. Mais les Pahouins sont des hommes et non des bêtes. Est-ce qu'on montre dans une cage les survivants de la mission Flatters qui ont tué leurs camarades pour se nourrir ? »

Or on avait exhibé des Pahouins à Paris. Je m'étais rendu avec le père Orabona au Jardin d'acclimatation. Nous avions vu la foule des badauds se presser autour d'un enclos où des hommes et des femmes noirs dansaient autour de l'un d'eux, allongé à leurs pieds, tenant le rôle du mort au terme d'un simulacre de combat.

Les vainqueurs quasiment nus poussaient des cris gutturaux, frappaient le sol de leurs talons, les femmes se dandinaient, leurs seins lourds battant leur poitrine. Elles s'approchaient des guerriers, frôlaient leurs corps. Puis tous s'agenouillaient et mimaient le partage de la dépouille du vaincu.

Autour de moi, les femmes se cachaient le visage derrière leurs éventails, poussaient de petits cris d'effroi. Les hommes disaient :

« Vous avez vu leur bouche ? Elle est deux ou trois fois plus grande que la nôtre. Quand ils mordent... »

On s'esclaffait. On avait peur. On se moquait. On ajoutait :

« Ils n'ont pas de front. Ils sont plus laids que des bêtes. Ils sont monstrueux. »

C'est moi qui avais éloigné le père Orabona de cette foule qu'il avait commencé d'exhorter, rappelant qu'il s'agissait là d'hommes et non de bêtes, dénonçant cette exhibition obscène comme une insulte au Créateur.

Autour de nous on avait ricané :

« Des hommes ? Mais vous les avez regardés ? Si vous tenez à vous faire bouffer, franchissez donc la barrière, mon père ! »

J'ai eu honte d'être l'un de ces Blancs.

J'ai pensé à N'Goré Dior, à Karamoko, à Magimba. Et même à Samory.

Je n'oubliais pas les débris humains répandus autour des cases, les trois cents crânes formant une pyramide monstrueuse à l'entrée d'un village. Je me souvenais des femmes ensevelies toutes vives dans la tombe des rois. Mais j'ai pensé à Samba Batéké et j'ai eu honte.

Peu après, j'ai dit au père Orabona que j'avais demandé à Lucien de Chalvon de me faire affecter auprès de Savorgnan de Brazza, secrétaire général du gouvernement pour le Gabon et le Congo.

C'est ainsi que, trois mois plus tard, j'ai débarqué à N'Djôlé.

23

J'ai retrouvé Samba Batéké.

Je n'ai d'abord vu que l'étroite passerelle sur laquelle je devais m'engager pour accéder au débarcadère constitué de quelques planches posées de guingois sur les pilotis enfoncés dans la vase noire des rives de l'Ogooué.

J'ai eu peur de m'enliser dans cette boue grouillante de vers – on disait que certains allaient se nicher dans les commissures de la peau pour y pondre leurs œufs, que d'autres pénétraient jusqu'au foie qu'ils annihilaient.

J'ai hésité à franchir le pas. J'étais prêt à reculer, à rester sur le vapeur, à redescendre le fleuve jusqu'à l'embouchure, à embarquer sur le paquebot qui, sans doute, n'avait pas encore levé l'ancre, occupé à charger les fûts qui, en larges radeaux, glissaient le long du fleuve.

J'apercevais de longues billes échouées sur la rive. Des Noirs les poussaient nonchalamment l'une contre l'autre avant de les lier ensemble. Quelqu'un, sans doute un agent blanc de la compagnie forestière, hurlait. Je ne comprenais pas ce qu'il disait, sans doute menaçait-il les Noirs qui, durant plusieurs minutes, couraient d'une extrémité à l'autre de la plage, sautant sur les troncs, les faisant rouler.

Puis la voix se taisait et les gestes des travailleurs redevenaient plus lents. Les cris reprenaient bientôt.

Non, je ne me sentais pas le courage d'affronter à nouveau ce monde où la cruauté elle-même était exubérante, et, hésitant à sauter, me tenant au bastingage, le corps penché en avant au-dessus de l'eau, j'ai eu l'impression que toute la suie, toute la sueur de ce ciel gris et bas me recouvraient. Qu'étais-je venu faire ici ?

Puis il y a eu cette main large à la paume rose, aux doigts longs tendus vers moi, une main rassurante que j'ai saisie, qui m'a tiré, soulevé, reposé sur le débarcadère.

J'ai levé les yeux. J'ai reconnu Samba Batéké. Et je n'ai plus regretté d'être revenu sur les rives de l'Ogooué.

Le visage de Samba Batéké s'était affiné. Il portait la chéchia des tirailleurs, une vareuse d'uniforme sur les manches de laquelle j'ai aperçu des galons d'or. Sergent-chef ? Sous-lieutenant ? Ou simplement l'un de ces grades sans autre signification que locale, que le commandement accordait à ses soldats indigènes ?

Nous nous sommes observés – dévisagés ! – quelques minutes, puis il a souri :

« Tu es revenu meilleur, m'a-t-il dit. Tu es plus vieux, mais plus fort. Tu as appris des hommes. »

Je m'en suis voulu d'être à ce point comblé par ses propos, comme s'il avait été mon juge, mon maître, lui, le Nègre !

Et je me suis répété plusieurs fois : « Tu ne vas pas prendre ce Noir au sérieux ! » Cependant, j'étais heureux comme si Samba Batéké avait détenu un savoir qui lui permettait de soupeser l'âme d'un homme tel que moi sur une juste balance.

Il a ajouté qu'il n'avait jamais douté qu'il me reverrait, car, a-t-il poursuivi avec emphase en montrant la forêt et le fleuve, on ne pouvait jamais quitter vraiment le pays du roi Congo et de ses enfants – l'Ogooué, l'Alima, les mille autres cours d'eau vivant dans son royaume.

Il en nomma dont je ne connaissais l'existence que par les récits de quelques rares explorateurs, mais l'Oubangui, le Chari, l'Ouellé, le Shanga paraissaient familiers à Samba Batéké. Puis il m'a parlé du lac Tchad, des pays de sable qui se trouvaient au-delà de la forêt et où régnaient de cruels sultans.

Je l'écoutais, surpris et ravi.

Il s'exprimait dans un français dont les mots lui emplissaient la bouche comme s'ils avaient été des boules de guimauve qu'il faisait aller d'une joue à l'autre, qu'il mâchonnait, prenant plaisir à les sucer, à les déglutir, à les régurgiter, à les répéter.

Je l'ai félicité pour ses progrès.

« Le père Marcoux a été mon maître », a-t-il indiqué.

J'ai interrogé le père Marcoux. Il a les yeux brillants de fièvre, mais peut-être est-ce la foi qui confère à son regard une pareille intensité, une telle fixité.

Il est assis dans la galerie couverte qui entoure le bâtiment principal de la mission.

J'entends les enfants répéter en chœur les lettres de l'alphabet, les chanter plutôt.

« Ce sont tous des Pahouins. Ils ont vu leur père, leurs frères, les chefs de leur tribu dépecer des corps humains, les dévorer, murmure le père Marcoux. Peut-être ont-ils même pris part au festin ? »

Il secoue la tête.

« Mais ne faut-il rien tenter ? Brazza a réussi à faire régner un peu de paix entre les peuples d'ici. Les Pahouins chassent encore l'homme, mais – il sourit en hochant la tête – c'est devenu un divertissement auquel ils ne se livrent plus que rarement. En échange, que leur offrons-nous ? Quelques missionnaires catholiques ou protestants leur apprennent à lire, nous leur distribuons un peu de nourriture, nous les soignons. Nous leur apprenons la foi en notre Seigneur Jésus-Christ... »

Il tend le bras vers les billes de bois.

« Mais d'autres les frappent, les humilient, les exploitent, les tuent, organisent des battues pour les capturer, les conduire dans les coupes forestières où on les traite comme des bêtes de somme, sans les nourrir, et s'ils en viennent à se dévorer entre eux, cela confirmera qu'il s'agit bien d'animaux sauvages, et pourquoi alors les respecterait-on comme s'il s'agissait d'être humains ? »

Nous nous sommes tus. Combien faudra-t-il de temps pour que les hommes deviennent humains ?

« Et Samba Batéké ? ai-je demandé.

— On voudrait le tuer, et moi aussi », a répondu le père Marcoux.

Batéké, m'a expliqué Marcoux, tentait d'assurer le respect de la loi sur les rives de l'Ogooué entre

Lambaréné et N'Djôlé. Pour tous les autres Noirs, il représentait la France et ce qu'elle pouvait donner à un Africain : l'uniforme, l'instruction, la dignité, la gloire même.

« Quant à moi, j'enseigne, je soigne, je convertis, a-t-il repris. Je fais donc naître des hommes qui n'acceptent plus aussi facilement d'être maltraités. »

Tout à coup, il s'est mis à claquer des dents, le corps agité par des spasmes, les yeux révulsés, la tête violemment rejetée en arrière.

Je me suis précipité pour le soutenir, mais, d'un geste saccadé, il m'a écarté.

« Il faut vivre avec ça, a-t-il murmuré. Ainsi, je n'oublie pas que la mort saisit toujours le vif. Ici on le sait mieux que partout ailleurs au monde. »

Plusieurs fois par jour, je l'ai vu secoué par les fièvres.

Avec Samba Batéké, je l'ai veillé. Dans la moiteur de la case, j'ai tenté de ne pas écouter sa respiration heurtée, bruyante comme un râle.

J'ai demandé à Samba Batéké de me raconter ce qu'il avait vécu avec Brazza, puisqu'il avait fait partie de la deuxième expédition vers le Congo.

« Le roi Makoko était couché sur des peaux de lions, et il a voulu que Brazza hisse le drapeau devant tous les chefs de tribus, à N'Couta, sur la lèvre droite du roi Congo. Après, Brazza nous a commandé, au sergent Malamine et à moi, Samba Batéké, de garder le drapeau. Lui, continuait. Et quand l'autre Blanc, Stanley, qui venait de la mer, est arrivé et qu'il a voulu s'avancer, nous disant qu'il nous donnerait des femmes et de l'ivoire à condition que nous abaissions ce drapeau, Malamine a refusé. C'était lui, le chef de poste. Mais j'étais près de lui... »

Samba Batéké se penche vers moi. Il ajoute que Stanley a hésité, puis qu'il a quitté N'Couta, traversé le fleuve, et s'est installé sur l'autre lèvre, la gauche, du roi Congo, dans le village de Kinshasa.

« Quand il est revenu et que nous lui avons rapporté ce que nous avions dit à Stanley, Brazza nous a serrés contre lui comme ses fils », conclut Samba Batéké.

Le père Marcoux tousse. Samba Batéké se lève, éponge la sueur sur le visage du prêtre, revient vers moi.

« N'Couta, dit-il, maintenant la France l'appelle Brazzaville. »

Il pose ses deux mains sur ses cuisses. Il ressemble dans la pénombre à une statue massive. Il a la mystérieuse majesté du Sphinx.

Je pense tout à coup que l'Afrique est peut-être le dernier continent témoin de l'origine du monde.

24

L'enfant noir me regarde.

Il passe lentement devant la galerie de la mission où je suis assis en compagnie de Brazza et du père Marcoux.

Il doit avoir cinq ou six ans.

Il marche, le corps penché en arrière, le bras droit plié dans le dos, le gauche levé, la main posée sur le sommet du crâne. Ses jambes sont grêles.

J'ai l'impression qu'à chaque pas il va trébucher, basculer en avant, tiré vers le sol par cet abdomen difforme, une outre énorme qui le gonfle du haut de la poitrine jusqu'à mi-cuisses, et qu'il tente d'équilibrer par cette curieuse attitude, jambes ployées, écartées.

Nous nous sommes tus.

Je me mords les lèvres pour ne pas pousser le cri de colère et de douleur qui m'emplit la poitrine.

Je suis l'enfant des yeux.

Il se dirige vers le deuxième bâtiment de la mission qui est utilisé comme dispensaire. Une sœur sort du bâtiment, s'avance vers l'enfant.

« Paludisme avec hydropisie », murmure le père Marcoux.

Il est courbé, les coudes appuyés sur les genoux, le visage caché dans ses paumes.

« Il va mourir, ajoute-t-il. Nous sommes si pauvres... »

Il s'interrompt, se redresse. Il écarte les mains en signe d'impuissance. La mission manque de médicaments, d'instruments chirurgicaux, d'un médecin, d'infirmiers.

« Ils sont si nombreux, reprend-il, si démunis, si vulnérables... »

Il tourne la tête vers Brazza.

« Si nous ne les aidons pas, si nous ne les traitons pas comme des hommes, nos frères, pourquoi sommes-nous ici ? »

Brazza reste longuement silencieux, les yeux rivés sur le bâtiment du dispensaire, une construction basse, blanche, avec un toit de tôle qui protège des pluies quotidiennes mais doit transformer les deux pièces en four, malgré les larges ouvertures donnant sur le fleuve.

« Il n'est de richesse que d'hommes », laisse tomber Brazza comme s'il se parlait à lui-même.

Puis il regarde le père Marcoux.

« Si nous ne sauvons pas les hommes d'ici, ce pays, malgré ses richesses, ne vaudra rien. Il faut donc protéger les hommes, établir la paix, soigner, instruire, faire reculer la mort. J'essaie d'expliquer cela partout, à Makoko, aux chefs de tribus, et jusqu'à Paris.

Il sourit.

Plus de cinq mille personnes l'ont acclamé au Cirque d'Hiver où la Société de Géographie avait organisé une assemblée extraordinaire pour l'entendre et l'honorer. Ferdinand de Lesseps présidait.

« Ils m'ont acclamé, dit Brazza. Mais qu'imaginent-ils ? Que veulent-ils vraiment ? »

Il a écouté les présidents des Sociétés pour la Colonisation de l'Afrique, les députés qui ont créé un Groupe colonial, les affairistes qui rêvent de mettre en coupes réglées ce nouveau morceau de continent dont on dit que les forêts sont si denses, les espèces rares si prolifiques, les sols et le climat si favorables aux caféiers, aux poivriers, aux vanilliers, aux cacaoyers, qu'il suffit de l'exploiter pour accumuler rapidement de gigantesques profits. Quant à ceux qui couperont les troncs, qui les feront flotter le long du fleuve jusqu'au cap Lopez, quant à ceux qui planteront, cueilleront, on les trouvera dans la forêt, on saura bien les forcer à travailler.

« Je leur ai dit : "Les indigènes ne sont pas encore initiés à ce que nous voulons d'eux..." Mais ont-ils compris ? »

Brazza hocha la tête :

« Essayons d'abord de connaître ce continent, reprend-il, pacifions-le, arrachons les hommes à leurs mœurs barbares. J'ai vu encore des amoncellements de crânes dans les villages des bords du Congo. Je sais qu'on tue non seulement pour la chair, mais pour se procurer les os du crâne qui serviront comme fétiches. Il faut que cela cesse ! Il faut apporter aux tribus notre foi, nos connaissances. C'est leur intérêt, c'est celui de la France. »

Des cris montent du rivage.

Une pirogue vient d'accoster. On porte un homme dont la cuisse a été brisée par un hippopotame. Des femmes, les tantes, les épouses, les sœurs le suivent. Elles se lamentent, accusent un autre homme d'avoir entraîné le blessé à cette partie de pêche, d'être ainsi responsable de la blessure, peut-être de la mort de leur parent. Si celui-ci meurt, il faudra tuer son compagnon !

« Ici, murmure Brazza, selon les Noirs, les humains sont maîtres de la mort. Si quelqu'un périt, que ce soit la nuque brisée par une branche ou le corps percé par une dent d'hippopotame, un autre homme est à l'origine de sa mort. Les circonstances comptent peu. Il faut rechercher le coupable, celui qui a intérêt à ce trépas. Il faut le faire avouer, le torturer au besoin, le soumettre à l'épreuve du feu ou du poison. Et enfin le tuer. »

Il soupire :

« La vengeance, la malédiction sont ici les visages de la justice. Réussirons-nous à instaurer le règne du droit ? »

Je pense à Berson, à ces colons que seuls guident leurs instincts et qui soumettent les nègres à leur bon vouloir.

Je murmure :

« Notre exemple… »

Brazza soupire à nouveau.

La nuit brusquement nous recouvre comme si l'obscurité venue du fleuve et de la forêt nous ensevelissait.

Il y a d'abord quelques instants de silence, puis, tout à coup, l'air se met à vibrer comme s'il n'était plus composé que de ces myriades d'insectes qui bruissent autour de nous, attirés par les lampes tempête que Samba Batéké vient d'accrocher à la toiture de la galerie.

Batéké est accompagné par un homme maigre, enveloppé dans une tunique noire, au visage à demi dissimulé par les bords du foulard bleu enroulé en turban autour et au-dessus de sa tête.

C'est Agar Tidikelt, un Targui arrivé hier soir de ces terres du Nord où la forêt cède la place à la brousse et à la savane. Il a remonté les affluents du Congo, la Sangha, l'Oubangui, puis descendu le Chari, le Logomé, qui se jettent dans le lac Tchad. Il a traversé les villages de Bangui, de Nola, et atteint El Kouti, puis Dikoa.

« Alors, si tu es encore vivant, narre Agar Tidikelt, après Dikoa tu découvres, avant le pays de sable, le pays de l'eau, le lac Tchad. Et tu vois ce que tu n'as jamais vu : des oiseaux si nombreux qu'ils obscurcissent le ciel. »

Tidikelt parle avec une voix rauque, hésitant avant de prononcer un mot qu'il encastre à sa juste place dans la phrase. Il a été le guide et l'interprète de celles de nos colonnes qui, à partir du Congo, ont essayé d'atteindre le Tchad.

« C'est notre rêve », dit Brazza.

Il se lève, s'anime, ouvre les bras.

« Il faut réunir nos territoires, ajoute-t-il. De l'ouest du Sénégal, on marche vers le Niger et le lac Tchad. Du nord, par les oasis de Ouargla, de Tougourt, de Tamanrasset, on se dirige vers le sud, à travers le désert, vers ce que j'appelle la Grande Oasis : ce lac Tchad, précisément. Et nous, venant du Congo, nous le rejoignons aussi en remontant et en descendant les fleuves, comme l'a fait Agar Tidikelt. Ainsi nous créerons au centre de l'Afrique notre Grand Empire. »

Brazza se rassied.

« On m'a dit, à Paris, que les ingénieurs travaillent déjà à un projet de chemin de fer qui traversera le Sahara, de l'Algérie et des oasis à la savane, à la brousse puis à la forêt équatoriale. »

Il chasse d'un geste lent les insectes qui vibrionnent autour de son visage.

« Mais il faut d'abord faire reculer la mort ! » s'exclame-t-il.

Agar Tidikelt s'approche et raconte :

« Autour des huttes en écorces, dans les villages des bords de l'Oubangui, j'ai vu partout des débris humains, des pyramides de crânes. Nous, nous aimons la guerre et même tuer, mais nous ne dévorons pas les cadavres. Eux, les Bondjos de l'Oubangui, s'en repaissent. À Bangui, ils ont tué et mangé le capitaine Musy. J'étais avec les capitaines Crampel et Biscarrat quand ils l'ont appris. Nous nous sommes dirigés aussitôt vers Bangui. Les feux brûlaient encore. Le sang était partout répandu. Plus au nord, vers El Kouti et Dikoa, il y a les grands sultans… »

Il s'incline comme pour marquer son respect.

« Ceux-là, Rabah, les chefs sénoussis, sont les fils du Prophète. Ils ne liment pas leurs dents en pointe, comme font les cannibales, mais ils possèdent des fusils qui tirent aussi vite que les tiens. Ils ont une armée de trente mille hommes. Ils comptent partout des alliés auxquels ils offrent des esclaves et des armes. Ils poussent ces peuples contre les Français. Ce sont eux qui ont tué les capitaines Crampel et Biscarrat, et qui m'ont forcé à fuir. »

J'écoute Agar Tidekelt.

Je sais aussi que le colonel Rollin est tombé. Il marchait vers le Tchad à partir du Niger. Il avait ordonné à Berson de rester à son poste de Khodor ; il espérait conduire une marche pacifique.

J'ai lu quelques-unes des lettres qu'il adressait à sa fiancée, une amie proche de Geneviève de Lancel.

« Vous me demandez, écrivait Rollin, qui j'aime mieux de la brousse ou de vous ? Mais, mon amie, c'est tout un, maintenant. Vous êtes confondue avec mon devoir. Cette brousse que je parcours chaque jour vous appartient. Je la traverse en pensant à vous. Et voilà ! Je n'aime plus tant ma brousse, c'est vous que j'aime, et j'aime mon devoir autant que vous, parce que je vous unis l'un à l'autre. Vous êtes inséparables ou plutôt nous devons faire un trio : le devoir, vous et moi... Ne me croyez pas sentencieux ni philosophique. Je dis ce que je pense, j'ai soif de beau et de sublime avec vous. »

« Le beau, le sublime, murmure Brazza, je l'ai connu sur les rives du roi Congo. »

Il se penche. La lumière de la lampe tempête dessine autour de sa tête un cône dans lequel les insectes pullulent, si nombreux qu'ils constituent une sorte de poussière noire. Chacun de nous est auréolé de la même épaisseur bruissante.

« Les chefs des tribus oubandjis s'étaient rassemblés autour du roi Makoko, dit Brazza. Ils étaient quarante, vêtus de pagnes, les poignets et les chevilles cerclés d'anneaux d'or ou d'ivoire. Les pirogues, une vraie flottille, sur lesquelles ils étaient arrivés, étaient tirées sur le sable des berges. Elles étaient longues, taillées dans un immense tronc, et embarquaient chacune plus de cent pagayeurs. L'un des chefs s'est avancé vers moi. Il a levé le bras, me montrant un îlot situé au centre du fleuve : "Vois cet îlot, m'a-t-il dit. Il est placé là pour nous mettre en garde contre la promesse des Blancs. Il nous rappellera toujours qu'ici, le sang oubandji a été versé par le premier blanc que nous ayons vu. Puis, pour échapper à notre vengeance, il a descendu le fleuve comme le vent."

« J'ai dit aux chefs et au roi Makoko que nous avions avancé jusqu'à eux les mains nues. "Il faut enterrer la guerre", ont-ils alors décrété.

« Les hommes ont creusé un grand trou en face de l'îlot. Chaque chef y a déposé l'un une balle, l'autre une pierre à feu, le troisième y a vidé sa poire à poudre. Samba Batéké et moi, ainsi que les tirailleurs qui nous accompagnaient, y avons de même jeté des cartouches. Alors les hommes ont planté dans le trou un jeune arbre. "Nous enterrons la guerre si profondément que ni nous ni nos enfants ne pourront la déterrer, a dit le chef, et l'arbre qui poussera ici témoignera de l'alliance entre les Blancs et les Noirs."

« J'ai donné à chaque chef un pavillon tricolore, poursuit Brazza. Et toute la flottille oubandjie a été ainsi pavoisée à nos couleurs. »

Nous sommes restés silencieux dans la nuit vibrante.

Le père Marcoux a répété :

« L'alliance entre les Blancs et les Noirs... »

Et il s'est mis à prier.

J'ai vu une silhouette s'approcher du bâtiment où nous étions installés.

Quand elle est entrée dans la lumière, j'ai reconnu la sœur qui s'était avancée peu auparavant vers l'enfant difforme.

Elle est entrée dans la galerie ; elle a murmuré quelques mots au père Marcoux.

Puis elle est repartie.

« L'enfant est mort », a murmuré le religieux.

25

Je suis assis à la table d'honneur.

En face de moi, le député Eugène Étienne, président du Groupe parlementaire colonial dont je suis l'hôte ce soir, parle depuis plusieurs minutes.

J'ai envie de crier, d'interrompre ce dîner-débat, de me faire entendre dans cette salle à manger du Grand Hôtel. La lumière y est si vive qu'elle m'éblouit. Je ne suis plus habitué à cette débauche de clarté : depuis des mois, je ne connais que le soleil gris et pourtant assassin des journées équatoriales et l'écrasant bloc noir, infrangible et vibrant, de la nuit africaine.

Je serre les poings.

J'écoute mon éloge, celui de mon frère Louis Faurel. Nous sommes, selon Eugène Étienne, l'incarnation de ceux qui, en Afrique et en Indochine, rendent à la France sa force et sa dignité et lui apportent territoires, peuples, richesses, lui ouvrant ainsi les portes de l'avenir.

Je regarde les convives répartis autour d'une dizaine de tables. Les hommes sont en habit, les officiers en tenue d'apparat arborent leurs décorations sur leur torse, les femmes en longues robes drapées sont peu nombreuses.

Lorsque j'ai reçu l'invitation, j'ai consulté Lucien de Chalvon qui, du fait de ses fonctions au cabinet de Jules Ferry, n'ignore rien des rouages de la vie politique et mondaine parisienne.

« C'est un parti où l'on dîne », m'a-t-il dit en s'esclaffant avant de m'expliquer combien ce Groupe colonial était influent. Il fait contrepoids, m'a-t-il expliqué, aux parlementaires qui, rassemblés autour de Clemenceau, veulent abattre Ferry, lui reprochant sa politique en Tunisie, ses ambitions en Indochine. Ils opposent aux « coloniaux » la « politique du pot-au-feu », selon le mot de Clemenceau qu'il va répétant partout et qui est compris par tous ceux, les médiocres, qui n'ont aucune vision du rôle de la France.

Eugène Étienne, c'est autre chose : député d'Oran, une ambition personnelle dévorante, mais du talent, de la flamme, une avidité pour lui-même – il prélève sans doute sa part sonnante et trébuchante sur toutes les actions qu'il prône et suscite –, mais un grand dessein pour la France.

« Pour que le feu prenne, ajoute Lucien de Chalvon, il faut jeter dans la cheminée toutes sortes de bois. J'appuie donc Eugène Étienne, qui fut proche de Gambetta. C'est un républicain opportuniste qui pense à sa fortune, mais, s'il aide à arrondir aussi l'héritage de la France, pourquoi pas ? »

J'ai donc accepté l'invitation et le maître d'hôtel m'a guidé vers cette table d'honneur où j'ai pris place entre l'ingénieur Caster et le député de Marseille, Guillaume Villeret.

Caster me parle chemins de fer. C'est un homme maigre au teint brun, aux yeux mobiles, qui trace sur la nappe, avec sa fourchette, les voies ferrées qu'il imagine et projette.

« Il faut doubler le cours des fleuves par des chemins de fer, expose-t-il. C'est la seule façon d'assurer le transport régulier des marchandises. Il faut contourner les rapides. Et, surtout, joindre le Nord algérien au Sud tropical et équatorien. Avec les voies ferrées, nous tiendrons ensemble tous les territoires dont vous faites la conquête et que nous ne pourrons exploiter, mettre en valeur qu'à la condition de les ouvrir au commerce. »

Guillaume Villeret écoute, interrompt. Il a le calme et la patience d'un homme installé. Il me rappelle qu'il a connu mon frère en Cochinchine lorsque lui-même était lieutenant de vaisseau. Il sourit et murmure :

« C'était une autre époque, un apprentissage utile. Indispensable, même. »

Tout à coup, je me souviens de ce Villeret qui avait négocié un traité avec le roi d'Annam après la mort de Francis Garnier. Pour mon frère et Lucien de Chalvon, c'était un « capitulard », l'exécuteur des basses œuvres des lâches qui gouvernaient à Paris et qui voulaient empêcher les marins de prendre des initiatives.

« Et puis, et puis, m'a expliqué Lucien de Chalvon, Villeret a épousé une demoiselle Proux, la fille de l'armateur de Marseille, la plus grosse fortune du port, la plus liée au commerce colonial. Notre bon Georges Proux a invité Villeret à quitter la Marine : trop maigre traitement, carrière trop austère, on y risque sa vie ; et ce beau gendre, il l'a fait élire député. Villeret sera un jour ministre de la Marine. En tout cas, depuis qu'il siège à la Chambre, il est le plus déterminé de nos colonisateurs, prêt à soutenir toutes nos entreprises ! Il est aux ordres non plus du gouvernement, mais de M. Proux. Et l'armateur a plus de poids qu'un ministre ! »

À chaque fois qu'Eugène Étienne s'interrompt pour laisser aux convives le temps d'applaudir les noms qu'il cite – « Savorgnan de Brazza, notre héros, notre pacificateur, celui qui donne à la colonisation française le noble visage de la paix, et ses compagnons d'exploration, officiers pieusement tombés pour la Patrie, Lelong, Rollin, Flatters, Crampel, tant d'autres, accompagnés par nos soldats indigènes, nos tirailleurs qui, face aux convoitises étrangères, ont su, sur le Congo, opposer la dignité française aux ambitions mesquines, je veux parler des sergents Malamine et Samba Batéké, qu'il faut saluer comme les enfants de la France et qui, aujourd'hui, montent la garde dans ce poste devenu, à notre initiative, Brazzaville... » – Villeret se penche vers moi, me parle du Soudan, du lac Tchad, et Caster lui répond, si bien que je me recule et qu'ils en viennent à converser tous deux, disant que la clé de voûte, le nœud gordien de l'Afrique est bien là, au lac Tchad où devraient converger des colonnes françaises venues du Congo, du Sénégal ou d'Algérie à travers le désert, par les oasis. Mais il y a ces sultans : Rabah, et, plus à l'est, dans le Soudan égyptien, ce Madhi, un fanatique, que les musulmans suivent comme un Dieu. Il les enivre et Rabah agit de même. Ils ont des fusils, des chevaux, des dizaines de milliers de combattants. Madhi a battu les Anglais à Khartoum, tué leur général Gordon qui défendait la forteresse.

« Ils sont autrement dangereux que nos cannibales ! s'exclame Villeret. Mais il faudra affronter ces mahométans, car c'est autour du lac Tchad que se joue le destin de notre Afrique. Si nous tranchons le nœud gordien, nous tenons le centre du continent, donc le continent lui-même. Qu'en pensez-vous, Faurel, vous qui connaissez ces régions... ? »

Je me souviens du Niger, de Samory, de Karamoko, de Crampel dont on dit qu'à El Kouti, les Senoussis au service de Rabah lui ont coupé la tête, brandie ensuite à la pointe d'une lance.

Et j'imagine le sort de Musy à Bangui, tué, écharpé plutôt, avant d'être dévoré par les Obandjis cannibales.

En quittant N'Djôlé, accompagné par Agar Tidikelt, j'ai remonté le Congo, puis l'Oubangui.

J'ai marché dans cette forêt qui s'éclaircissait, peu à peu réduite à des arbustes, devenant brousse puis savane.

Je suis entré dans El Kouti que les Senoussis avaient abandonné et où nous avons retrouvé des débris de corps, des lambeaux de peau et d'uniformes.

Mais à quoi bon en parler ici ? Eugène Étienne discourt avec tant de force et de conviction...

Le corps vigoureux, le visage large, la voix forte, il ouvre les bras, nomme les morts. Habile, il salue Lucien de Chalvon, représentant le président du Conseil, Jules Ferry, « qui m'honore de son amitié et auquel nous apportons tout notre appui parce qu'il agit pour le rayonnement, l'influence et l'avenir de la France. »

Il rend hommage à Paul Leroy-Beaulieu, de l'Institut, qui, l'un des premiers, a su, dans un livre-phare, attirer l'attention du pays sur l'*Importance de la colonisation chez les peuples modernes*.

Il se tourne, tend le bras vers le père Dominique Orabona, assis en bout de table. La voix teintée d'émotion, il en vient presque à chevroter :

« Nos querelles et nos disputes légitimes s'effacent quand l'intérêt de la nation est en jeu. Quelle que soit notre foi, notre croyance, nous sommes tous ensemble au service de la France et de l'homme, unis dans la volonté de les servir. Je salue les Pères Blancs dont l'œuvre missionnaire admirable… »

Je n'écoute plus. Je regarde Geneviève de Lancel, assise à la droite d'Eugène Étienne.

Elle ne le quitte pas des yeux, le visage levé vers lui qui, de temps à autre, penche un peu la tête dans sa direction comme si, en cet instant, il ne parlait que pour elle.

Je sais que leurs regards se croisent.

Celui de Geneviève de Lancel n'a fait que m'effleurer. Lorsque je suis entré dans cette salle à manger du Grand Hôtel, elle n'a eu à mon intention qu'un sourire distrait, ne répondant même pas aux quelques mots que je lui murmurais :

« Nous nous voyons après, n'est-ce pas ? Je vous raccompagne ? »

Elle a fait mine de ne pas m'avoir entendu, et peut-être en effet avais-je parlé trop bas, conscient qu'elle ne souhaitait pas me revoir autrement que parmi cette petite foule d'invités bavards qui se saluaient, se congratulaient, se prenaient par le bras, cherchaient leur place sur le plan de table, me serraient distraitement la main : « Ah, capitaine Faurel ! C'est magnifique, ce que vous avez accompli avec Savorgnan de Brazza ! »

L'un, le chroniqueur de *L'Illustration*, Hadrien de Boisrambert, souhaitait me rencontrer pour que je lui fasse le récit de nos *aventures* – et ce mot seul me faisait sortir de mes gonds.

L'autre, le docteur Pautra, vieil homme ami de mon père, qui n'était plus que le président honoraire de la Société de Chirurgie et d'Anthropologie, me disait :

« Je crains parfois que Savorgnan de Brazza, entraîné par sa sensibilité italienne et son catholicisme franciscain, n'oublie que les indigènes nous sont inférieurs. Je l'ai scientifiquement démontré, n'est-ce pas ? Certains d'entre eux peuvent, dans des circonstances particulières, faire montre d'une forme d'intelligence, mais même ceux-là ne peuvent réunir toutes nos qualités : c'est biologiquement impossible, Faurel. Ne l'oubliez jamais quand vous êtes en face d'eux. Ce sont des êtres chez qui l'instinct animal commande tout. »

J'ai envie de crier, de me lever, de faire face à Eugène Étienne qui n'en finit plus de discourir, la tête inclinée vers Geneviève de Lancel qui paraît fascinée, comme si la large mâchoire d'Étienne, cette bouche énorme, cette épaisse moustache, cette vulgarité tranquille la subjuguaient, l'envoûtaient.

« Notre colonisation, pérore-t-il, est œuvre de civilisation. Les peuples qui se soumettent reçoivent la paix. Nous les arracherons à la barbarie, à ces mœurs bestiales qui les font s'entre-dévorer. Nous leur apporterons le commerce, le savoir et la protection de la France... »

Je regarde son visage, puis ceux de tous les convives.

Je pense au père Marcoux et à ces enfants que j'ai vus rassemblés, attendant d'entrer dans l'appentis au toit de branches qui leur tient lieu de salle de classe.

Ils étaient une vingtaine. Je n'ai pas décelé un sourire sur leurs visages déjà vieux aux fronts crispés, aux bouches serrées. Leur ventre trop gros débordant au-dessus de la ceinture de liane tressée qui retenait leur pagne, tous étaient atteints du paludisme, déjà.

Dans cette salle à manger où la lumière tombe comme des cataractes d'eau claire, blanche, sur les nappes immaculées, faisant briller les couverts de vermeil et resplendir les verres de cristal, j'ai la tentation de lancer :

« J'ai vu un enfant noir traîner son corps difforme et s'en venir mourir au bord de l'Ogooué dans les bras d'une missionnaire ! »

26

Je n'ai pas interrompu Eugène Étienne qui a fini par lever les bras et conclure d'une voix vibrante :

« Partout où, au Congo comme en Tunisie, en Annam comme à Tahiti, dans l'oasis de Tougourt comme au Soudan, elle plante son drapeau tricolore, la mission de la France est de faire naître des hommes libres, d'arracher à la gangue noire de la sauvagerie le diamant humain ! »

J'ai applaudi aussi longuement que Guillaume Villeret, que Caster ou Lucien de Chalvon.

Au moment où Étienne m'invitait, en se rasseyant, à prendre la parole, j'ai vu qu'il effleurait du bout des doigts, comme par mégarde, les cheveux, l'épaule, le dos de Geneviève de Lancel, et peut-être sa main, sur la lancée, glissait-elle aussi le long de sa cuisse, lui serrait-elle le genou ?

J'ai regardé droit devant moi. Je me suis appuyé de mes deux poings fermés à la table comme pour m'empêcher de basculer en avant.

J'ai dit :

« J'aime vivre parmi ceux que nous appelons les sauvages. Les choses y sont claires. On sait que certains Nègres sont anthropophages. Ils ne le cachent pas. Ils entassent devant leurs cases les crânes et les ossements de leurs victimes. On sait qu'ils dévorent les vaincus. On sait qu'ils peuvent égorger un homme pour se procurer une boîte crânienne dont ils feront un fétiche qui, à leurs yeux, les protégera de tous les maléfices. Ils ne dissimulent pas ce qu'ils sont, ce qu'ils veulent… »

Je me suis interrompu. Tous les visages étaient tournés vers moi.

« Mais nous, ai-je repris, nous, les civilisés, qui sommes-nous, que voulons-nous ? Quand je reviens ici dans ma patrie, je me demande parfois qui sont les vrais sauvages : eux ou nous ? La cruauté, nous l'avons connue ici, à Paris, durant nos dernières guerres. Et, depuis, combien de fois avons-nous tué non pour nous nourrir ou nous protéger des malédictions, mais peut-être simplement par orgueil ? Je me demande si nous ne sommes pas que des sauvages masqués ! Des anthropophages hypocrites ! »

On a ri, on a applaudi. J'ai croisé le regard étonné de Geneviève de Lancel.

« Voilà pourquoi je vais repartir vers ces pays qu'on appelle sauvages », ai-je conclu.

Et je me suis rassis.

Les semaines suivantes, j'ai revu plusieurs fois Lucien de Chalvon. Je voulais être affecté en Indochine où mon frère, en poste à Saigon, m'assurait que la vie était « envoûtante ».

Chalvon a haussé les épaules.

« Votre frère, a-t-il dit en riant, est encongaillé ! Vous voulez l'imiter ? Vous voulez goûter de l'Annamite après vous être abreuvé à l'Africaine ? »

J'ai alors découvert le sens de ce mot, « congaï », que Lucien de Chalvon répétait en m'expliquant qu'il s'agissait des femmes annamites.

« Enfin, des filles, car ce sont de petites putains de quinze ans, et même quand elles en ont vingt elles paraissent impubères, lisses, sans un poil, mon cher. Vous allez succomber comme nous l'avons tous fait. Un de nos camarades disaient que les congaïs, moitié servantes, moitié épouses, complètent le mobilier de l'Européen d'Indochine. »

Chalvon m'a pris par l'épaule en protecteur bienveillant.

« Mais, a-t-il poursuivi, ces femmes-là sont autrement perverses et habiles que les Africaines. Enfin, dois-je vous mettre en garde, vous ? »

De nouveau il a ri, puis il m'a entraîné devant une carte murale représentant la péninsule indochinoise.

« Nous jouons là-bas une partie superbe, décisive mais dangereuse... »

Il a frappé le parquet du talon et repris :

« Périlleuse d'abord ici, à Paris ! »

Clemenceau et sa bande continuaient d'aboyer aux basques de Jules Ferry, m'a-t-il exposé. On traitait encore celui-ci de « Kroumir ». On lui reprochait toujours d'avoir réussi à établir un protectorat sur la Tunisie. On le guettait. Au moindre faux pas, les chacals clemencistes se jetteraient sur lui. Notre politique, il est vrai, comportait des risques. La Chine armait des bandes de pirates. Elle craignait un protectorat français sur l'Annam, et la conquête du Tonkin.

« Nous allons à la guerre avec elle, a murmuré Chalvon. Ils nous ont tué des hommes, et d'abord le commandant Rivière, un ami proche, Faurel, un homme pour qui nous avions tous – votre frère en particulier – de l'admiration, un officier que nous vénérions. Il était l'un de ces chefs téméraires qui sont le sel de notre tradition militaire. Et, en même temps, une vraie plume d'écrivain. Eh bien, les pirates chinois ou tonkinois – les uns valent les autres – lui ont tendu un guet-apens, l'ont tué et ont promené sa tête sous les murs de Hanoi au bout d'une pique. Naturellement, nous ne pouvons rester sans réagir. Clemenceau peut aboyer et même mordre, Ferry est décidé à venger Rivière, à déclarer la guerre à la Chine. »

Chalvon a posé sa paume ouverte sur la carte.

« Si je vous ai bien entendu l'autre soir, Faurel, vous détestez l'hypocrisie. J'ai apprécié votre intervention provocatrice, un tantinet paradoxale et excessive. Le cannibalisme est une frontière de civilisation, Faurel. Il y a ceux qui sont restés d'un côté, celui de l'animalité où l'on s'entre-dévore, et les autres dont nous faisons partie. Mais il existe aussi de nombreux peuples indigènes, les Touaregs ou les Tonkinois, par exemple, cruels, certes, mais pas anthropophages, qui respectent l'interdit de dévorer son semblable. Or l'interdit, c'est la civilisation, Faurel. Je vous en prie, cessez de jouer avec ces extravagances ! Je ne connais que Maupassant pour avoir osé écrire que nous sommes, nous, les vrais anthropophages. Et vous savez qu'il est fou, rongé par la syphilis... »

Il m'a étreint le bras.

« En fait, vous avez exprimé l'éternelle opposition entre les "assis" de la métropole, les hommes de bureau, les bavards, et puis ceux qui sont en première ligne, dans la forêt, face aux anthropophages, ou aux Pavillons-Noirs en Annam ou sur la rivière Rouge. Eh bien, je vais être franc, Faurel : nous voulons *toute* l'Indochine, le Cambodge, la Cochinchine, l'Annam, le Tonkin ! Voilà notre politique !

Les Annamites ne sont pas un peuple. Ce sont les parias de l'Asie, que les Chinois ont toujours dominés. Les Annamites vont changer de maîtres. Nous prendrons la place des Chinois, c'est tout. Mais, pour cela, il nous faut d'abord taper sur les doigts de la Chine pour qu'elle retire ses pattes du Tonkin et de l'Annam. Si vous voulez en être, Faurel, c'est le moment ! »

Je le voulais.

J'ai attendu avec impatience ma nomination dans un bataillon de l'infanterie de marine qui avait été désigné pour partir en Indochine.

J'ai tué le temps avec des Charlotte et des Marthe de cafés-concerts qui ressemblaient à celles que j'avais connues lors de mes précédents séjours à Paris.

Je n'ai revu Geneviève de Lancel qu'une seule fois.

Elle m'avait invité, au lendemain du dîner-débat, à l'un des thés qu'elle donnait le mardi et le jeudi dans son appartement du boulevard La Tour-Maubourg.

Elle aussi, comme Lucien de Chalvon, évoqua mon intervention au Grand Hôtel.

« Vous avez été audacieux, a-t-elle murmuré, et j'en ai été peiné pour vous ; peut-être avez-vous laissé s'exprimer de la déception, de l'amertume même... »

Elle a pris ma main.

« Vous ne m'en voulez pas, Charles ? »

Elle avait compris, a-t-elle poursuivi d'une voix de petite fille penaude, qu'elle n'était pas assez héroïque pour devenir l'épouse d'un officier qui risquait chaque jour sa vie aux antipodes.

« Je ne pourrais pas le supporter, Charles. Ce que vous avez dit l'autre soir m'a glacée d'effroi. Ces crânes, ces ossements empilés, ces hommes qui se nourrissent de chair humaine, quelle horreur ! Où trouvez-vous le courage d'affronter ce monde-là ? Et vous désirez y repartir ! Je vous admire, Charles. La France est grande grâce à des hommes comme vous ! »

Elle m'a pressé la main.

J'ai dégagé mon bras, continuant d'arpenter près d'elle ce salon où je reconnaissais Hadrien de Boisrambert, Caster, Guillaume de Villeret et où, sans doute, en fin de soirée, apparaîtraient Eugène Étienne et, qui sait, peut-être même Jules Ferry ?

Je me suis interrogé : qu'avais-je encore de commun avec cette société satisfaite et sûre d'elle-même ?

Cet après-midi-là, en écoutant distraitement ces bavardages, ces éclats de rire, j'ai mesuré combien j'avais changé.

Je m'en étonnais, m'en effrayais : jusqu'où cela m'entraînerait-il ?

Je partais faire la guerre aux pirates chinois, aux Pavillons-Noirs, aux assassins de Francis Garnier et du commandant Rivière.

Je partais pour assurer à ma patrie la domination de nouveaux territoires. Car si la France renonçait à devenir une puissance coloniale, d'autres le feraient à sa place.

Hadrien de Boisrambert m'avait expliqué ce jour-là que l'Angleterre et l'Allemagne étaient liguées contre nous, que Churchill, un homme politique britannique jeune mais influent, avait déclaré à l'ambassadeur allemand que la France était leur commun ennemi et qu'il fallait brider son ambition, la cantonner dans son territoire, lui interdire de conquérir de nouvelles positions en Asie, en Afrique, dans l'océan Indien où l'on assurait en effet que Ferry songeait à s'emparer de Madagascar.

« C'est nous ou eux, avait conclu Hadrien de Boisrambert. Nous menons une guerre *couverte*, comme disait Richelieu, mais elle est féroce, réelle et quotidienne. Et vous le savez, Faurel : nous devons la gagner ! »

Je m'en persuadais, et cependant quelque chose en moi bougeait, tremblait.

C'était comme si l'enfant noir, l'enfant difforme et mort, et ses petits compagnons aux corps eux aussi gonflés par l'eau putride de la maladie m'avaient ouvert les yeux sur les souffrances de ceux que j'avais si longtemps vus – que je voyais encore – comme plus proches des animaux que des humains.

J'avais confié mes réflexions au père Dominique Orabona.

Il m'avait écouté, attentif et grave, m'avait pris les mains et les avait serrées.

« Ils sont nos frères par la douleur », avait-il murmuré.

27

Ce fut un long voyage au cours duquel j'appris chaque jour un peu plus sur le monde tel qu'il est, et sur moi tel que j'étais.

La première leçon me fut donnée à Toulon, dès mon embarquement à bord du *Duquesne,* un transport de troupes qui avait déjà effectué de nombreuses traversées vers l'Extrême-Orient.

Je m'étais installé à la poupe à regarder des zouaves franchir d'un pas lent, tant ils étaient chargés, la longue passerelle.

Il faisait chaud. Certains de ces hommes s'arrêtaient, s'appuyaient aux cordages afin de reprendre souffle. Aussitôt, un commandant, sa cravache levée, les injuriait, les menaçait, se précipitant parfois pour prendre le soldat au collet, le bousculer, le pousser.

Tout à coup, il y eut un cri.

L'un des zouaves avait glissé et, les bras en croix, battant des jambes, sa casquette tombant plus lentement que lui, avait été précipité dans l'eau noire, entre le quai et la coque.

Entraîné par son fusil, son sac, empêtré dans son uniforme, il avait aussitôt coulé.

Le commandant avait hurlé : « En avant ! En avant ! » et la file s'était remise en marche le long de la passerelle.

Les matelots du *Duquesne* s'étaient élancés, tentant avec des gaffes de harponner le malheureux. Un marin avait même plongé plusieurs fois, levant les bras en signe d'impuissance à chaque fois qu'il reparaissait.

Le commandant – dont j'appris qu'il se nommait Lebert – avait disparu.

Je ne sais si l'on a retrouvé le corps du soldat.

J'avais gagné la proue pour fixer l'horizon, ne plus voir que la mer. Un officier du *Duquesne* était venu s'accouder près de moi au bastingage.

« Une vie, avait-il murmuré, c'est si peu de chose, n'est-ce pas ? Cela vaut moins qu'une porcelaine de Chine ou une statuette de Bouddha en ivoire qu'on aura volée dans une pagode. »

Il ne parlait pas au hasard. Il avait vu les soldats rentrer à bord du *Duquesne* après une expédition, leurs pantalons noués aux chevilles et gonflés de tous les objets précieux qu'ils avaient pillés. Ils avaient étalé leur butin sur le pont et souvent leurs officiers, du bout de leur badine, choisissaient une pièce et l'achetaient pour quelques sous.

« Certains soldats ont raconté à nos matelots comment ils avaient passé par les armes toute la population des villages, mis à sac les cases et les pagodes, violé les femmes et empalé – mais oui, mon cher, empalé ! – le long des routes les prisonniers qu'ils avaient faits, afin de donner une bonne leçon à ces Jaunes. Ils disaient que les grimaces des suppliciés étaient d'un drôle... »

L'officier s'était redressé. S'adossant au bastingage, il avait ajouté :

« On massacre les Nègres et les Jaunes, on apprend ainsi à tuer. C'est si facile ! Méfiez-vous, capitaine, cette maladie-là est contagieuse. Après, quand on est contaminé, on ne distingue plus la couleur de la peau de ceux qu'on tue. »

Il s'était éloigné de quelques pas, puis avait lâché :

« Heureusement, je suis marin ! »

Je n'ai revu cet enseigne de vaisseau – Quiniou était son nom – qu'à notre arrivée à Alger.

Le *Duquesne* avait jeté l'ancre dans la rade et je n'ai pas souhaité descendre à terre. La ville était pour moi celle où Kallima était morte et je ne désirais pas raviver mes souvenirs d'elle, ni retrouver les ruelles qui conduisaient aux négresses édentées et aux pauvres filles espagnoles ou françaises enfermées dans les lupanars de la Casbah.

Mais j'ai vu le commandant Lebert revenir à bord, le visage cramoisi, le pas hésitant, le regard voilé.

J'ai pensé à Berson dont, durant mon séjour à Paris, Hadrien de Boisrambert avait vanté dans *L'Illustration* l'héroïsme et les exploits au Soudan, mais que Clemenceau avait accusé, dans un article de *La Justice*, de ternir les principes de la République.

Puisque l'on avait décidé de mener une politique coloniale, il fallait, selon ce dernier, élever les indigènes, leur enseigner la liberté, la fraternité et l'égalité au lieu de les maltraiter, de les mépriser et, pour finir, de les tuer.

« Un Républicain, un officier français ne saurait se comporter en négrier. Je crains que le commandant Berson ne l'ait oublié ! »

J'ai entendu la voix tonitruante de Lebert houspiller les zouaves dont certains s'étaient allongés sur le pont. Il leur donnait des coups de pied, les forçant à se lever, à se tenir au garde-à-vous. Il criait :

« Debout. Je vais vous dresser ! Je veux des soldats, pas des macaques ! »

J'ai eu la tentation de le ceinturer. Puis le bruit des chaînes que l'on remontait a couvert sa voix et la coque du *Duquesne* s'est mise à vibrer.

Nous appareillions et de tous les navires de l'escadre de la Méditerranée qui se trouvaient eux aussi dans la rade, à quelques encablures, des hourras se sont élevés. Sur le *Colbert*, le vaisseau-amiral, la musique jouait *La Marseillaise* et les officiers alignés nous saluaient. Les marins, grimpés dans les haubans, criaient : « Vive la France ! », et à bord du *Duquesne* les zouaves et l'équipage leur répondaient.

J'ai été saisi par l'émotion.

Oubliés, Berson et Lebert !

Je saluai, je chantai : « Allons enfants de la Patrie... » Le chant et l'enthousiasme patriotiques m'enveloppaient.

Nous étions tous ensemble la France généreuse, pleine d'allant.

Aux peuples encore barbares, nous allions, en dépit des Berson et des Lebert, apporter les lumières de notre civilisation.

Ce qui fait le feu, ce sont les flammes vives, non la cendre grise.

Nous avons relâché à Port-Saïd et Quiniou, qui avait plusieurs fois franchi le canal de Suez, m'a conseillé de visiter la ville.

J'ai traversé la place de Lesseps, fier d'avoir rencontré cet homme qui présidait souvent les réunions de la Société de Géographie, et qu'on vénérait.

Je me suis mêlé à la population cosmopolite dans les larges artères tracées à même le sable.

J'ai croisé des Français, des Turcs, des Anglais, des Égyptiens, des Levantins, des Nègres.

J'ai été entouré par une foule d'enfants, des négrillons qui répétaient : « Femmes, femmes pour toi ! »

Ils me poussaient dans des boutiques où l'on me proposait d'abord des photographies obscènes, puis l'on soulevait des tentures et j'apercevais, allongées sur des tapis, le corps calé entre des coussins rouges, des femmes dont je devinais sous les voiles le corps gras.

Au Casino, un orchestre composé d'Anglaises, d'Italiennes et d'Autrichiennes saluait l'arrivée d'un officier par l'hymne national de son pays.

D'autres femmes s'approchaient, se frottaient contre moi.

J'ai suivi l'une d'elles, parfumée, opulente, caressante.

J'ai aimé qu'elle s'agenouille devant moi, qu'elle m'obéisse, qu'elle soit ma servante et moi son maître.

Je l'ai à la fois flattée et insultée.

J'ai retrouvé ce plaisir de n'être qu'instinct, brutalité, désir. Je ne l'avais jamais plus éprouvé avec autant d'intensité et de rage depuis que j'avais perdu Kallima. Il était là, ne demandant qu'à percer l'hypocrite épaisseur des conventions, des timidités, des remords et des scrupules.

Je les ai oubliés et suis redevenu pour une nuit, avec une énergie et une avidité furieuses, un barbare.

J'étais moi aussi un chef de tribu, un roi nègre, un souverain tyrannique.

Puis, me dirigeant à l'aube vers le port, me hâtant car le *Duquesne* faisait siffler la sirène annonçant son appareillage, j'ai pensé que je comprenais qu'on pût décider, à la veille de sa mort, que les femmes qu'on avait possédées fussent enterrées vives dans la fosse où l'on allait soi-même être couché.

Je suis resté sur le pont, à la proue, profitant du souffle précaire de l'aube.

Nous glissions entre les rives du Canal. Des négrillons nageaient près du navire qui avançait si lentement qu'il paraissait immobile, comme figé entre les rives de l'Afrique et de l'Asie.

J'ai lancé des pièces de monnaie à ces enfants qui plongeaient à chaque fois puis resurgissaient, le sou entre leurs dents.

Je me suis interrogé sur la nuit que j'avais passée et sur ce que j'avais ressenti et imaginé.

Peut-être ne voulions-nous soumettre les peuples appelés par nous « inférieurs » que pour retrouver des pulsions instinctives que nous avions peu à peu refoulées ?

Peut-être ne voulions-nous conquérir le monde, le coloniser que pour nous emparer des femmes des peuples vaincus et dominés, afin de jouir d'elles sans égards ni entraves ?

Mais alors, quoi de nouveau depuis le commencement du monde ?

Nous ne faisions là qu'obéir à la loi de l'espèce.

Nous sommes entrés dans la mer Rouge et Quiniou m'a montré le lieu où, selon la légende, la mer s'était retirée pour que le peuple juif pût regagner la Terre promise.

Cette cime à l'horizon, c'était le mont Sinaï.

Et cette piste jalonnée de croix, la route de Jérusalem.

J'ai baissé la tête.

Nous avons jeté l'ancre à Obock.

Une petite garnison française vivait dans cette chaleur de cratère.

Le sable des rues était en fusion. Le ciel blanc, prêt à se fissurer.

La haine qu'on nous portait était elle aussi incandescente. Les regards des Danakils, des Abyssins, des Somalis, des Gallas nous perçaient.

Certains Danakils portaient, fichées dans leurs cheveux crépus roussis à la chaux, des plumes noires ou blanches qui rappelaient fièrement qu'ils avaient tué un ou plusieurs Somalis. La vie d'un Européen était réputée valoir celle de cinq Somalis.

Rentré à bord du *Duquesne* dont les tôles brûlaient dans cette fournaise, j'ai à nouveau contemplé cette péninsule désertique qu'il fallait traverser pour atteindre la Terre sainte.

Si Dieu ne retenait pas le bras de l'homme, il n'existerait en ce monde que la loi de la mort. Tuer pour répondre à la mort. Tuer avant qu'on ne vous tue.

À Quiniou qui était venu s'asseoir près de moi, sous la tente qui protégeait le pont, j'ai dit :

« Nous sommes tous des barbares. »

Il a posé la main sur mon poignet.

« Pourquoi coloniser, alors ? a-t-il murmuré. Restons chez nous. »

J'ai pensé au père Marcoux et à la mission des bords de l'Ogooué. À Brazza.

« Nous pouvons... », ai-je commencé.

J'aurais pu dire : « convertir, soigner, pacifier, enseigner, civiliser », mais je me suis tu.

Nous avons connu la tempête dès notre entrée dans l'océan Indien. Plusieurs hommes sont morts de la fièvre typhoïde qui s'était glissée à bord à notre escale à Obock.

Quiniou m'a dit que, durant la nuit, on avait jeté leurs corps à la mer. Au matin, la tempête apaisée, leurs camarades assis sur le pont jouaient aux dés ou aux cartes.

La chaleur était devenue poisseuse quand nous sommes passés en vue de Poulo-Condor, le pénitencier situé à l'entrée de la rivière de Saigon.

Le *Duquesne* a ralenti l'allure, donnant à intervalles réguliers des coups de sirène pour avertir les sampans qui semblaient se laisser dériver sur le fleuve.

Ici, point d'hommes nus ni de forêt vierge, mais des villages qui se succédaient, une foule animée, colorée, bruyante, qui paraissait ne même pas voir notre navire s'approcher des quais, qui semblait ne pas entendre les ordres que lançait à tue-tête le commandant Lebert, ordonnant à la fanfare de jouer, aux soldats de s'aligner.

Dès cet instant, j'ai eu le sentiment qu'ici, plus encore qu'en Afrique, nous n'étions qu'une présence superficielle, comme une goutte d'huile glisse à la surface de l'eau sans jamais la pénétrer.

C'est alors que j'ai aperçu mon frère et quelques autres officiers sur le quai.

Autour d'eux, dans la foule, menues et blanches, les silhouettes des femmes annamites.

28

J'ai aimé le simulacre de douceur et la feinte soumission des femmes annamites.

J'ai su qu'elles mentaient dès l'instant même où mon frère a poussé vers moi Do Hing Chan, la congaï avec qui il vivait.

Elle était grande pour une Asiatique. Ses lèvres étaient fortes, son nez épaté. Elle s'est inclinée devant moi en souriant et j'ai découvert ses dents laquées de noir.

Cependant que mon frère vantait ses qualités, ses yeux impertinents, ironiques, provocants, n'ont pas quitté les miens.

J'ai lu dans son regard toutes sortes d'invites et je me suis détourné, gêné.

Mais, les jours suivants, visitant Saigon avec Quiniou pour guide, il m'a semblé que c'était toute la ville qui était mensonge.

En arpentant la rue Catinat – au bout de laquelle mon frère habitait une grande demeure qui lui avait été attribuée au titre de conseiller militaire du gouvernement de la Cochinchine –, on eût pu croire qu'on se trouvait dans une ville de la province française, écrasée par une saison humide et chaude.

Ce n'était qu'apparence.

Il y avait la foule des « Jaunes » et, perdus parmi eux, les Européens, les « Blancs ». Les Jaunes s'écartaient à leur approche, quittaient le trottoir au risque de se faire renverser par une voiture ou un pousse-pousse, mais ils savaient qu'il leur fallait éviter les maîtres. J'ai vu l'un de ceux-ci gifler un Jaune qui, par inadvertance, l'avait bousculé.

On s'habituait pourtant vite à cette hypocrisie confortable.

Mon frère se pavanait. Sa congaï l'aimait, prétendait-il. Avec l'autorité de son lignage – elle était fille d'une des plus vieilles familles de Cochinchine, laquelle l'avait rejetée depuis qu'elle vivait avec un Européen –, elle régentait le personnel chinois qui s'affairait lors des dîners et réceptions que mon frère donnait plusieurs fois par semaine.

Il me paraissait dupe du mensonge qui l'entourait. Quiniou m'expliquait pourtant que la plupart de ces congaïs avaient un amant de leur race qu'elles épouseraient sitôt que leur Blanc aurait quitté l'Indochine pour rentrer en France. Mais mon frère semblait croire que Do Hing Chan l'accompagnerait en métropole. Elle avait déjà deux neveux qui poursuivaient leurs études au lycée Louis-le-Grand, et qui se destinaient l'un et l'autre à la carrière médicale. Louis paraissait même décidé à se marier avec Do Hing Chan.

Il s'emportait contre ces « brutes ignares que sont beaucoup de nos compatriotes, qui répètent que les Annamites sont dépourvus de toutes qualités, menteurs, lâches, sans conscience politique ni morale, abrutis d'avoir été toujours soumis à l'esclavage par les Chinois... » Il gesticulait : « La noblesse de cette civilisation annamite leur échappe ! Les femmes l'incarnent. Je comprends ce pays, ce peuple, son histoire, depuis que je vis avec Do Hing Chan... »

Un soir, il me prit par le bras, me conduisit jusqu'à ma chambre, poussa d'un geste théâtral les deux battants de la porte et, tendant le bras, me dit :

« Je te l'offre, Charles ! »

Je vis dans la pénombre une jeune fille dont Louis m'expliqua qu'elle était une parente de Do Hing Chan, laquelle se portait garante de sa vertu, donc de sa virginité et de sa moralité.

J'ai reculé. J'ai refusé.

Mon frère m'a pris aux épaules.

J'allais partir dans quelques jours me battre en Annam ou au Tonkin, me remontra-t-il. Ce n'étaient pas des combats d'opérette. Garnier et Rivière y avaient été tués. J'avais le droit – le devoir, même – de me préparer à ces épreuves, à ces semaines périlleuses. Les Tonkinois luttaient avec courage. Ils disposaient de canons que les Chinois leur fournissaient. Les Pavillons-Noirs étaient les maîtres du guet-apens. Puis il a chuchoté que je ne pouvais humilier cette jeune fille en la rejetant. Do Hing Chan serait elle-même blessée par mon attitude et il voulait lui épargner cela. Il fallait respecter la dignité de ces femmes.

J'ai naturellement cédé à ces bonnes raisons.

Louis a refermé la porte derrière lui.

Je me suis approché de Têt Quang dont le visage n'exprimait rien, ni hostilité, ni curiosité, ni attirance.

J'ai tourné autour d'elle comme un fauve qui sent la salive envahir sa gueule.

Puis je l'ai entraînée vers le lit.

J'ai aimé son corps impubère.

J'ai eu honte de ma corpulence, de mon poids, de mon torse massif qui écrasait sa poitrine à peine naissante.

Mais ma gêne, mon remords même étaient comme de fortes épices donnant à mon plaisir une acuité inconnue.

29

Je n'ai pas eu le temps de me lasser de Têt Quang.

Pourtant, durant les quelques jours que j'ai passés à Saigon dans l'attente de mon embarquement pour l'Annam et le Tonkin, je ne l'ai jamais quittée, envoûté par son impassible soumission, son excitante et décevante passivité, son silence, ses lèvres serrées, ses yeux semblant fixer un point inaccessible.

Je l'ai prise autant de fois que j'ai pu.

Je l'ai même renversée sur la banquette de la voiture, tirée par deux petits chevaux d'Annam, avec laquelle je m'étais proposé de visiter la ville chinoise de Cho Lon et les environs de Saigon.

Mais que m'importaient, au fond, les pagodes et les parcs, les rues bruyantes et fébriles envahies par les pousse-pousse, les charrois et les porteurs, la foule bariolée.

Je ne voulais que Têt Quang, laquelle ne se refusait pas, laissant mes mains retrousser sa tunique blanche, mes doigts s'enfoncer en elle, mes dents la mordre sans qu'elle parût même ressentir ma présence. Têt Quang était lisse comme une eau qui se referme et ensevelit la pierre qui coule en elle. Je lui ai fait l'amour comme on conquiert, avec le désir de la connaître, mais aussi de la déchirer, de la tuer, puisque, la prenant, je ne la possédais pas.

Je l'ai chevauchée furieusement, lui serrant les épaules et le cou, m'arrêtant au moment où j'allais la frapper, l'insulter, me dégageant d'elle, insatisfait d'avoir joui si vite, et de nouveau avide comme si je ne l'avais pas pénétrée.

À chaque fois que je l'ai aimée, je me suis senti humilié de l'avoir clouée sous moi, tenue écartelée, fier de ma force et de ma victoire, en même temps conscient de mon impuissance et de ma défaite, avec l'envie de hurler de rage et d'en finir avec elle, puisque sa manière de se dérober et de me défaire était de me céder dans l'indifférence.

J'ai éprouvé les mêmes sentiments contradictoires quand, avec Quiniou, nous avons, après un bombardement commencé à l'aube, pris d'assaut les forts qui défendaient la ville de Hué.

J'ai vu un homme auquel un de nos marins enfonçait sa baïonnette dans la bouche.

L'homme battait des bras, mordait l'acier pour tenter d'empêcher la lame d'atteindre sa gorge.

J'entendais le crissement des dents sur le métal, puis les dents se sont brisées, le marin a donné un coup de reins et la pointe de la baïonnette a percé la nuque de l'homme, le fichant dans le sable.

Il était encore là, au terme de cette journée de combats, quand nous en avons eu fini avec la résistance de ces hommes en guenilles qui croyaient se protéger des balles de nos fusils à répétition en se cachant derrière des étoffes, des planches ou des morceaux de tôle. Les dunes, autour des forts, étaient couvertes de corps percés ; leurs longs cheveux raides donnaient à ces cadavres des allures d'épouvantails.

Quelques-uns de ceux-là, qui portaient un uniforme, étaient des soldats de l'armée régulière d'Annam. Je les avais vus sortir d'une tranchée, brandissant des lances ornées de touffes de poils rouges, de grands coutelas courbes emmanchés sur des hampes, des fusils à pierre avec la baïonnette au bout. Ils tenaient, passé à leur bras, un petit panier de jonc dans lequel ils avaient placé leurs provisions de balles.

Ils étaient courageux, déterminés, puisqu'ils avaient résisté à plusieurs heures de bombardement, demeurant immobiles sous les obus du *Duquesne*, du *Bayard* et des autres navires de l'escadre.

Ils imaginaient peut-être qu'ils allaient pouvoir repousser notre assaut.

Ils ne connaissaient pas les magasins de nos fusils à répétition que nous avions remplis de balles. Ils ignoraient ce qu'est un feu de salve répété. Ils sont tombés comme des figurines de foire.

Nos marins et les zouaves du commandant Lebert étaient comme des chiens enragés.

On leur avait répété que ces Jaunes étaient des combattants diaboliques et cruels, habiles à creuser des fossés hérissés de pointes dans lesquels les assaillants seraient précipités, et malheur à ceux qui resteraient en vie : ils seraient sciés entre deux planches, martyrisés des heures durant, et, à la fin, ce qui resterait de leur tête serait promené au bout d'une lance comme ces Jaunes avaient fait avec celle du commandant Henri Rivière.

« Vengeons-le ! Vengeons nos camarades ! » criait Lebert.

J'ai mêlé ma voix à la sienne, et Quiniou bondissait près de moi, par-dessus cette tranchée remplie de corps.

On poursuivit les fuyards affolés qui avaient jeté leurs armes, on tuait, emporté par l'élan, avec une sorte d'entrain.

J'ai fait, j'ai laissé faire des choses horribles.

La chaleur était devenue accablante et le soleil était voilé par les volutes de fumée ou des parasols noirs qui s'élevaient des villages incendiés.

Sur le sable qui réfléchissait la chaleur et la lumière, gisaient un millier de corps.

Les marins et les zouaves allaient des uns aux autres.

Des petits boys de Saigon, qui suivaient l'infanterie, débusquaient les blessés, les survivants qui tentaient d'échapper à la mort. Ils se précipitaient vers les marins ou les zouaves et les tiraient par la manche en glapissant : « Encore un par ici, monsieur ! Viens vite, monsieur ! »

Et on fracassait les têtes à coups de crosse, on crevait les poitrines à coups de baïonnette.

J'ai entendu Quiniou s'insurger que c'était « sale et lâche d'agir ainsi », qu'il fallait se reprendre. Mais le commandant Lebert riait, se moquait de ces « marins », ces « demoiselles d'équipage au cœur sensible ».

Et les hommes continuaient de tuer en passant parmi les morts, en se justifiant parfois : « Des sauvages, capitaine ! Ils nous auraient découpés en morceaux, sciés entre des planches. Vous savez bien ce qu'ils ont fait à Rivière... »

Je me suis assis aux côtés de Quiniou. La nuit tombait. Les marins ont allumé un feu dans l'enceinte du fort et disposé dans la cour des fauteuils dorés, des objets précieux, des tissus sortis de la pagode voisine.

Les morts gisent tout autour de nous. Leurs coiffures coniques sont dispersées à l'écart des têtes qui les portaient.

Des zouaves et des marins vont et viennent, ramassant les lances, les hardes, jouant avec les éventails ou les chasse-mouches. Presque tous ont enroulé autour de leurs reins de belles bandes d'étoffe de différentes couleurs : jaune vif, roses, rouges, bleues.

Longtemps Quiniou et moi nous sommes tus, accablés de fatigue et de chaleur, revivant ce que nous avions fait ou laissé faire depuis le débarquement, à l'aube, nous souvenant de l'oubli de soi, de l'absence de toute retenue, de l'excitation avec lesquels nous avions tué, détruit, incendié, achevé, conquis.

L'Annam et le Tonkin étaient à la France.

Nous étions vainqueurs.

Comme je l'avais été de Têt Quang.

« Après tout, lâche Quiniou, ce sont les lois de la guerre en Extrême-Orient. »

Il s'est levé, repoussant de la pointe de sa botte les branches et les planches qui brûlent, faisant ainsi jaillir des gerbes d'étincelles rougeâtres que la nuit absorbe, petites vies sitôt interrompues.

Il se met à marcher autour du feu en soliloquant.

« Quand on vient avec une poignée d'hommes pour imposer sa loi à tout un immense pays, à un peuple dix, mille fois, cent mille fois plus nombreux que sa poignée de conquistadores, que peut-on faire, capitaine ? C'est cela, la colonisation, qu'elle soit romaine ou espagnole. Quand on l'entreprend, il faut savoir ce que l'on veut et va devoir faire. »

Il tire l'un des fauteuils dorés près du mien. Il s'assied, puis se penche vers moi :

« L'entreprise est si aventureuse, si risquée qu'à chaque instant on peut être noyé sous le nombre. Ce matin encore, malgré nos canons, nos fusils à répétition, si ces Jaunes avaient été avertis de la nature de nos armes, de nos moyens – et ils le seront un jour –, s'ils avaient été dix fois plus nombreux, que serions-nous devenus ? Nous aurions été ensevelis sous la masse. Qu'aurions-nous pu faire ? Mourir, nous enfuir, rembarquer ? »

Il secoue la tête.

« On ne peut l'emporter qu'en tuant vite, beaucoup, et surtout en terrorisant. » Il se lève à nouveau, pose la main sur mon épaule.

« Aujourd'hui nous l'avons fait. Cela va nous laisser quelque répit. Combien de temps ? Quelques années ? Un siècle ? N'oubliez pas : même l'Empire romain a disparu. »

Il chuchote à mon oreille comme pour y proférer une incongruité, presque une obscénité :

« Ne me dites pas, Faurel, qu'on peut ainsi se faire aimer ! »

30

À aucun moment je n'ai cru que Têt Quang pouvait m'aimer.

Il m'a même semblé, lorsque je l'ai retrouvée à mon retour des campagnes d'Annam et du Tonkin, qu'elle se raidissait chaque fois que je la touchais.

Elle n'avait plus le corps soumis que j'avais connu.

J'avais gardé d'elle le souvenir d'une étoffe soyeuse que je pouvais caresser, nouer autour de moi, frotter contre ma poitrine, déchirer, chiffonner, étendre comme je l'entendais.

Elle était devenue rêche.

Ses yeux ne se dérobaient plus dans un lointain imprécis, ils m'affrontaient. Sous une apparente impassibilité, son visage exprimait défi et mépris.

Têt Quang ne se refusait pourtant pas.

Elle ne reculait pas lorsque je m'approchais et l'enlaçais. Elle ne cherchait pas à desserrer mon étreinte, mais j'appuyais contre moi un corps rigide, osseux.

Je tenais dans mes bras une femme morte ou qui aurait désiré l'être. C'est moi, alors, qui la repoussais brutalement. Je l'insultais, la prenais aux épaules, la secouais. Je hurlais.

Nous étions les vainqueurs, non ?

Je m'emportais, martelais – et je savais qu'elle comprenait notre langue :

« Oui, nous avons pillé les pagodes, achevé les blessés, brûlé les villages ! Oui, le commandant Lebert a donné l'ordre à ses zouaves d'abattre sans sommation tout homme qui paraissait suspect ! Oui, le sang a mis longtemps à sécher sur le sable des plages de l'Annam. Et nous avons fait creuser par les quelques survivants des fosses profondes où ils ont enseveli leurs camarades morts ! »

J'ajoutais : « J'ai eu ma part de tous ces actes. Est-ce cela que tu me reproches ? »

Elle ne répondait rien et son silence m'exaspérait. Je criais de plus belle :

« Nous avons les droits que donne la force ! Vous avez accepté la domination des Chinois. Vous avez subi leurs supplices, leur cruauté, leurs injustices. Nous, nous allons instaurer le règne de la loi ! »

Je lui serrais les poignets. J'étais son vainqueur, son maître.

Mais elle ne se prêtait plus à mon désir. Elle ne se débattait pas. Elle ne protestait pas. Elle ne résistait pas vraiment. Mais elle s'enfermait en elle-même, les cuisses dures, et il me fallait la forcer.

Je n'en étais pas fier. Plutôt honteux, même.

Je savais qu'à Saigon, des Français, oubliant que nous n'étions qu'une poignée de Blancs parmi une multitude Jaune, et que cela dictait de recourir, comme l'avait souligné Quiniou, à certaines méthodes de guerre, nous accusaient de nous comporter en Vandales, en Huns ! À les entendre, nous saccagions une civilisation millénaire qui nous avait devancés en tout et devant laquelle nous aurions dû nous incliner, lui manifestant notre respect, nouant avec elle des liens d'amitié, de fraternité et, pourquoi pas, d'amour !

Lors du dîner qu'il avait organisé pour fêter mon retour, mon frère avait lu ce texte du docteur Lauriol, un médecin qui, à Saigon, vivait seul dans un quartier indigène, soignant gratuitement dans un dispensaire, premier élément d'un hôpital. Tel devait être, disait-il, le visage de la colonisation française. Nous n'étions pas, à l'instar des Anglais, de purs marchands, cyniques, soucieux seulement d'installer des comptoirs et de faire la guerre pour vendre leurs produits, prendre leur part de bénéfices jusque sur le trafic de l'opium. Nous ne nous contenterions pas d'exploiter, comme le préconisaient certains, les mines de charbon ou de métaux précieux que recelait le Tonkin, ou bien de saigner les arbres pour en extraire la sève et produire du caoutchouc. Nous étions aussi différents des Allemands qui régentaient les peuples à coups de crosse et de bottes, ou des Australiens dont on disait qu'ils chassaient les aborigènes comme on organise une battue contre les sangliers.

« Nous sommes français, écrivait Lauriol, fils de l'Église catholique, enfants des Lumières et de la Révolution française, tous porteurs d'un idéal de fraternité, et respectés pour cela. Je refuse que des traîneurs de sabres, qui se prennent pour des héros parce qu'ils disposent des armes qui leur valent des victoires faciles, salissent notre drapeau et se conduisent en barbares blancs. Nous ne serons acceptés par ces peuples que si nous les respectons pour ce qu'ils sont, si nous sommes ceux qui les délivrons des injustices auxquelles ils sont soumis. »

Cette lecture avait été interrompue par les exclamations du commandant Lebert qui, à plusieurs reprises, avait lancé qu'il fallait réserver à ce communard de médecin le sort qu'avaient connu, en mai 1871, ses acolytes parisiens : douze balles dans la peau et « une de plus dans le cul, excusez-moi, mesdames » !

Il avait été le seul à rire.

J'avais regardé Têt Quang et Do Hing Chan, debout, bras croisés, silhouettes blanches et immobiles, aux visages en partie masqués par la pénombre qui enveloppait la grande pièce où la table avait été dressée.

Mais quand, pour donner un ordre, Do Hing Chan s'était avancée dans la pleine lumière, j'avais lu sur son visage un mépris hautain. Et, peu à peu, mes yeux s'habituant à la pénombre, j'avais deviné que la lèvre et le menton de Têt Quang tremblaient sans doute de colère autant que d'émotion.

Mon frère avait défendu le docteur Lauriol. Son action médicale à Saigon avait suscité l'admiration. Le gouverneur de la Cochinchine avait même décidé de favoriser la création d'un Institut Pasteur, et c'est Lauriol qui avait été à l'origine de cette idée.

« Expulser Lauriol serait une erreur, avait-il conclu. La conquête n'est que le préalable – sanglant, hélas, cruel – à ce que nous voulons bâtir ici : une colonisation dont le meilleur de ce que nous sommes n'aura pas à rougir. Nous allons tisser avec ces peuples d'Indochine des liens si forts que plus personne ne pourra les trancher. »

Il s'était tourné vers Quiniou :

« Vous nous parlez souvent de l'Empire romain, mais la Gaule, après la conquête, et malgré Alésia, Vercingétorix – bref, la grande geste de la résistance gauloise et sa défaite –, est devenue gallo-romaine ! On ne sait même plus ce qu'était la langue gauloise ! Voilà notre modèle : faire de chaque homme et de chaque femme ici, de tous ceux qui le méritent et le veulent, un citoyen de notre Empire, comme Rome faisait pour les peuples qu'elle avait conquis ! »

Le commandant Lebert avait grommelé que la décadence romaine avait commencé du jour où les barbares avaient été admis dans l'Empire et dans ses légions.

« Que notre Empire dure autant que le romain et laisse une empreinte aussi forte, et nous nous en contenterons, n'est-ce pas, messieurs ? » avait conclu mon frère en se levant.

Il s'était dirigé vers Do Hing Chan, lui avait pris le bras et avait entraîné ses invités au salon.

Lebert, resté assis, s'était fait resservir à boire.

« Votre frère, mon vieux, m'avait-il lancé, est *encongaillé* jusqu'à l'os ! »

Il avait aperçu Têt Quang qui se tenait toujours bras croisés dans la pénombre.

« C'est la vôtre, cette pute-là ? »

Il s'était levé, avait titubé, puis s'était affalé sur un canapé et je l'avais laissé s'endormir.

Je m'étais avancé vers Têt Quang. J'avais ouvert les bras comme pour m'excuser.

Je ne m'étais pas trompé : sa lèvre inférieure et son menton tremblaient.

Dès le lendemain, je me suis rendu au dispensaire du docteur Lauriol. Devant le petit bâtiment aux murs de bambous s'alignaient une centaine de patients, pour la plupart des femmes portant leur nourrisson dans les bras.

J'ai croisé leurs regards. Je n'y ai lu que l'anxiété et l'espoir de mères inquiètes.

J'ai pensé aux paysannes du village du Jura – Clairvaux – où nous possédions notre maison familiale. Lorsque nous étions en vacances, mon père donnait, deux jours par semaine, des consultations gratuites qui suscitaient la jalousie et les contestations des praticiens de l'arrondissement qui n'osaient cependant s'élever contre un officier général, médecin des armées, bénéficiant de hautes protections, héritier de la plus riche famille de l'endroit.

Les Jurassiennes venaient donc des hameaux voisins avec leurs enfants.

Elles chuchotaient entre elles en attendant, comme ces Annamites. L'humanité est une.

Il ne s'agissait pas de chercher à s'en faire aimer ; il fallait seulement accomplir pour elles des actes d'amour.

J'ai appris cela du docteur Lauriol que j'ai vu entouré d'infirmiers annamites aux gestes rapides. Ils s'empressaient autour du médecin, sans servilité, simplement en hommes qui veulent aider celui qui sait.

J'ai observé Lauriol. Il s'emportait certes, parfois, mais jamais son comportement n'exprimait le mépris ou la suffisance, l'appartenance à une race différente. Sa seule autorité venait de sa compétence et de son dévouement.

Il soignait une femme dont une large blessure entaillait l'épaule – une caisse s'était détachée d'un palan et l'avait heurtée. Il la traitait, j'en étais sûr, comme s'il se fût agi d'une proche parente, sa mère ou sa sœur. Et lorsqu'il l'eut bandée, que la femme eut saisi sa main pour l'embrasser, il l'en empêcha, lui caressant les cheveux d'un geste paternel, demeurant pensif un instant, puis, me découvrant, s'approchant de moi.

C'était un homme petit et fluet mais dont chaque mouvement, tout comme la manière dont il s'exprimait, révélait la vivacité et l'énergie.

Il me dévisagea avec suspicion. Je portais l'uniforme des troupes de marine dont on savait qu'elles avaient participé, avec les zouaves et les marins des compagnies de débarquement, à la conquête de Hué et de Hanoi.

« Vous revenez de là-bas ? commença-t-il en faisant la moue. Bravo pour la victoire ! Mais, voyez-vous, capitaine, quand un médecin accouche une femme et qu'il emploie les fers si maladroitement qu'il écrase le visage du nouveau-né ou défonce sa boîte crânienne, ou bien encore le mutile, on considère que c'est un boucher. Et on a raison. »

Il se mit à marcher autour de moi, les mains derrière le dos, penché en avant, secouant la tête.

« Qu'il faille conquérir et parfois user de la force, qui peut le contester ? Mais il y a forceps et forceps ! On me dit – votre frère, qui s'est humanisé depuis qu'il vit avec Do Hing Chan, une femme comme elles le sont souvent ici, intraitables, dissimulant leur volonté sous leur grâce et les sourires –, Louis Faurel me dit donc que vous avez participé aux expéditions de Brazza. Voilà un homme qui libérait les esclaves et qui apportait à la France des territoires et des peuples sans tirer un seul coup de fusil ! Voilà ce que devrait être la colonisation française ! Si elle est conduite par des soudards comme ce commandant Lebert, dont tout le monde parle à Saigon, nous aurons un enfant mort-né ou difforme, à jamais blessé ! On saccage toute une vie quand on rate un accouchement en blessant le nouveau-né. Je crains que ce ne soit ce que vous avez fait. »

Il me prit le bras.

« Vous connaissez Têt Quang, je crois. Elle est apparentée à Do Hing Chan. Celle-ci est venue me voir pour m'avertir que Têt Quang était prête à se tuer ou à tuer – à vous tuer. Il fallait donc que je la voie, que j'essaie de la calmer. Têt Quang est venue, elle a pleuré – il montra un coin de la pièce –, accroupie là, toute une journée. »

Il m'observa, les yeux plissés, découvrant sans doute mon étonnement.

« Vous n'imaginiez pas cela ? Parce qu'on l'a mise dans votre lit, vous pensiez qu'elle n'était qu'un corps, un sexe, une putain ? Vous êtes comme ces bons jeunes gens élégants et rieurs que Victor Hugo décrit, malmenant Fantine… Vous avez lu *Les Misérables*, j'espère ? Je ne voudrais pas que nous devenions, ici ou en Afrique, les exploiteurs des Fantine ou des Cosette ! »

Il se remit à arpenter la pièce.

« Le père de Têt Quang était un savant. Il avait appris l'art de soigner en Chine. Mais il n'avait jamais voulu faire fortune avec son savoir. Il soignait aussi bien le roi d'Annam et les membres de la Cour que les paysans des villages côtiers. Il a eu le malheur de se trouver dans l'un d'eux quand notre escadre a commencé à les bombarder. On n'a même pas retrouvé son corps. Têt Quang était, si j'ai bien compris, la plus jeune de ses filles, celle qui lui était le plus attachée. »

Il a ouvert les bras, puis les a laissés retomber avec un large sourire :

« Elle voulait donc vous tuer. Je crois lui avoir fait entendre raison. »

Je n'ai plus voulu revoir Têt Quang. J'ai quitté la demeure de mon frère en le priant d'obtenir mon rapatriement. J'étais, de fait, malade. Paludisme, sans doute ; fièvre jaune, peut-être.

Des cauchemars déchiraient mes nuits. L'un d'eux revenait souvent et me laissait en sueur, le bas-ventre douloureux, le sexe irrité comme si on l'avait brûlé, percé.

C'était bien cela que je venais de subir dans mon sommeil.

J'avais pénétré une femme, tantôt Têt Quang, tantôt l'une de celles que l'on croisait à proximité des casernes ou des mess. Et, tout à coup, alors que je m'apprêtais à jouir, le sexe de la femme devenait mâchoire, fournaise, lames acérées qui se refermaient l'une sur l'autre et me dévoraient, me tranchaient le pénis. Puis ces femmes enfonçaient dans ma gorge ce sexe raidi qui me déchirait la bouche et m'étouffait. Je me réveillais en hurlant. J'avais l'impression que la sueur gluante qui me couvrait était du sang.

31

Ils sont venus à tour de rôle chuchoter autour de mon lit d'hôpital où, après quarante jours de mer, on m'avait déposé, corps exsangue et fiévreux, âme meurtrie par le remords et le doute, pleine encore du souvenir de Têt Quang.

J'ai gardé les yeux fermés pour ne pas avoir à répondre à ces visiteurs auxquels je n'aurais pu confier ce que je ressentais.

J'ai reconnu la voix de mon père.

Il interrogeait sur un ton de commandement les médecins du Val-de-Grâce qui l'assuraient que je n'étais plus contagieux. Mon corps était seulement épuisé par des années de séjour sous les tropiques. Il me fallait six mois de repos.

« Six mois, six mois ! a répété mon père d'une voix irritée. À son âge, on ne se repose pas. On sert son pays ! »

Il a effleuré ma main sans la serrer.

Lucien de Chalvon n'est resté que quelques minutes. Il était accompagné d'Hadrien de Boisrambert. Ils ont devisé entre eux.

Boisrambert était indigné par les propos qu'avait tenus Clemenceau.

« C'est un mégalomane irresponsable ! La patrie n'est pour lui qu'un prétexte. Il veut abattre Ferry parce que c'est un rival. Les événements du Tonkin en sont l'occasion. "Ferry-Kroumir" n'a pas pris au moment des affaires de Tunisie ; Clemenceau remet donc ça avec "Ferry-le-Tonkinois". Et je crains qu'avec ce qui est arrivé à Lang Son, il ne réussisse. Vous avez vu ce qu'écrit Léon Bloy du discours de Ferry à la Chambre : "Il paraît qu'elle a pleuré, l'horrible crapule ! On a cru voir un semblant de larmes sortir de ce vase... Ces larmes de Jules Ferry sont tombées sur le parquet de l'étable à cochons des représentants du peuple..."

— Léon Bloy est fou, murmura Chalvon. Mais, de fait, l'incident de Lang Son m'inquiète. »

Je connaissais Lang Son, ce lieu-dit « Porte de Chine », situé dans le nord du Tonkin à la frontière avec sa puissante voisine.

À la veille de mon départ de Saigon, j'avais appris que des troupes commandées par les commandants Labezie et Lebert s'étaient dirigées vers Lang Son après que quinze mille Pavillons-Noirs eurent attaqué et assiégé un poste français qui n'avait résisté qu'au prix de très lourdes pertes : près de cinq cents morts, dont vingt-six officiers !

J'ai écouté Chalvon et Boisrambert en restant immobile, les yeux clos, les mains bien à plat sur le revers du drap, respirant à peine.

Chalvon s'est penché sur moi. Il m'a assuré qu'il reviendrait dès la fin du débat parlementaire.

« Je crois que je vais reprendre un commandement à la mer, a-t-il dit à l'adresse de Boisrambert.

— Ferry va tomber, n'est-ce pas ? »

Je n'ai pas entendu la réponse de Chalvon, mais il envisageait à l'évidence devoir quitter le cabinet du président du Conseil.

Le lendemain, j'ai eu droit à la visite du député Eugène Étienne et de Geneviève de Lancel.

Il s'agissait, pour Étienne, si j'ai bien compris ses propos, de se rendre au chevet de tous les officiers rapatriés et hospitalisés au Val-de-Grâce. Au moment où Ferry, qui incarnait la politique coloniale, se trouvait attaqué, il fallait rappeler au pays les sacrifices consentis qui rendaient scandaleux tout renoncement. Eugène Étienne était chargé de remettre des décorations au nom du président du Conseil et du Groupe colonial de la Chambre.

En me voyant, il exprima par une mimique son inquiétude. J'étais couvert de sueur et pouvais difficilement lever la tête ou le bras, tant la fatigue pesait sur moi.

Un médecin rassura néanmoins Étienne :

« Il se rétablit, monsieur le président. Nous avons nettoyé son organisme de tout ce qui le rongeait. Il va se reconstituer.

— Mon Dieu, mon Dieu, dans quel état il est ! répéta Geneviève de Lancel.

— Il est vivant, ma chère, répondit Étienne en quittant la chambre. Je prends le pari qu'avant un mois il vous invitera à danser. »

Pari perdu.

J'ai préféré quitter Paris, m'installer à Clairvaux, dans notre demeure familiale, où je retrouve les visages et les paysages de mon enfance.

Je monte chaque jour jusqu'à la ferme Chevent.

Elle est située au sommet d'un mont que le vent balaie, courbant les herbes des pâturages qui entourent cette bâtisse massive. Les rafales ploient les arbres de la forêt qui occupent toutes les pentes en contrebas.

Je m'installe sur un banc de bois qui n'est qu'un tronc fendu en deux et grossièrement équarri. J'appuie mes coudes sur la table faite de trois planches noueuses accolées, qu'on n'a même pas ébarbées.

Je ne me lasse pas de regarder cet horizon borné par les reliefs du haut plateau jurassien.

Le vent est frais et humide, porteur de courtes averses. Mais c'est une pluie qui glisse et n'englue pas. Elle est claire. Et la surface du lac de Clairvaux est un miroir limpide où se reflètent les arbres des versants et des rives.

J'aime les longer, les parcourir. Le sol est ferme. Je m'agenouille. Je prends dans mes mains une gorgée de cette eau glacée. Je peux la boire sans m'inquiéter de savoir si je n'avale pas une larve mortelle qui va s'enkyster dans mon foie et le ronger.

Je rejoins la ferme par la forêt. C'est une épaisse futaie, mais à dimension humaine, où de nombreux sentiers se ramifient. Le jour y éclaire les mousses, les champignons. J'y surprends des écureuils.

Je suis chez moi. Je redécouvre mon pays. C'est mon Afrique, mon Asie à moi. Je reprends des forces. La mère Chevent m'apporte un bol de lait tiède et crémeux. Le père Chevent s'assoit de l'autre côté de la table ; il m'interroge :

« Qu'est-ce qu'on gagne à tout ça ? On ferait mieux d'entretenir les chemins ici. On n'a pas grand-chose de plus que les Nègres : vous avez vu l'état de la maison ? »

Il tend la main vers sa grosse ferme, puis vers l'étable.

Il ne sait pas que cette construction en blocs de pierre, avec sa tour carrée de ferme fortifiée, est mieux construite que le plus grand et le plus riche des palais de roi africain. Et qu'un paysan de l'Annam ou du Tonkin ne peut même pas imaginer l'abondance des biens dont disposent les Chevent.

« Pourquoi on gaspille notre argent là-bas ? Pourquoi on y fait tuer des soldats ? reprend le paysan. Et les maladies ? C'est pas des climats pour les gens comme nous. Vous en savez quelque chose ! »

Il pousse vers moi une part de fromage et une boule de pain bis. Je mange ; je savoure. C'est mon pays.

Comment expliquer à Chevent qu'une grande nation ne saurait se dérober à ses devoirs ?

J'ai retrouvé, parmi les papiers que j'avais rassemblés avant mon départ au Congo, ce discours que Victor Hugo avait prononcé pour célébrer le trentième anniversaire de l'abolition de l'esclavage par Victor Schœlcher en 1848.

Or je sais maintenant que l'esclavage perdure, que des hommes sont toujours enchaînés, leurs cous, leurs poignets, leurs chevilles liés les uns aux autres.

J'ai vu leurs longues files, leurs corps abandonnés par leurs gardiens arabes dans les dunes du désert.

Mais, relisant Hugo, je me remémore l'enthousiasme que j'avais éprouvé à découvrir ce texte, l'élan qu'il m'avait donné :

« Allez, peuples ! disait-il. Emparez-vous de cette terre africaine ! Prenez-la ! À qui ? À personne. Prenez cette terre à Dieu ! Dieu donne la terre aux hommes. Dieu offre l'Afrique à l'Europe. Prenez-la non pour le canon, mais pour la charrue ; non pour le sabre, mais pour le commerce ; non pour la bataille, mais pour l'industrie ; non pour la conquête, mais pour la fraternité. Versez votre trop-plein dans cette Afrique, et, du même coup, résolvez vos questions sociales ; changez vos prolétaires en propriétaires. Allez, faites ! Faites des routes, des ports, faites des villes ; croissez, cultivez, colonisez, multipliez ; et que, sur cette terre de plus en plus dégagée des prêtres et des princes, l'esprit divin s'affirme par la paix et l'esprit humain par la liberté ! »

Belles phrases qui m'émeuvent encore, mais qui me font aussi ricaner, car sans la mission catholique du père Marcoux, qui soignerait ces enfants aux ventres gonflés ? Car je sais bien comment se comportent les agents des grandes compagnies qui saignent et les arbres et les hommes.

Je me souviens aussi des propos tenus par mon frère, à Saigon, pour m'expliquer la politique aventureuse que menaient les amiraux, plaçant souvent le gouvernement devant le fait accompli :

« On débarque, m'avait expliqué Louis, on s'enfonce à l'intérieur des terres autant qu'on le peut. On occupe le pays. En partir, dès lors, serait une défaite. On a eu quelques pertes. Il faut toujours verser le sang pour féconder une conquête. Et cela aussi nous impose de rester. On ne veut pas perdre le bénéfice escompté des sacrifices consentis. Qui accepterait de reconnaître que nos morts sont morts pour rien ? Il y a leur mémoire, leur héroïsme à défendre, l'honneur des armes et le prestige du drapeau à sauvegarder. Parfois aussi, il y a le portefeuille d'un ministre ou d'un président du Conseil à préserver… »

Mais personne n'a pu protéger Jules Ferry de la tempête qu'a soulevée, à la Chambre, l'abandon, par la colonne du général Labezie et du commandant Lebert, du poste de Lang Son.

Chevent, qui a passé deux jours à Lons-le-Saunier, est remonté ce matin à Clairvaux la tête pleine des conversations qu'il a entendues à la Brasserie du Théâtre. Il a déposé sur la table les journaux que je lui avais demandé d'acheter.

Il lit difficilement, butant sur ces noms : Ferry-le-Tonkinois, Clemenceau, Lang Son…

« Qu'est-ce que vous comprenez à tout ça ? me demande-t-il. On a été battus comme à Sedan ? Mais on est bons à quoi ? »

Je parcours les articles. Je ne parviens pas à comprendre s'il s'agit d'un désastre ou d'une simple escarmouche.

Ici, dans la journée ensoleillée mais froide de mars, avec les odeurs douceâtres du lait et celles, aigres, du purin, ces mots : *Chine, tirailleurs, Tonkinois,* les dépêches du général commandant en chef – *J'espère, quoi qu'il arrive, pouvoir défendre le delta* – paraissent étranges, comme autant de fables racontant des événements imaginaires.

Qu'est-ce que la frontière chinoise et les Pavillons-Noirs, quand on a devant soi la forêt, les lacs et les pâturages du Jura ? Un conte cruel.

Je recevrais plus tard une lettre de mon frère qui m'expliquerait les conditions de cet affrontement à la frontière nord du Tonkin. Le général Labezie avait été blessé après un accrochage avec des troupes chinoises et il avait dû remettre son commandement à Lebert.

« Lebert était ivre, écrivait mon frère. Quiniou, qui a recueilli les confidences des sous-officiers – il ne s'agit évidemment pas de témoignages : on est prudent quand il s'agit de mettre en cause un officier ! –, dit que le commandant Lebert a perdu son sang-froid. Pris de panique, il a vu toute une armée chinoise autour de Lang Son et ordonné aussitôt la retraite, s'enfuyant le premier. Et, soit effet de l'ivresse, soit façon de se couvrir et de justifier sa décision d'abandonner Lang Son, il a, dans ses messages au commandant en chef, parlé d'une armée adverse de vingt mille hommes, de pertes de plusieurs centaines de soldats, de l'agonie du général Labezie… Rien de tout cela n'était vrai, mais toute l'Indochine a tremblé, imaginant l'invasion du Tonkin et de l'Annam par les Chinois. Dois-je te dire qu'il m'a semblé qu'à Saigon la population s'inquiétait de notre départ possible. Nos congaïs, Do Hing Chan et Têt Quang, m'ont fait part de leur angoisse. Qu'allaient-elles devenir si nous évacuions l'Indochine ? Cela n'a duré que quelques heures et m'a révélé l'attachement des Annamites à notre présence, mais aussi les questions qu'ils se posent sur la réalité de nos forces et de notre détermination. Heureusement, tout est rentré dans l'ordre. Le désastre n'a finalement eu lieu qu'à Paris, et la principale victime en a été non pas notre politique ici, qui va continuer – nous nous y emploierons –, mais Jules Ferry ! »

« Clemenceau n'a laissé aucune chance à Ferry », m'a rapporté Lucien de Chalvon.

Je l'avais invité à venir passer quelques jours dans le Jura, puisque la chute du président du Conseil avait entraîné la sienne.

Nous marchions, nous lisions. Je l'interrogeais, le contraignant à revenir sur ce débat au palais Bourbon qui avait été, selon lui, aussi violent que cruel.

« Un duel à mort ! »

Dès l'annonce des événements de Lang Son, Clemenceau avait bondi à la tribune, tel un gladiateur qui se rue sur son adversaire en difficulté. Il s'était écrié :

« Oui, tout est fini entre nous, nous ne voulons plus vous entendre, nous ne pouvons plus discuter avec vous des grands intérêts de la patrie ! Ce ne sont plus des ministres que j'ai en face de moi, ce sont des accusés de haute trahison !.... »

Chalvon commenta : « C'était une accusation injuste, scandaleuse même. Mais Clemenceau voulait cet hallali. Il était comme un fauve qui a flairé le sang et que plus rien ne peut arrêter. Il voulait remettre en cause non pas seulement notre action au Tonkin, mais toute notre politique coloniale. »

Il s'interrompit un instant, puis reprit :

« Il a prononcé l'un de ses meilleurs discours, je dois le reconnaître. »

Lui-même songeait à y répondre point par point dans un livre auquel il avait commencé de travailler.

« Clemenceau n'a rien laissé dans l'ombre. Il conteste l'idée de races supérieures et inférieures. Il a été excellent dans sa démonstration. Il a lancé, goguenard : "Race inférieure, les Hindous ? Race inférieure, les Chinois ?" Puis il a parlé du droit et de la justice. La conquête, selon lui, c'est l'abus pur et simple de la force que confère la civilisation scientifique, "ce n'est pas le droit, c'en est la négation. Parler de civilisation à ce propos, c'est joindre à la violence, l'hypocrisie"... »

Après le départ de Chalvon, je me suis procuré les discours de Clemenceau. Je les ai lus et relus, environné par la forêt, assis sur une souche au bord du lac de Clairvaux, ou bien dans notre maison, devant la cheminée. Ses propos vibraient, portés par une conviction, une énergie qui m'ébranlait.

Il disait ainsi : « C'est le génie même de la race française d'avoir généralisé la théorie du droit et de la justice, d'avoir compris que le problème de la civilisation était d'éliminer la violence des rapports des hommes entre eux, dans une même société, et de tendre à éliminer la violence, pour un avenir que nous ne connaissons pas, des rapports des nations entre elles. »

Il m'a semblé que ce désir d'humanité entre les hommes, cette utopie fraternelle que prônait Clemenceau, rejoignaient l'expérience du père Marcoux ou celle du père Dominique Orabona.

Mais comment les faire triompher si la France ne participait pas à la partie dans laquelle toutes les grandes nations se trouvaient engagées, chacune taillant son propre Empire dans la chair de ces peuples que Jules Ferry appelait inférieurs ?

« Les races supérieures ont un droit vis-à-vis des races inférieures, avait-il répété. Je dis qu'il y a pour elles un droit, parce qu'il y a un devoir pour elles. Elles ont le devoir de civiliser les races inférieures ! »

Et avoir maîtrisé la civilisation scientifique, comme le constatait Clemenceau, n'était-ce pas, pour un peuple, la preuve de sa supériorité ?

Je me suis interrogé en marchant dans cette forêt jurassienne où, à chaque pas, à chaque respiration, j'avais le sentiment que mon corps se régénérait.

Mon âme aussi.

J'ai pensé qu'il était trop tard pour que la France en vînt à quitter le jeu colonial.

Ferry l'avait dit à sa façon :

« Que le drapeau français, par exemple, se retire du Tonkin, comme plusieurs le conseillent, et l'Allemagne ou l'Espagne nous y remplaceront sur l'heure. La concurrence est de plus en plus ardente entre nations européennes pour se disputer ces débouchés lointains, ces stations aux portes de la barbarie qu'un instinct sûr indique à la vieille Europe comme les têtes de pont de la civilisation et les voies de l'avenir. »

Si nous cédions notre place, qui répandrait sur ces peuples ce « génie de la race française » dont Clemenceau lui-même se voulait l'apôtre ?

Nous devions donc aller de l'avant, essayer d'unir, là où nous plantions notre drapeau, les peuples barbares au nôtre afin de ne plus former qu'un immense empire de citoyens.

Nous étions la seule nation à pouvoir rêver d'une telle entreprise et à pouvoir tenter de l'accomplir du Tonkin au Soudan, de l'Algérie au Congo, de Madagascar à Tahiti, de l'Annam à la Tunisie.

Nous étions les seuls.

À condition que nous ne laissions pas, comme l'avait craint le docteur Lauriol, des fous, des avides, des incapables et des lâches, des prédateurs noyer dans le sang et l'humiliation d'un accouchement monstrueux l'avenir commun de la France et de ses colonies.

QUATRIÈME LIASSE

32

J'écris, adossé à la tôle chaude du poste central de la canonnière. La pénombre commence à estomper les rives du Niger.

Les hautes herbes, les roseaux qui dissimulaient les contours du fleuve s'inclinent, froissés par la brise fraîche qui souffle depuis que le soleil a disparu derrière les dunes.

Mais l'eau du Niger emprisonne la lumière, les couleurs rose et verte du crépuscule, et j'aperçois distinctement, à une centaine de mètres devant nous, ouvrant la route, la canonnière de Lucien de Chalvon.

Il est debout à la poupe, appuyé au bastingage.

Il se tourne vers nous, tend le bras en direction du nord-ouest.

Il crie et sa voix, roulant sur le fleuve, s'amplifie :

« Elle est là, dit-il. Demain, Faurel, demain nous la verrons, nous la prendrons ! »

Sur le pont, autour de moi, les laptots et les tirailleurs assoupis ou bien s'affairant, accroupis, autour du foyer, commençant à dépecer la tortue, grosse comme un bloc de pierre, qu'ils viennent de pêcher, se sont redressés. Ils m'ont d'abord jeté un coup d'œil, puis ont regardé vers les rives comme s'ils apercevaient, par-delà les dunes, la ville que nous voulons conquérir, Tombouctou la rouge, la cité à double face.

L'une regarde vers le désert, accueille le « peuple d'entre les dunes », les Touaregs, guerriers voilés par le litham, leurs lances dressées, criant *Allah y Allah* et maudissant les toubabs, les Blancs, les attaquant aux cris de « Mort aux Nazaréens ! »

L'autre est tournée vers les forêts du sud, les divinités innombrables, les peuples noirs aux visages lippus, dont les Touaregs disent avec mépris que ce sont des « bouches à mouches » dont aucun voile ne protège la dignité, le mystère, la grandeur.

Alors les Touaregs tenguéréguifs et tademekets fondent sur Tombouctou comme un vol de rapaces, une bande de hyènes ou de chacals. Peu leur importe que les Noirs qu'ils rançonnent, pillent, capturent comme du bétail, poussent vers le désert, puis vers la Méditerranée afin de les vendre comme esclaves, soient eux aussi des fils du Prophète et fassent leurs prières dans les trois mosquées de la ville.

Ils ruinent celle-ci. Ils la saignent, la martyrisent, la terrorisent. Pour les Bosos, les Somonos, les Mossis, les Bambaras, les Peuls, les Tombas, les Toucouleurs, les Songhaïs, pour tous ces Noirs dont certains portent des chapeaux à pointe, les autres de longues tuniques blanches, les Touaregs, « ceux d'entre les dunes », donc, tenguéréguifs, iregana-tens, kel antassars, tademekets, sont les « abandonnés de Dieu », voleurs, marchands d'esclaves, pillards, toujours prêts à mentir, à frapper, à voler, à piller.

Alors, à Tombouctou, on se terre derrière des murs rouges, on espère que les toubabs viendront, avec leurs navires de fer qui crachent la fumée et leurs armes qui tuent à longue distance, qu'ils remonteront le fleuve Niger, traverseront le lac Debo, débarqueront à Kabara, le port de Tombouctou, et marcheront sur la ville.

Mais pourront-ils vaincre « ceux d'entre les dunes » ?

Déjà une canonnière s'est avancée au-delà du lac Debo. Mais il a suffi que, sur les rives, des centaines de Touaregs apparaissent, silencieux, sur leurs chameaux, pour que les toubabs ne quittent pas leur navire et bientôt disparaissent, laissant les hommes masqués s'emparer des troupeaux et des femmes.

Voilà ce que nous avait expliqué Agar Tidikelt que j'avais retrouvé à Ségou où nous attendaient les deux canonnières, le *Niger* et le *Mage*, ainsi qu'une vingtaine de tirailleurs commandés par N'Goré Dior.

J'avais présenté ces deux hommes à Lucien de Chalvon et j'avais été ému par la relation qui s'était aussitôt nouée entre nous.

Agar Tidikelt avait la noblesse altière d'un de ces nomades du désert dont le vent de sable et la chaleur sèche ont sculpté le visage. Il connaissait « ceux d'entre les dunes ». Il était l'un d'eux, fils d'un Amenokal, chef de l'une des tribus targuias. Il avait décidé de rejoindre les toubabs parce qu'il pensait qu'il fallait faire du désert une grande oasis de paix, et que seuls les Blancs pouvaient empêcher les tribus de s'affronter, les pillards de razzier les troupeaux, les marchands d'esclaves de voler les hommes et les femmes des lisières du désert.

N'Goré Dior avait peu changé depuis notre campagne contre l'Almany Samory Touré. Il portait la chéchia des tirailleurs et la vareuse blanche à galons d'or des officiers.

Quand nous étions assis tous les quatre sur le rouf de la canonnière de Lucien de Chalvon, nous oubliions quelles étaient nos origines. Nous étions l'embryon de ce peuple nouveau que les uns et les autres nous espérions voir surgir de l'Empire français naissant.

J'avais décidé de suivre Chalvon au terme d'une soirée passée à Paris à mon retour de Clairvaux.

Lorsque j'étais entré dans le grand salon de Geneviève de Lancel – j'étais arrivé le jour même du Jura –, j'avais été surpris par la manière dont celle-ci m'avait accueilli, trop prévenante, comme si j'étais encore un malade qu'il fallait ménager.

Elle m'avait dévisagé avec anxiété, s'inquiétant de mon état. Je l'avais presque rabrouée, l'assurant que j'étais à nouveau plein d'énergie, même si j'ignorais encore à quoi j'allais l'employer et quelle affectation j'allais recevoir.

Geneviève m'avait alors expliqué que Lucien de Chalvon avait préféré prendre le commandement d'une flottille sur le Niger – elle avait levé les yeux au ciel – plutôt que d'une des plus grosses unités de la flotte de Méditerranée.

Je m'étais alors dirigé vers Chalvon qui, au centre d'un petit groupe d'invités, répétait qu'il avait choisi d'être fidèle à la politique qu'il avait défendue au cabinet de Jules Ferry.

D'autant plus que la prise de Tombouctou, qui était l'objet de sa mission, lui apparaissait comme un devoir national, la plus grande de nos tâches, une manière d'être fidèle à René Caillé, le premier Blanc à visiter la ville en 1828.

« Tombouctou est une affaire française », avait-il décrété.

L'ingénieur Caster et Eugène Étienne l'avaient approuvé avec presque de la ferveur.

Si l'on tenait Tombouctou, on pouvait pacifier le Sahara, avait renchéri Caster, lancer des voies ferrées d'une rive à l'autre du désert, enrôler les tribus targuias, après les avoir civilisées, et en faire les gendarmes du Sahara, surveillant les voies au lieu de piller les caravanes.

Plus tard, à Ségou, je me suis souvenu de ces propos en écoutant Agar Tidikelt rapporter cet adage des gens de Tombouctou : « Le sel vient du nord, l'or vient du sud, mais les sages paroles se recueillent à Tombouctou. »

Chalvon avait conclu : « Je vais entrer à Tombouctou et hisser notre drapeau au cœur de la ville. Il y a trois mosquées. Nous allons y bâtir un fort français et une église. »

Il m'avait aperçu, s'était approché, m'avait saisi aux épaules.

« Voulez-vous en être, Faurel ? Je vous emmène. Je commanderai la flottille et vous, nos tirailleurs. »

Je n'ai pas répondu sur-le-champ.

Geneviève de Lancel s'est avancée, hésitante et gênée.

Elle m'avait réservé une surprise, a-t-elle murmuré. Elle m'a pris le bras, m'a entraîné vers l'entrée en ajoutant : « Soyez fort, Charles. »

J'ai découvert mon frère accompagné de Do Hing Chan. Elle avait les cheveux relevés en chignon et portait une longue tunique de soie blanche couvrant presque entièrement des pantalons noirs. Près d'elle se tenaient deux grands jeunes gens aux cheveux tirés en arrière.

J'ai ainsi appris en quelques minutes que mon frère avait épousé Do Hing Chan, qui attendait un enfant, quitté la Marine pour la Compagnie de Commerce et de Navigation de Georges Proux, et qu'il était devenu le tuteur des neveux de sa femme, ces jeunes gens qui, après avoir terminé leur scolarité au lycée Louis-le-Grand, se préparaient, le premier, Ho Duc Do, à Saint-Cyr, tandis que l'autre, Ten Bac Do, était resté fidèle à la médecine.

Je suis resté muet plusieurs minutes, mes yeux allant d'un visage à l'autre, jusqu'à ce que mon frère me prenne par le bras et me murmure que Têt Quang – est-ce que je me souvenais d'elle ? – les avait quittés pour vivre à Cho Lon, la ville chinoise de Saigon, et qu'il n'avait pas hésité lorsqu'il avait appris que Do Hing Chan était enceinte, à l'épouser, bravant l'interdiction de l'Amiral, les réserves du gouverneur, les ricanements de beaucoup.

« Je suis un *encongaillé* ! avait-il dit en s'esclaffant. Même Chalvon m'a déconseillé ce mariage. Chalvon, Charles ! Imagine la réaction des autres… J'ai préféré quitter la Marine. Georges Proux m'a accueilli à bras ouverts. C'est le bienfaiteur des marins. Villeret est son gendre. Il l'a fait élire député. Mais ce n'est pas mon ambition… »

Il s'était tout à coup interrompu, m'avait dévisagé.

« Et toi, Charles ? »

J'ai répondu que je partais avec Chalvon pour le Niger. Que nous allions conquérir Tombouctou.

Il a répété « Tombouctou », puis murmuré :

« Tombouctou, cela fait rêver… »

33

Tombouctou fut un rêve héroïque et sanglant.

À Kabara, cette anse de la rive nord du Niger qui servait de port à la cité et où nous avons débarqué après une nuit passée au mouillage au milieu du fleuve, nous avons laissé dix-neuf corps dans les hautes herbes.

Poitrines et gorges étaient transpercées par les lances que les Touaregs jetaient comme des javelots, en se dressant sur leurs étriers et en poussant des cris gutturaux.

Blancs et Noirs, officiers et tirailleurs étaient tombés côte à côte.

Malgré ses cinq blessures, N'Goré Dior avait réussi à ramper jusqu'au sommet de la dune, puis à gagner Tombouctou où nous étions entrés le matin.

Lucien de Chalvon avait ouvert la marche, Agar Tidikelt portant le drapeau. Une dizaine de tirailleurs avançaient au pas, et moi, en serre-file, me tournant souvent, je tentais d'apercevoir les canonnières, inquiet de ce silence qui nous entourait et de l'absence de résistance des Touaregs.

Nous nous arrêtâmes à l'entrée de la ville, surpris de voir que cette rose rouge des sables n'était plus qu'une cité en ruines aux habitants cloîtrés – quelques femmes, leurs chevilles et leurs cous serrés par les anneaux des esclaves, s'enfuyant devant nous en glapissant.

C'était donc cela, notre rêve ?

Nous gagnâmes le point le plus élevé, le faubourg des Caravanes, face au désert.

La ville s'étalait à nos pieds, flaque sombre sur le sable brillant. Au sud s'étirait le serpent scintillant du fleuve, mais les dunes et les hautes herbes nous empêchaient de voir les canonnières.

Puis les anciens en boubous et les marabouts s'approchèrent, et Agar Tidikelt traduisit leurs propos.

Ils voulaient la paix, disaient-ils, la protection des Français. Ils regardaient les canons que nous avions tirés jusque-là et je lisais dans leurs yeux l'étonnement devant notre petit nombre.

Nous n'étions que deux toubabs – deux Blancs – entourés de tirailleurs noirs, et notre interprète targui était l'un de ces hommes « abandonnés de Dieu » dont ils craignaient le retour.

« Ils sont fourbes comme les hyènes », répétait un vieil homme.

Agar Tidikelt l'approuvait, disant que les Hommes bleus – son peuple – étaient des combattants farouches qui se dérobaient parfois devant l'ennemi pour mieux le surprendre. Ils prenaient la couleur du sable. Ils se faisaient dune parmi les dunes. Puis, quand leur ennemi était endormi, ils surgissaient et on entendait trop tard le bruit saccadé des sabots des chameaux dans le sable.

« Méfie-toi, commandant », disait Agar Tidikelt à Lucien de Chalvon.

Puis il venait vers moi et ajoutait :

« Ne ferme pas les yeux, capitaine. Les Touaregs te voient, ils te guettent. Ils sauront quand tu te seras assoupi. »

Mais nous étions confiants, heureux de cette conquête paisible, déçus par ces maisons en ruines mais fiers d'être reçus comme des faiseurs de paix, des protecteurs.

Après avoir hissé le drapeau, les tirailleurs rendant les honneurs, baïonnette au canon, nous sommes restés accoudés au muret bordant la terrasse de l'une des maisons du faubourg des Caravanes.

Une petite foule s'était peu à peu rassemblée autour de nous, curieuse et amicale. Agar Tidikelt interrogeait parmi elle les rares hommes, puis revenait nous faire part de leurs propos.

Les Mossis et les Toucouleurs, les Bambaras et les Songhaïs craignaient et haïssaient les Hommes bleus, ces « hommes d'entre les dunes » qui pillaient, arrachaient les femmes à leurs cases, les entraînaient dans le désert pour les revendre au Nord.

Agar montrait, bras tendu, les minarets des trois mosquées.

Au loin, à l'horizon, celui de la plus grande, Sankoré, où, quand les Touaregs ne dominaient pas encore la région, on venait autrefois écouter les sages qui enseignaient la religion du Prophète. Le minaret flanqué de quatre clochetons était celui de la Grande Mosquée où l'on se retrouvait pour les prières. Quant au dernier, le plus élancé, il se dressait au-dessus de la mosquée Sidi Yahia que fréquentaient les plus riches habitants de Tombouctou.

Mais qui pouvait être riche quand les Touaregs régnaient, volant les troupeaux, enfonçant les portes des maisons ?

Lucien de Chalvon se redressa.

Nous allions fortifier l'une des demeures massives, aux portes de fer, qui faisaient face au fleuve, et y placer un second canon. Ainsi protégerions-nous la ville au nord et au sud.

La nuit, le froid nous a saisis. Je le connaissais. Je l'aimais. Il décapait le ciel et j'avais l'impression qu'en levant le bras, ma main allait saisir l'une de ces étoiles filantes qui dégringolaient, innombrables, annonçant la venue des Rois mages.

Mais c'est N'Goré Dior qui est tout à coup apparu alors que l'aube se levait.

Son uniforme était ensanglanté, sa gorge et ses mains entaillées, son épaule et sa cuisse trouées par les lances des Touaregs.

Il a montré le fleuve. Il hoquetait et le sang couvrait à chaque fois ses lèvres.

Il s'est accroché à moi.

Je lui avais dit, au moment où nous quittions les canonnières : « Veille sur l'officier. »

C'était un jeune enseigne qui portait le nom d'Aube et dont la vie avait donc été aussi fugace que l'arrivée du jour.

Aube avait le regard de l'innocence. Il disait, avec du rêve plein la voix : « Nous allons ouvrir le monde à ces peuples africains. La France doit leur donner les moyens d'être enfin ce qu'ils sont : nos égaux ! »

Il était imberbe. Il avait choisi pour sa première affectation l'Afrique parce que, croyait-il, se jouait là le sort de la France, puisqu'on ne pouvait encore libérer l'Alsace et la Lorraine.

Il voulait tout apprendre de ces peuples, leur langue et leur foi.

Il interrogeait sans fin Agar Tidikelt et N'Goré Dior.

Après notre départ, Aube avait pensé que la meilleure façon de protéger les canonnières était d'occuper la rive. Tout était si calme. On n'entendait que le froissement des hautes herbes sous la brise.

Ils étaient donc dix-neuf à avoir gagné la berge du fleuve.

Et, tout à coup, ç'avaient été ces sifflements, les lances qui déchiraient l'air et s'enfonçaient avec un bruit sourd dans les corps : celui de l'enseigne Aube, du second maître Le Dantec, de N'Goré Dior, des tirailleurs sénégalais et soudanais.

Nous avons couru vers le rivage, revolver au poing.

La plupart des corps gisaient dans les hautes herbes, certains étaient enlisés dans la vase.

L'uniforme de l'enseigne Aube n'était qu'une tache de sang. Les Touaregs s'étaient acharnés sur lui, le transperçant de dix coups de lance.

On creusa les tombes. On planta une croix.

On revint à Tombouctou alors que la nuit déployait à nouveau sa noire étoffe glacée.

Au loin, vers le fleuve, de grandes lueurs rouges incendiaient le ciel. Les Touaregs tenguereguifs brûlaient les cases de Kabara. Peut-être piétinaient-ils avec leurs chameaux les tombes et renversaient-ils la croix en criant : « Mort aux Nazaréens ! »

L'Aménokal des Tenguéréguifs avait fait porter un message aux marabouts de la ville : « Gens de Tombouctou, êtes-vous avec nous ou avec les Blancs ? »

Et Agar Tidikelt nous rapportait que, prudents, inquiets de s'être engagés aux côtés de ces *toubabs* qui, malgré toutes leurs armes et leurs navires de fer, se laissaient vaincre par les Hommes bleus d'entre les dunes, les marabouts n'avaient pas répondu à l'Aménokal.

Les vieux comptaient et recomptaient nos forces : quatorze hommes pour une ville de dix mille fils du Prophète, et, parmi eux, des Maures et des Foulbès qui possédaient des armes et étaient les alliés des Touaregs.

Ceux-ci envoyaient dans le désert, à l'est et au nord, des émissaires qui excitaient de la voix et des talons leurs chameaux pour rejoindre plus vite les tribus, leur annoncer la nouvelle, les inviter à se rassembler pour chasser de Tombouctou ces infidèles si peu nombreux.

Quatorze Noirs et deux Blancs.

Tel fut à Tombouctou notre premier cauchemar.

34

Nous ne pouvions oublier nos morts.

Les vieux de Tombouctou s'approchaient de nous et, bras tendu vers le désert, nous disaient :

« Les abandonnés de Dieu ne reconnaîtront ta force que le jour où tu leur auras fait payer la rançon du sang. »

Ils ajoutaient que les caravaniers, arrivés en ville avec leurs chameaux chargés de ces plaques de sel qui ressemblaient à des dalles funéraires de marbre blanc, avaient raconté, les yeux brillants, que les Touaregs de toutes les tribus se rassemblaient autour de l'Amenokal des Tenguéréguifs et qu'ils s'abattraient bientôt sur Tombouctou comme un nuage de sauterelles.

Et malheur alors à ceux qui auraient choisi de servir les Infidèles !

Agar Tidikelt nous avait traduit ces propos.

Nous étions assis sur la terrasse de la plus haute des maisons du faubourg des Caravanes.

Le jour finissait et l'horizon se teintait de rouge.

Lucien de Chalvon se taisait.

Depuis que nous avions porté en terre nos dix-neuf morts, il ne prononçait que quelques phrases dans la journée, marchant seul dans la ville comme s'il avait espéré qu'un Maure se jetât sur lui et le tuât. Il s'aventurait toujours seul aux confins du désert, là où chaque jour des Touaregs surgissaient, enlevaient un de nos porteurs que nous retrouvions égorgé entre les touffes grisâtres d'épineux.

Les tirailleurs soudanais tremblaient lorsque nous leur indiquions leur poste de garde. Certains d'entre eux avaient disparu et il fallait, pour retrouver leurs corps, suivre au matin la traînée de sang parmi le sable.

Et les vieux sages de Tombouctou de nous répéter chaque jour que les Touaregs ne respectaient que ceux qui exigeaient d'eux la rançon du sang et se révélaient capables de l'obtenir.

Nous nous sommes donc décidés à sortir de Tombouctou.

Nous nous croyions forts.

Une colonne de deux cents tirailleurs soudanais et vingt officiers et sous-officiers blancs, avec des centaines de porteurs et six canons, nous avait rejoints.

Le colonel Bonnier, qui la commandait, nous avait écouté avec dédain, presque du mépris, lui expliquer comment l'enseigne Aube et ses hommes étaient tombés dans une embuscade alors que nous étions ici, à Tombouctou, et comment nous avions en effet conquis cette ville, planté le drapeau sur la plus haute maison avec une poignée de tirailleurs. J'avais alors demandé qu'une décoration fût attribuée à N'Goré Dior qui se remettait de se blessures.

Bonnier avait tourné les talons et, sans même le regarder, avait accablé Chalvon, coupable d'avoir abandonné ses canonnières, guidé seulement par le souci de gloire, le goût de l'exploit.

« La conquête, commandant, avait poursuivi le colonel, et vous devriez le savoir, même si vous êtes plus familier des boulevards et des salons parisiens que des pistes du désert, n'est pas une scène de théâtre où l'on parade. Des hommes meurent. Et on compromet la gloire de la France à ne se soucier que de soi ! »

J'avais empêché Lucien de répondre. Et nous avons écouté debout, au garde-à-vous, Bonnier nous annoncer qu'il partait à la recherche des Touaregs afin de les contraindre à se soumettre.

« Nous nettoierons le désert », avait-il déclaré.

Chalvon et moi devions, avec quelques tirailleurs, garder la ville.

Le lendemain, dans ce que les Touaregs appellent l'« aurore des pigeons » – le point du jour –, nous avons regardé la colonne s'étirer entre les dunes, vers l'ouest.

Les casques blancs des officiers, les chéchias rouges des tirailleurs, le noir des porteurs ont bientôt été engloutis dans l'éblouissant éclat du soleil.

Quelques jours plus tard, accompagnés d'une seconde colonne de tirailleurs conduite par le commandant Joffre, nous avons retrouvé les corps du colonel Bonnier et de ses officiers mêlés à ceux de soixante-quatre tirailleurs au milieu de clairières entourées de taillis d'acacias, de palmiers nains et de mimosas.

C'était le campement de Tacoubao.

Bonnier et ses hommes avaient été surpris dans la nuit.

Ils s'étaient endormis, paisibles. Ils avaient dîné de moutons cuits à la broche. La viande leur paraissait d'autant plus succulente que ces bêtes appartenaient à des Touaregs qui s'étaient enfuis, abandonnant leurs troupeaux. Et les Soudanais avaient choisi, pour le dîner, les moutons les plus gras, les égorgeant à la lueur des grands feux allumés dans des trous creusés à même le sable.

Les sentinelles avaient sans doute été égorgées au même moment en tous les points du camp.

Puis les Touaregs avaient poussé avec de grands cris les bêtes des troupeaux, bœufs et moutons, vers les tentes, et, dans la poussière et les beuglements, ils avaient égorgé, tailladé, massacré.

Le bétail piétinait les survivants, les empêchant de se défendre. Les Touaregs lançaient leurs javelots, battaient en cadence leurs boucliers, criant : « *Allah y Allah* ! »

Puis ç'avait été le silence.

Aucun gémissement. Seulement la mort couchée parmi les acacias.

Tombouctou la rouge avait exigé un surplus de sang.

Les cadavres, quand nous les retrouvâmes, avaient déjà été lacérés par les vautours, les hyènes et les chacals.

On enterra sur place les Soudanais.

Puis on attendit que la nuit eût recouvert les clairières pour allumer de petits brasiers. Chalvon et moi portâmes les corps écharpés de nos camarades jusqu'à ces flammes, et, jetant nous-mêmes des branches dans les foyers, nous attendîmes que ne restassent d'eux que des ossements.

Nous les recueillîmes dans des peaux de boucs et repartîmes vers Tombouctou où ils devaient reposer.

Le canon, à notre retour, tonna comme un tambour de deuil.

On enterra les os dans un enclos d'épineux, près de la route de Kabara, entre le sable du désert et les eaux miroitantes du Niger.

Quand, un mois plus tard, nous avons quitté Tombouctou, le choc des pioches des tirailleurs qui construisaient deux forts résonnait. Le premier porterait le nom de Bonnier et ferait face aux dunes ; le second, appelé Aube, regarderait vers le fleuve.

Le commandant Joffre s'apprêtait, ces travaux achevés, à lancer contre les Touaregs de fortes colonnes.

Alors que la canonnière commençait à remonter le cours du Niger, les voix des muezzins se sont élevées, portées par le vent du désert.

« *Bissmillah ! Rhmalhi, rhahim* », psalmodiaient-elles.

Agar Tidikelt a traduit l'appel des minarets : « Préparez-vous à la prière ! Préparez-vous au bonheur ! »

J'ai espéré qu'il serait entendu.

35

Les blessés et les morts m'ont retenu sur la terre africaine.

J'ai eu pour la première fois le sentiment d'appartenir à une nouvelle communauté française dont le sang, versé côte à côte, réunissait les membres, qu'ils fussent blancs ou noirs.

Je tenais la main de N'Goré Dior, allongé sur le pont de la canonnière. Chaque halètement de la machine et les vibrations de la coque le faisaient grimacer, et ses doigts serraient les miens. Je chassais les énormes mouches vertes, qui s'accrochaient à ses plaies, se glissant jusque sous les bandages. J'humectais son front.

Puis, quand nous avons quitté le Niger pour les pistes conduisant jusqu'à Kayes et qu'on a couché N'Goré Dior dans un brancard porté par quatre tirailleurs, j'ai marché près de lui, lui parlant sans cesse.

J'ai évoqué ces vols d'oiseaux roses qui, à notre approche, s'envolaient des hautes herbes où ils nichaient.

J'ai décrit pour lui les cases nouvelles qui se serraient autour des bâtiments des missions, ou encore celui de l'école. Le pays avait changé.

À Kayes, j'ai dit à N'Goré Dior que j'apercevais la fumée de la locomotive qui s'élevait en grosses volutes au-dessus de la gare.

Il s'est redressé. Il voulait voir.

Un peloton de tirailleurs sénégalais présenta les armes. Une fanfare de l'infanterie de marine joua en notre honneur. Et le général Labezie, commandant en chef des troupes, s'est penché sur N'Goré Dior et l'a décoré.

Blanc, Noirs, nous étions frères d'armes.

Les Touaregs n'avaient pas choisi entre le porteur bambara, le tirailleur sénégalais ou soudanais, l'enseigne Aube ou le colonel Bonnier.

Les lances des « hommes d'entre les dunes » avaient fait couler un sang qui avait la même couleur.

J'avais désormais trop de liens avec cette terre pour pouvoir la quitter.

Et lorsque le général Labezie m'a donné à choisir entre une affectation dans une garnison de métropole ou rejoindre le colonel Dodds qui, depuis la côte des Esclaves et les établissements français de Porto-Novo et Ouidah, s'enfonçait dans la grande forêt tropicale pour réduire le royaume du Dahomey et pacifier ce territoire, j'ai redit oui à l'Afrique.

Il me semblait qu'ainsi j'étais fidèle à ceux qui étaient tombés à Kabara ou dans les clairières du campement de Tacoubao.

Quand j'ai fait part de ma décision à N'Goré Dior, il a levé le bras et dit qu'il fallait faire un seul pays français sur toute l'étendue de l'Afrique.

C'était son rêve et c'est devenu le mien.

J'ai rencontré le colonel Dodds à Porto-Novo.

La chaleur était si humide que j'avais eu l'impression, dès mon débarquement à Ouidah, d'être écrasé sous un ruissellement d'eau tiède et gluante.

Mon corps était inondé de sueur. Mes vêtements collaient à ma peau.

Les vers et les insectes grouillaient : cancrelats énormes se glissant sous les moustiquaires, fourmis grosses et grasses parfois comme un demi-doigt, serpents que l'on prenait pour des lianes.

Une fois la forêt côtière franchie, les fleuves remontés, qui me rappelaient ceux du Congo, on retrouvait la savane, les épineux. Mais partout, jusque dans la chaleur poisseuse de la côte des Esclaves, on crevait de soif.

Dodds était l'un de ces hommes nouveaux dont la couleur de peau – il était métis – n'avait nullement entravé la carrière.

Il revenait d'Indochine.

Je me sentais – mais peut-être était-ce un résidu de ma vanité de Blanc ? – fier d'appartenir à une patrie qui permettait à Agar Tidikelt, à N'Goré Dior, à Samba Batéké, aux neveux de Do Hing Chan, à Dodds d'être des nôtres, égaux à nous, parfois même nous commandant.

Il me semblait qu'ainsi nous mettions en œuvre notre devise républicaine : liberté, égalité, fraternité.

Et je voulais oublier Lebert et Berson qui, quelque part, continuaient sans doute à la trahir.

Mais ils étaient le passé.

« Ici, me dit Dodds avec une moue de mépris, vous allez découvrir la cruauté. »

La dynastie du Nord, celle dont le roi Behanzin était à présent l'incarnation, avait construit son empire sur le corps des peuples qu'elle avait pillés, massacrés, vendus au sud comme esclaves aux négriers blancs de la côte, au nord à ceux des marges du désert, aux Européens, aux Maures et aux Touaregs.

Behanzin avait ainsi annihilé des peuples entiers. Les chefs qui avaient tenté de se dresser contre lui avaient été enterrés vivants. Le nom même de Dahomey venait de l'une de ces inhumations : *Dan-Homé*, le ventre de Dan (un ancêtre de Behanzin) avait englouti un souverain hostile et, sur son corps enseveli, Dan avait élevé un palais royal.

On disait que le sang des vaincus et des esclaves servait à pétrir la terre avec laquelle on construisait les cases de Behanzin et de ses courtisans.

Les chemins étaient parfois jalonnés de pieux sur lesquels des corps étaient empalés. La foule se rassemblait pour assister à ces supplices, à ces sacrifices, à ces inhumations sanglantes.

Le roi distribuait esclaves et butin à ses fidèles. Il achetait des armes et des canons aux Allemands et aux Anglais soucieux de dresser contre l'avancée française un peuple guerrier.

Behanzin avait organisé son armée en quatorze cohortes flanquées de trois à quatre mille cavalières portant l'arc et la lance, guerrières à la peau tatouée, aux joues zébrées de cicatrices rituelles, combattantes dont les soldats de la colonne Dodds me parlaient avec un ricanement inquiet. Elles utilisaient des flèches empoisonnées. Elles surgissaient, hurlantes, et même les salves les plus drues, le canon tirant à mitraille ne pouvaient arrêter ces amazones.

C'est ainsi que Dodds les avait décrites et nommées.

Et puis il y avait le roi Behanzin lui-même, *Hossu Bowelé*, le roi Requin, dont les armoiries représentaient un squale gigantesque ouvrant sa gueule pour défendre ses possessions.

« Le roi du Dahomey, avait déclaré Behanzin, ne donne son royaume à personne. » Et il avait répondu à Dodds avec superbe : « Est-ce que j'ai été quelquefois en France faire la guerre contre vous ? Moi, je reste dans mon pays, et toutes les fois qu'une nation africaine me fait du mal, je suis bien en droit de la punir de la manière qui me convient : cela ne vous regarde pas du tout. »

Behanzin avait attaqué à plusieurs reprises les populations de la côte, les Toffas de Porto Novo ou les Haoussas qui, depuis des générations déjà, étaient nos alliés.

Nous devions donc réduire ce Behanzin qui n'avait pas hésité à envoyer à Paris des émissaires chargés de remettre au président de la République huit cents livres sterling pour acheter la paix !

Dodds raconta que la mission qu'il avait déléguée auprès de Behanzin pour tenter de traiter avec lui s'était vue remettre quelques beaux pagnes et quatre jeunes esclaves pour le chef des Français, ainsi qu'un jeune garçon et une jeune fille pour chaque membre de la mission !

Dodds les avait libérés et confiés à la mission catholique de Porto Novo.

Puis il avait passé en revue notre troupe.

Jamais je n'avais vu en terre africaine un tel rassemblement : trois mille hommes, légionnaires vétérans du Tonkin et de l'Annam, soldats des troupes de marine, tirailleurs sénégalais, tous armés de fusils à répétition, auxiliaires toffas et haoussas, et, les escortant, deux mille porteurs tirant des canons et des mitrailleuses – sans oublier, pour remonter les fleuves vers Cana et Abomey, des canonnières.

L'ordre était de battre l'armée du roi Requin et de s'emparer de sa personne.

J'ai fait cette guerre-là.

Les troupes de Behanzin étaient armées de canons. Elles poussaient devant elles des foules d'esclaves drogués, saoulés au genièvre, excités par les féticheurs. Ceux-là étaient sacrifiés. Derrière ces hommes titubants, hurlants, s'avançaient les soldats de la garde royale portant un bonnet rouge, et surgissaient les amazones dont certaines avaient revêtu une casaque blanche.

Criant : « *Koïa, Koïa Dahomé !* », ces troupes étaient si denses et résolues qu'on tirait dessus sans paraître les clairsemer.

Elles étaient aguerries. Les chasseurs d'éléphants, cachés dans les arbres, visaient juste. Et avec leurs canons de bonne fabrication anglaise ou allemande, les gardes de Behanzin tiraient aussi vite que les nôtres. Parfois, Toffas et Haoussas se débandaient. Ou bien, quand nous nous emparions d'un village, ils s'agenouillaient devant les idoles, persuadés que Behanzin était l'allié des puissances souterraines et qu'il écraserait ces Blancs qui étaient souvent contraints de reculer devant les assauts de ses cohortes.

Sur ceux qui avaient choisi l'alliance avec les Toubas s'abattraient alors les châtiments les plus terribles.

Ils en tremblaient déjà.

Et c'étaient les légionnaires, les soldats des troupes de marine, les tirailleurs sénégalais qui s'élançaient, baïonnette au canon, et débusquaient, de derrière les termitières ou les lianes qui les cachaient, les guerriers de Behanzin.

J'ai fait cette guerre-là.

Ce ne fut pas l'affrontement des Blancs contre les Noirs.

Sénégalais, Soudanais, Toffas, Haoussas qui combattaient contre les cohortes étaient aussi noirs que les amazones ou les chasseurs d'éléphants du roi, ou que ses bourreaux qui s'élançaient contre nous en hurlant : « *Koïa, Koïa Dahomé !* »

Et le colonel Dodds était un métis de Saint-Louis du Sénégal.

Les balles ou la dysenterie frappaient aussi bien parmi nous les tirailleurs que les légionnaires, les officiers que les porteurs. La maladie et la mort ne choisissaient pas leurs victimes selon la couleur de leur peau. La guerre se livrait entre partisans d'un nouveau monde qui naissait dans les douleurs et la cruauté, et ceux d'un ordre archaïque et sauvage.

Jamais je n'ai pensé que nous incarnions le Bien absolu contre un Mal irréductible.

Quand, après les batailles de Cana ou la prise d'Abomey, puis, plus tard, d'Atchéribé, le dernier repaire de Behanzin, j'ai vu s'avancer les guerriers, une feuille de palmier au cou en signe de reddition, je n'ai perçu en eux que des hommes que les hasards de leur naissance – ou la peur, ou leurs croyances –, avaient faits soldats de Behanzin.

Je suis allé vers eux.

Ils tremblaient, baissaient la tête en attendant qu'on leur tranchât le cou, et, dans leurs yeux, j'ai lu la terreur à l'idée d'être écartelés, empalés, brûlés, enterrés vifs, ce qu'ordonnait chaque jour Behanzin lui-même.

Nous étions sur la place d'Abomey, dans les ruines du palais de Behanzin que fouillaient les légionnaires et les tirailleurs.

Ils avaient trouvé dans les décombres quelques caisses de gin, de genièvre et d'anisette, ainsi que des pièces de cotonnades et de soieries.

Ils burent et s'affublèrent de ces tissus aux couleurs vives, et quelques-uns plaquèrent sur leur visage des masques de féticheurs.

Certains échangeaient des colliers de corail contre de longues pipes à fourneau de cuivre, ou bien troquaient de ces petits caïmans bleus qui tenaient dans la main, que les Amazones portaient sur leur casaque ou leur bonnet, contre des idoles aux yeux en coquillages.

C'était la fin d'un monde.

Le nouveau, qui surgissait, ressemblait à ces légionnaires ivres qui titubaient dans la cour du palais d'Abomey, déguisés en sorciers, parodiant les jeteurs de sorts.

Les prisonniers se sont accroupis, terrorisés, comme s'ils avaient craint de subir la vengeance des esprits, les conséquences de ces sacrilèges.

Leur angoisse est devenue la mienne.

CINQUIÈME LIASSE

36

Mon père est mort.

Je l'ai appris à Oran où je venais d'arriver en compagnie de Behanzin vaincu, condamné à l'exil et dont, depuis quelques semaines, j'assurais la garde.

C'était la fin de l'après-midi, le moment où le ciel devient rouge et le vent de la mer cesse de souffler. Je connaissais bien cet instant-là. L'air est immobile. On entend la voix des muezzins. La chaleur se fait plus légère, car le vent du désert ne s'est pas encore levé.

Je regardai Behanzin.

Il se tenait bras croisés, dédaigneux, cependant que je visitais la petite maison où il était assigné à résidence.

Cela faisait plusieurs semaines que je vivais à ses côtés.

Nous avions d'abord gagné le fort de la Garde, à la Martinique, son premier lieu d'exil. Durant toute la traversée, il était resté à la poupe du navire, comme si son regard n'avait pu se détacher de cette côte africaine depuis longtemps disparue.

Il avait méprisé les Noirs des Antilles, descendants de ces hommes, de ces femmes, de ces enfants que lui ou ses aïeux avaient poussés comme des troupeaux vers la côte des Esclaves après les avoir enlevés aux tribus Toucouleurs ou Bambaras de la forêt.

Sans ces noirs voleurs d'hommes, pourvoyeurs de la traite, comme l'avait été Behanzin, les négriers n'auraient jamais pu charger leurs navires de ce « bois d'ébène » entassé à fond de cale, enchaîné durant des semaines, crevant de faim et de soif, battu, violé, jeté mort à la mer.

Durant tout notre séjour, Behanzin n'avait jamais accordé un regard ou adressé une parole à un Antillais.

Il avait ainsi paru ne pas entendre les questions que lui avait posées un jeune lieutenant, Noël Espérandieu, qui commandait la section chargée de le surveiller. Il ne s'adressait qu'à moi et j'avais ainsi découvert qu'il comprenait le français et était même capable de s'exprimer dans notre langue.

Espérandieu s'était à plusieurs reprises emporté contre lui, ce « tyran », ce « criminel », ce « pire que Napoléon ».

« Vous auriez dû l'exécuter, m'avait-il dit. Ce Noir-là est notre ennemi. Ce qui compte, ce n'est pas la couleur de la peau, mais ce qu'on a dans la tête. Il est pour l'inégalité et l'injustice, je suis pour la République ! »

Je m'étais souvenu de Brazza qui, lorsqu'il plantait notre drapeau à l'entrée d'un village du Congo, disait : « C'est le pavillon Justice. » Et il rachetait avec l'argent de sa solde les esclaves afin d'en faire des hommes libres.

Mais le gouvernement avait dû craindre qu'un souverain noir, même vaincu, même tyrannique, même esclavagiste, ne fît rêver les Noirs des Antilles, et, au bout de quelques semaines passées au fort de la Garde, j'avais été chargé d'accompagner l'ex-roi du Dahomey à Oran, lieu de son exil définitif.

C'est là qu'un sergent m'apporta la dépêche m'annonçant la mort de mon père.

J'ai eu l'impression qu'on m'arrachait le ventre, qu'on me lacérait la poitrine.

Jamais je n'aurais imaginé que le décès de cet homme austère, que je voyais si rarement depuis des années, qui me morigénait chaque fois que je le rencontrais, pût à ce point me faire souffrir, creuser en moi une angoisse aussi profonde.

Peut-être parce que j'approchais de la cinquantaine et que l'essentiel de ma vie était déjà passé, que j'avais le sentiment de n'avoir tracé aucun sillon ? Je n'avais attaché mon nom à aucune de ces glorieuses actions qui avaient fait de Garnier, de Rivière, de Brazza, de Crampel, de Lelong, du père Marcoux ou du docteur Lauriol, et même de Lucien de Chalvon autant de héros.

Je n'avais pas de descendant alors que mon frère Louis était le père d'un fils auquel il avait donné le prénom d'Alphonse – celui de notre père –, et Do Hing Chan était à nouveau enceinte.

Mon père était mort, ce serait donc bientôt mon tour et je ne laisserais rien en héritage.

Je me suis recroquevillé pour contenir ma souffrance, empêcher qu'elle ne creuse davantage ce gouffre qui venait de s'ouvrir en moi.

J'ai froissé dans mon poing la dépêche. Puis j'ai été saisi par le remords. Ce geste, c'était comme si j'avais voulu effacer le décès de mon père, le refuser, tuer jusqu'au souvenir de sa mort.

J'ai lissé la dépêche, incapable pourtant de la relire.

Je me suis mordu les lèvres pour ne pas sangloter et suis sans doute resté, ainsi voûté, le menton collé à la poitrine, plusieurs minutes, avant de me mettre à prier.

Tout à coup, j'ai senti une main sur mon épaule ; je me suis redressé.

Behanzin était près de moi.

J'ai reculé d'un pas.

J'avais honte de m'être ainsi abandonné devant ce roi nègre vaincu. Je n'avais pas le droit de lui montrer ma faiblesse. J'étais un Blanc. J'étais vainqueur. J'étais le gardien de ce prisonnier.

Je l'ai dévisagé. Il m'a semblé que je le voyais pour la première fois. Il ne portait plus son masque cruel et menaçant. Ses joues n'étaient plus déformées par un rictus hostile. Dans ses yeux pourtant toujours injectés de sang, je n'ai lu ni haine ni mépris, mais de la bienveillance et même de la compassion.

Je me suis raidi.

Cet homme avait été le plus impitoyable, le plus inhumain des souverains, massacrant des milliers de ses semblables, en torturant des milliers d'autres, certains enfouis vivants dans des fosses, d'autres empalés, et il avait vendu des tribus entières comme esclaves.

Cependant, Behanzin avait à cet instant un visage d'homme fraternel.

Il m'interrogea du regard et je ne pus m'empêcher de répondre :

« Mon père est mort. »

J'ai aussitôt regretté de m'être laissé aller à cette confidence.

« Honore-le », m'a-t-il dit d'une voix sourde.

J'étais comme paralysé, désireux de le repousser alors qu'il venait vers moi.

« Va sur sa tombe. Un fils doit veiller sur son père. »

Il a posé à nouveau sa main sur mon épaule et je n'ai pas bougé.

« Te voilà vraiment homme », a-t-il encore murmuré.

Il m'a tourné le dos, a marché jusqu'à la fenêtre donnant sur la cour de la caserne dont la maisonnette où il allait vivre était l'un des bâtiments annexes.

« Te voici seul devant ton Dieu », a-t-il conclu.

37

Je me suis recueilli sur la tombe paternelle.

J'ai prié devant cette dalle de granit voisine de celle qui rappelait le décès de ma mère.

Je me suis souvenu de l'indignation de mon père – sans doute aussi de l'affolement et du désespoir de ma mère à laquelle il avait dû, quoi qu'il en eût dit, faire des confidences – quand il avait appris que je vivais avec Kallima, ma Négresse callipyge.

Mais, trois décennies plus tard, son petit-fils, qui s'appelait comme lui Alphonse Faurel, avait le visage un peu plat et les yeux bridés des Asiatiques.

« Votre père était très fier de notre Alphonse », m'avait confié Do Hing Chan.

Elle portait à présent les colliers, les bracelets, les bagues de ma mère.

Notre vieille cuisinière, Clémentine, m'avait soufflé en levant les yeux au ciel :

« La Chinoise, elle commande. Elle nous traite comme si nous, on était des Nègres ! Mais qu'est-ce qu'elle se croit ? Votre père, Monsieur Charles, il est mort de la voir ici, et le coup de grâce, ç'a été quand on lui a présenté le petit Alphonse. Le pauvre enfant, il n'y peut rien, mais vous avez vu son nez aplati, ses yeux fendus ? Et sa peau ? Il est vraiment jaune ! »

Clémentine avait secoué la tête.

« C'est juste après l'avoir vu que votre père a eu son attaque. Il n'a plus pu parler. Et, croyez-moi, il valait mieux pour tout le monde. Mais moi, je lisais dans ses yeux, je devinais ce qu'il pensait. Vous savez, je ne vais plus rester longtemps dans cette maison. »

Clémentine s'était mouchée, essuyé les yeux : « À voir ça, je souffre trop. »

Le temps, ma vie, avaient passé.

Mme Louis Faurel – Do Hing Chan ! – en tunique blanche et pantalon noir recevait avec distinction. Eugène Étienne et Geneviève de Lancel entouraient Lucien de Chalvon qui rentrait du Caire après avoir participé à l'expédition reliant le Congo au Nil, qu'avait dirigée le capitaine Marchand. On entourait le héros. Georges Proux, le président de la Compagnie de Commerce et de Navigation, et son gendre, le député Villeret, approuvaient le gouvernement d'avoir cédé à la pression anglaise et demandé à Marchand et à Chalvon d'abandonner le poste de Fachoda, sur le Haut-Nil.

Chalvon s'enflammait, racontait comment ils avaient, jour après jour, remonté les fleuves depuis le Congo, puis traversé des marais où les cours des rivières se perdaient, recouverts d'une couche bourbeuse d'herbes, de cadavres d'animaux, poissons crevés, charognes, rats et reptiles. Le soleil faisait clapoter cette croûte fibreuse qu'il fallait fendre pour avancer. De loin en loin on apercevait des Djinghés, les habitants de ces marais, au corps squelettique, le visage recouvert de bouse sèche, les cheveux teints en rouge, les dents d'un blanc éclatant dans leur masque gris.

Enfin, après avoir erré plus de deux semaines dans ce lacis pestilentiel, on avait trouvé le cours du Bahr el-Gazal, et occupé le poste de Fachoda.

On avait hissé le drapeau, mais on avait été attaqué par les derviches du Madhi. Ils avaient battu les Anglais à Khartoum et leurs navires – conquis à leurs adversaires – avaient canonné Fachoda. On entendait entre les explosions des obus les cris des captives qu'ils avaient entassées à fond de cale.

« Nous leur avons tué sept cents hommes, répétait Chalvon. Et ils ont déguerpi. »

Puis étaient apparus la flottille, les fantassins et les canons du général Kitchener, agissant au nom du khédive d'Égypte et réclamant Fachoda. Fallait-il céder ou résister à ce général anglais qui prétendait n'être qu'au service des Égyptiens ?

« Marchand a obéi à Paris, marmonna Chalvon. Moi ou le capitaine Mangin aurions dit à Kitchener : "Je suis arrivé ici le premier, j'ai un traité avec le chef du pays. Mes forces sont assez nombreuses pour garder la place, donc je la garde. Je vous interdis de débarquer dans la zone battue par le feu de mes remparts !" »

Chalvon levait le bras comme pour commander le tir.

« Et, croyez-moi, Kitchener aurait compris ce discours dès lors qu'il aurait été tenu avec conviction, sans esprit de recul, sans même la moindre perspective de négociations.

— Et nous aurions eu la guerre avec l'Angleterre ! soupira Georges Proux. Et, dans l'état où le pays se trouve, avec une armée déchirée par la question Dreyfus, croyez-vous réellement que nous eussions pu courir ce risque ? Je donne raison à notre ministre, Delcassé. Vous le savez, c'est un patriote, mais ce n'est pas un suicidaire. Nous avons été étrillés par l'Allemagne en 70. Vouliez-vous que nous subissions le même sort, mais de la part des Anglais, vingt-huit ans plus tard ? Exploitons ce que nous avons conquis et, surtout, nouons ensemble nos possessions ! »

Je retrouvais exposé là le vieux rêve, tant de fois évoqué, de la jonction autour du lac Tchad, là où était le cœur de l'Afrique, comme disait Eugène Étienne : une colonne venant des oasis algériennes, une seconde partie du Niger, de Ségou et de Khodor, une troisième remontant les fleuves du sud, et toutes convergeant et se rejoignant au bord de cette mer intérieure qu'était le Tchad.

« Cette fois-ci, clama Eugène Étienne, il faut aller jusqu'au bout ! Venger Crampel, Flatters, Lelong et maintenant Marchand ! »

J'appris que les chefs de chaque mission étaient déjà désignés : Lamy et Foureau partant d'Algérie, Voulet, Chanoine et Berson du Sénégal, Gentil du Congo.

Naturellement, il faudrait traverser des terres hostiles, affronter les troupes musulmanes du Madhi ou de son héritier, celles de Rabah, aguerries et fanatisées, hostiles aux « Infidèles ».

« Vous avez lu la lettre du commandant Esterhazy que publie *Le Figaro* ? » demanda Chalvon.

Il avait sorti une feuille de journal de sa poche, l'avait dépliée en marmonnant que, parfois, il commençait à croire en l'innocence de ce Juif de Dreyfus.

« Il l'est, je vous l'assure », certifia Georges Proux.

Chalvon fit une grimace, réclama le silence, lut la lettre d'Esterhazy :

« Je ne ferais pas de mal à un chien, avait écrit l'officier, mais je ferais tuer cent mille Français avec plaisir… et, si je pouvais, ce qui est beaucoup plus difficile qu'on ne croie, je serais chez le madhi dans quinze jours… »

« Ignoble ! » commenta Georges Proux.

Dreyfus, Esterhazy : j'avais découvert, à mon arrivée à Paris, ce pays encore plus divisé que je ne l'avais imaginé depuis la Martinique ou l'Algérie.

J'avais pris connaissance avec retard de l'article de Zola dans *L'Aurore*, le journal de Clemenceau.

Je crois l'avoir lu quatre fois avec la même fascination, le même tremblement à chaque lecture :

« J'accuse le lieutenant-colonel du Paty de Clam… J'accuse le général Mercier… J'accuse le général Billot… J'accuse le général de Boisdeffre et le général Gonse… J'accuse le général de Pellieux et le commandant Ravary… J'accuse les bureaux de la Guerre… Je n'ai qu'une passion, celle de la lumière, au nom de l'Humanité qui a tant souffert et qui a droit au bonheur… »

J'appartenais à cette armée dont les chefs les plus prestigieux étaient ainsi accusés par Zola de s'être « rendus complices » d'un crime de lèse-humanité et de lèse-justice.

J'avais l'impression de revivre une partie de colin-maillard. J'avais les yeux bandés, je tâtonnais pour essayer de m'orienter entre ces opinions contradictoires, ces faux en écritures, ces bordereaux, ces parjures, cette haine antisémite dont j'avais vu, à Oran, les conséquences, des bandes de jeunes gens attaquant les magasins juifs en criant : « À bas Dreyfus ! » sous l'œil apparemment placide des Arabes.

Je n'avais pas trouvé la vérité.

J'écoutai Lucien de Chalvon se moquer de Zola :

« Il est venu d'au-delà des Alpes, répétait-il, et il voudrait faire la leçon à la France ! »

Chalvon se tourna vers mon frère, puis vers Do Hing Chan comme pour quêter leur approbation.

« Lorsque la Chine a commencé à mépriser les armes pour se vouer aux lettrés, reprit-il, elle a inauguré l'ère de stérilité raisonneuse dans laquelle elle s'est figée. Dieu nous conserve des soldats et nous sauve des mandarins ! »

On rit. On approuva.

Mon frère ajouta :

« Zola, après lui-même, n'a qu'un culte : l'argent. Il n'a vu dans l'affaire Dreyfus qu'une immense et colossale réclame. De Dreyfus, au fond, il se fiche comme d'une guigne : ce qui l'intéresse, c'est lui, Zola ! »

Tel était donc l'état de la France ?

Des officiers accusés, d'autres mis aux arrêts, l'un condamné au bagne pour trahison, et cet Esterhazy qui regrettait de ne pouvoir servir parmi les derviches du madhi !

J'ai pensé avec un sentiment de tristesse et de révolte à Bonnier, à Aube, à ces officiers dont on avait brûlé les corps avant d'enterrer leurs ossements dans un enclos, à Tombouctou.

J'ai pensé à N'Goré Dior, blessé cinq fois, se traînant jusqu'à nous pour donner l'alerte.

Tous ceux-là rêvaient d'une France unie, et, pour elle, ils avaient donné leur vie.

J'ai eu envie de quitter cette ville, ce pays de rumeurs et de divisions, de retrouver le désert ou la forêt, là où peut-être la France et son armée pouvaient continuer de conquérir et de rêver.

38

J'ai choisi le désert.

Je suis parti pour les oasis de Ouargla et de Sedrata et, dès que j'ai eu découvert l'océan des dunes et les îles vertes des points d'eau, ces récifs de palmiers surgis entre les ondulations du sable, j'ai eu l'impression que ma poitrine s'ouvrait.

Après l'air irrespirable de Paris, chargé des miasmes de la haine et de la discorde, j'affrontais le vent brûlant et agressif du désert, puis ces nuits si froides que la roche des massifs éclatait par suite du contraste entre la chaleur implacable du jour et la lame tranchante du gel nocturne. Et c'était, sous le ciel constellé, une succession de détonations qui roulaient dans les vallées rocheuses de l'Aïr et du Hoggar.

Nous nous réveillions en sursaut.

Nous étions pourtant une force considérable composée de spahis, de tirailleurs, de nomades chambbas. Dans l'enclos que nous aménagions chaque soir avec des buissons d'épineux et à l'aide de nos caisses contenant de la verroterie, des tissus, de la pacotille – notre monnaie d'échange –, nous enfermions une centaine d'ânes et plus de mille chameaux. Nous y traînions aussi nos canons.

Et cependant nous étions sur le qui-vive.

Je connaissais le désert. J'avais déjà vu à l'œuvre les Hommes bleus et noirs. Pour avoir subi leurs attaques à la lisière des forêts, sur les bords du Niger, pour avoir mesuré la peur qu'ils inspiraient aux habitants de Tombouctou, je savais que « ceux d'entre les dunes » n'accepteraient pas que nous violions leur territoire.

Dans le désert ils étaient les maîtres, volant les troupeaux et les femmes, revendant les uns et les autres, marchands de chameaux et d'esclaves, guerriers impitoyables.

J'avais convaincu Foureau et Lamy, qui commandaient notre troupe, de choisir comme interprète et négociateur Agar Tidikelt.

Lorsqu'il arriva à l'oasis de Sedrata, je le serrai contre moi et nous passâmes la nuit, assis devant un feu, à boire du thé, à échanger de temps à autre quelques mots, à communier dans la transparence glacée de la nuit.

À demeurer ainsi, il me sembla que j'atteignais enfin à des hauteurs bleutées, jusqu'alors inaccessibles. J'avais l'impression d'accéder à une paix minérale : mon esprit, mobile et léger, était épuré comme si tout ce qui était sans importance et qui avait rempli ma vie jusque-là s'était condensé, que j'étais désormais capable de l'ignorer, de m'en séparer comme on le fait d'un lest qui empêche de s'élever.

Ce n'avait été que l'impression d'une nuit, celle précédant notre départ vers le sud, vers ce lac Tchad où nous devions rencontrer la colonne en provenance du Sénégal et du Niger ainsi que celle qui remontait du Congo.

Je n'avais pas souhaité me joindre à l'une ni à l'autre. Je connaissais les régions qu'elles étaient censées parcourir.

J'avais déjà exploré plusieurs fois le Congo, jusqu'aux abords du lac Tchad. Seule la présence de Samba Batéké, qui commandait les tirailleurs de l'expédition, eût pu me faire hésiter, mais j'avais rejeté cette tentation, pensant que nos retrouvailles seraient plus chaleureuses encore si elles s'effectuaient sur les rives du Tchad.

Il en allait de même avec N'Goré Dior qui faisait partie de la colonne qui remonterait le Niger, en provenance du Sénégal. Mais, autant j'avais de l'estime pour Gentil qui commandait celle du Congo, autant je méprisais Berson qui était l'un des chefs de celle-là. Il la dirigeait en compagnie des capitaines Voulet et Chanoine dont on murmurait qu'ils traitaient les Nègres comme du bétail. Mais Chanoine était fils d'un général devenu ministre, précieux au gouvernement en ces temps d'affaire Dreyfus. On fermait donc les yeux sur les pillages, les viols que ce capitaine tolérait ou, pire, organisait, incendiant les cases des villages qui refusaient de lui fournir des porteurs, fouettant lui-même les malheureux qui s'effondraient sous la charge, épuisés et affamés. Il agissait plus en chef de bande qu'en officier français représentant la République.

Je marchais donc dans le désert sur des voies qu'aucun Européen n'avait empruntées avant moi.

Je perdais mon regard et mes pensées parmi les pierres chauffées à blanc des massifs de l'Aïr et du Hoggar. La chaleur m'éblouissait. La nuit venue, j'avais l'impression que mon corps, à l'égal des pierres, se fendait, cisaillé par le froid.

Nous avions soif.

Nous allions d'un point d'eau à un autre.

Au puits de Tadjemout, nous avons retrouvé les os dispersés des hommes de la mission du colonel Flatters, empoisonnés par les dattes que les Touaregs leur avaient remises, les rares survivants, traqués, en étant venu à s'entre-dévorer.

Et, cependant que nos goumiers passaient, je suis resté longtemps immobile à contempler ces pierres humaines, ces ossements, et, jonchant le sol parmi eux, çà et là, un morceau de cuir.

Plus loin, c'étaient des squelettes de dromadaires qui jalonnaient les pistes.

Nous-mêmes étions contraints d'abandonner chaque jour plusieurs de nos bêtes, épuisées ou blessées par les marches sur les écailles rocheuses des massifs. Notre glorieuse caravane de mille chameaux n'en compta bientôt plus qu'une petite moitié.

Chaque nuit, alors que je demeurais longtemps auprès du feu, trouvant dans cette veille méditative plus de repos que dans un sommeil inquiet, les sentinelles ouvraient le feu sur des ombres qui approchaient de notre enclos.

Les « hommes d'entre les dunes » étaient là, nous suivant à la trace. Nous apercevions parfois leurs silhouettes et si nous nous lancions à leur poursuite, il nous arrivait de découvrir leur campement. Mais, sous les tentes, assis sur les nattes ou les tapis, nous ne trouvions que des femmes et des enfants.

À plusieurs reprises, alors que nous commencions à disposer nos caisses et que nous dressions nos barrières d'épineux, deux ou trois Touaregs s'approchèrent, montrant leurs intentions pacifiques. Ils mettaient pied à terre, posaient leurs lances, puis entraient dans notre campement, fiers mais sollicitant néanmoins des cadeaux.

Agar Tidikelt traduisait leurs requêtes tout en les observant, bras croisés, cependant que les Hommes bleus paraissaient ne pas le voir, comme s'il n'avait été qu'une voix ou un instrument méprisable.

Lorsqu'ils avaient obtenu ce qu'ils demandaient – des colliers, des tissus –, ils s'éloignaient, reprenaient leurs lances, se tournaient une dernière fois vers nous dans un mouvement de défi, puis disparaissaient derrière les dunes.

Après leur départ, il me fallait entourer Agar Tidikelt d'attentions. Il était fils d'Aménokal – chef d'une tribu – et avait choisi de nous rallier ; il fallait que nous lui montrions notre estime et combien il nous était précieux.

Je l'invitais à s'asseoir de l'autre côté du feu. Je lui versais du thé. Je ne l'interrogeais pas. Par mon silence et ma présence, je marquais que ce qui m'importait, c'était d'être en face de lui, d'attendre qu'il voulût bien me parler.

Ainsi je l'ai écouté nous mettre en garde contre ces hommes voilés qui ne pénétraient pacifiquement dans notre enclos que pour évaluer nos forces, décider si le moment était venu de nous attaquer, ou bien s'il fallait encore attendre que nous perdions de nouveaux chameaux et que la chaleur et la marche nous eussent épuisés.

Il m'a mis en garde contre l'émir El Hadj Mohammed qui, maître du bourg d'Iferouane, notre prochaine halte, devait se soumettre aux Touaregs qui rançonnaient sa cité, razziaient les troupeaux, enlevaient les femmes.

« Si tu es le plus fort, il sera alors ton allié, conclut Agar Tidikelt, mais il t'observera longuement avant de décider. Et il essaiera de te tromper pour ne pas essuyer la colère des hommes d'entre les dunes. »

Je n'ai pas oublié ces propos en entrant dans Iferouane.

Pourtant, nous avions marché depuis des mois en plein désert et en découvrant ces jardins potagers, à l'ombre des palmiers, en écoutant le bruit de l'eau, nous avions la tentation de baisser la garde.

Des femmes, le plus souvent des captives, s'étaient approchées de nos tirailleurs sénégalais. Des enfants criaient.

Majestueux dans son burnous blanc, l'émir El Hadj Mohammed nous accueillit avec déférence. Il interrogea Agar Tidikelt sur sa lignée. Il nous invita à nous approvisionner en achetant les produits qui nous manquaient. Il voulut connaître notre destination.

Nous perçûmes qu'il souhaitait que nous quittions Iferouane au plus tôt. Il nous montrait le sud, la direction d'Agadès où le sultan Mohammed Bakery, dont il était le vassal, nous accueillerait avec joie. Il murmura que Bakery subissait comme lui la loi des Touaregs et que les exigences des hommes d'entre les dunes se faisaient de plus en plus lourdes.

Après quelques jours passés à Iferouane, l'atmosphère se tendit.

Agar Tidikelt nous rapporta que les habitants se terraient, qu'ils refusaient de nous vendre des produits car chaque nuit des Touaregs s'infiltraient, menaçaient, interdisaient d'approvisionner les Infidèles, assurant qu'ils châtieraient tous ceux qui ne respecteraient pas leurs ordres.

« Ils sont là », dit Agar Tidikelt en montrant le désert dont les vagues de sable s'insinuaient entre les cases d'Iferouane.

Un matin, la chaleur était si forte que la brume a enveloppé le bourg. Elle a gagné toute la journée, s'est encore épaissie le lendemain, et, tout à coup, une rumeur a roulé vers Iferouane comme un lointain tonnerre. Elle s'est rapprochée. On a distingué des cris, des cliquetis d'armes, le martèlement des sabots des chameaux. On ne voyait rien, mais on imaginait les Touaregs en marche, et Lamy a murmuré qu'ils voulaient nous submerger, qu'ils profitaient du brouillard pour attaquer, qu'il fallait ouvrir le feu sans les voir.

Il a crié un ordre. Les salves des tirailleurs et les tirs de nos canons se sont succédé. Dans le fracas, on a entendu des cris aigus, puis la rumeur est retombée et s'est éteinte.

J'ai couru avec Agar Tidikelt à la tête d'une section à laquelle Lamy avait donné l'ordre de nettoyer les alentours.

Nous avons découvert des cadavres d'hommes et de chameaux, des lances éparses, des traînées de sang.

Je me suis arrêté.

J'étais las d'être contraint de tuer pour conquérir de la terre alors qu'il fallait faire la conquête des âmes.

Car, si l'on tuait, comment y parvenir ?

Mais comment ne pas tuer si l'on voulait conquérir ?

39

Nous nous sommes remis en marche vers le sud.

« C'est le chemin des morts », avait murmuré Agar Tidikelt.

Assis dans la case qu'occupaient Foureau et Lamy, il avait essayé de les convaincre qu'il fallait encore passer quelques semaines à Iferouane. Il s'était penché et avait tracé dans le sable un sillon sinueux. Il avait dit que, pour atteindre Agadès et, au-delà, les terres humides entourant le lac Tchad, il nous faudrait franchir des massifs de pierres tranchantes. Le désert, en cette saison, était en feu. Les points d'eau étaient rares, peut-être à sec. Les Touaregs de l'aménokal de l'Aïr surgiraient de cette fournaise et nous égorgeraient au moment où nous tituberions d'épuisement et de soif. Les quelques chameaux qui nous restaient mourraient avant nous, car les bêtes préfèrent se coucher plutôt que de continuer à souffrir. C'est la folie de l'homme que de vouloir avancer à tout prix.

Lamy s'était levé, puis, de la semelle de sa botte, avait effacé le sillon et aplani le sable.

« Ici, à Iferouane, avait-il dit, on nous étrangle lentement. Chaque jour, les Touaregs serrent un peu plus le nœud. »

Il avait porté la main à son cou comme pour en arracher une cordelette.

« Ailleurs, s'ils essaient de nous égorger, nous nous battrons. Nous pourrons saisir leur poignet, retourner contre eux le poignard. Mais ici, ils nous étouffent. Nous partons dès demain ! »

Lamy a donné l'ordre de détruire tout ce que nous ne pouvions plus porter.

Durant toute la journée, nos tirailleurs ont brisé, brûlé des caisses de verroterie, lacéré des ballots de tissus et même détruit des armes.

Accroupis, les habitants d'Iferouane dodelinaient de la tête et parfois, quand une flamme plus haute dévorait d'un seul coup une pièce d'étoffe, ils geignaient. Ils étaient comme des charognards guettant les derniers soubresauts de leur proie, enragés de ne pouvoir encore se jeter sur elle.

Sitôt la nuit tombée, ils ont commencé à fouiller les cendres en écartant les braises.

J'ai imaginé mon corps ainsi livré aux détrousseurs, aux hyènes et aux Touaregs.

J'ai même eu l'impression, quand nous avons, à l'aube, quitté Iferouane, que cette foule rassemblée, silencieuse, qui nous observait, parmi laquelle les espions des Touaregs devaient être nombreux, était venue assister à notre ensevelissement.

Et que le désert s'ouvrait devant nous comme une immense fosse.

Mais je n'avais pu concevoir ce que serait notre souffrance au long de ce chemin des morts.

Après trois ou quatre jours, nous étions déjà en lambeaux.

Nos uniformes brûlés par le soleil se déchiraient, laissant notre peau à nu. La soif gonflait notre langue et nous étouffions avec cette chair comme étrangère qui envahissait notre bouche.

Les chameaux se sont agenouillés les premiers et aucun cri, aucun coup n'a pu les faire se redresser. Ils ont basculé sur le côté et nous nous sommes éloignés aussi vite que nous avons pu pour tenter de les oublier, ne pas imaginer notre propre sort.

Certains de nos tirailleurs, des Soudanais pourtant, se sont couchés sur le sable, bras en croix, et après les avoir traînés sur quelques mètres, nous les avons laissés pour morts, consumés par ce soleil ardent.

J'ai trébuché plusieurs fois, éprouvant alors la tentation d'enfoncer mon visage dans cette étendue incandescente afin qu'elle me recouvre et que je cesse ainsi, dans un grand flamboiement, de souffrir.

Agar Tidikelt est venu à moi, mais, avant même qu'il ne m'ait touché, je m'étais redressé.

J'ai découvert, dans ce désert entre Iferouane et Agadès, que ce qu'Agar Tidikelt avait appelé la « folie de l'homme », qui lui faisait continuer de marcher coûte que coûte, malgré la souffrance éprouvée, était fait de volonté, de dignité, de foi et d'ambition.

Nous voulions – chaque nuit, alors que nous grelottions dans l'obscurité glacée, Foureau et Lamy nous le répétaient – atteindre le lac Tchad, rencontrer la colonne venue du Sénégal et celle qui remontait du Congo.

« Nous le devons à la France ! » martelait Lamy.

Et, parce que je le pensais aussi, je me redressais, remis debout par ma seule pensée, alors que tout mon corps n'aspirait qu'à s'étendre comme font les bêtes quand elles choisissent de mourir.

Et puis nous avons dû combattre.

Tout à coup, dans la blancheur caillouteuse, nous avons vu déferler une multitude d'hommes en noir et en bleu, excitant leurs dromadaires par des cris aigus, jetant leurs lances, faisant tournoyer sabres et poignards.

Nous avons ouvert un feu de salve et la vague hurlante s'est arrêtée, des chameaux se sont abattus, des hommes sont tombés et les autres ont reflué, disparaissant entre les pierres, laissant çà et là des lambeaux de tissu ou de chair, des traces sanglantes.

Nous avons eu la force de nous mettre en rangs, de faire battre le tambour et sonner le clairon.

Nous sommes ainsi entrés, après deux mois de marche, dans le village d'Aoudéras. C'était le 14 juillet 1899.

La population noire de ces quelques dizaines de cases nous a regardés comme si nous étions des dieux surgissant, fanfare en tête, à demi nus dans nos uniformes déchirés, du désert incendié.

Nous étions fiers. Nous avions souffert comme seuls peuvent souffrir et endurer des hommes.

Le sultan d'Agadès, Mohammed Bakery, reconnaissant notre exploit et notre force, nous fit parvenir un troupeau d'ânes, de bœufs et de moutons pour nous permettre de poursuivre notre route jusqu'à sa ville.

« Il te flatte, il t'aide parce qu'il te craint, a expliqué Agar Tidikelt à Lamy. Puisque tu es venu jusque-là, il sait que tu peux conquérir Agadès. Donc, il se présente en allié. Il te donne de la viande et du lait. Mais, demain, si tu lui présentes ton dos, il te poignardera.

— Je prends la viande et le lait », a répondu Lamy.

Et nous avons arraché des lamelles de viande grasse et parfumée aux moutons rôtis.

Puis, après quelques jours de repos dans ce village d'Aoudéras, nous sommes repartis vers Agadès.

Voici donc cette ville, amoncellement de cubes noirs, de cases en boue séchée dont les murs absorbent la chaleur du jour, comme fait de l'eau une éponge, et la rejette la nuit, si bien qu'une fois allongé entre ces murs, on a l'impression d'être couché dans un four suintant où les rats, les cancrelats, les chauves-souris viennent se glisser. Parfois, une hyène entre aussi dans la case et commence à mordiller les chaussures, les vêtements ; c'est son odeur qui réveille.

C'était donc cela, Agadès ?

« Ce qu'il en reste », a dit Agar Tidikelt.

Il a connu une ville florissante, peuplée de dizaines de milliers d'habitants, lieu de rencontre des caravanes, grand marché aux esclaves. Sur les places, les acheteurs libyens marchandaient les jeunes filles Toucouleurs ou Mossis, les grandes plaques de sel.

Agadès ne compte plus que quelques milliers de Noirs et de Maures, des Touaregs aussi. Les marchands libyens sont les seuls à avoir sauvegardé leur quartier : les ruelles, propres, y sont bordées de maisons hautes. Partout ailleurs, ce ne sont que cases endommagées, tas d'immondices, mares d'eau boueuse.

Sur les terrasses, la foule se presse et nous observe.

Mais le sultan Mohammed Bakery se dérobe tout en nous offrant un guide pour nous conduire vers le lac Tchad.

Agar Tidikelt nous met en garde une nouvelle fois. Selon lui, il faut se méfier de ce guide qui peut nous perdre dans le désert, nous mettre à la merci des Touaregs qui rôdent et dont certains s'approchent de nos cases, réclamant qu'on les vaccine contre la variole.

J'observe ces hommes dont on ne voit d'abord que le regard fiévreux, puis qui exhibent leurs bras maigres, inclinent un peu la tête pour nous remercier, mais sans nous quitter des yeux. Je devine qu'ils nous tueraient sans hésiter si l'occasion s'en présentait.

Et cependant nous repartons.

La chaleur est encore plus intense, même si la végétation change, si des épineux apparaissent, puis, ici et là, des touffes d'herbe.

Le vent se lève, le sable fouette les visages, flagelle, pénètre la peau, crisse sous les dents. Le soleil est voilé par la tempête de sable, mais il paraît s'être multiplié en chaque grain. Les hommes tombent. On lèche les herbes coupantes.

Agar Tidikelt ne reconnaît pas ce paysage. Nous ne marchons plus vers le sud, affirme-t-il. Le guide nous trompe, il nous entraîne vers le bout du chemin des morts...

On se saisit du guide.

Tidikelt l'interroge, le pique de la pointe de son poignard. L'homme avoue qu'il a reçu mission de nous perdre dans la fournaise.

Je regarde son visage que déforme la peur. Ses yeux s'affolent. Il sait qu'on va l'exécuter.

Je ne vois plus en lui un ennemi, un traître dont le but était de nous conduire à la mort, mais un homme sans défense auquel nous allons retrancher la vie comme si nous étions des dieux – comme si nous étions Dieu.

Je ferme les yeux.

Je ne tiens pas à assister à cette exécution. Je veux prier. Je demande pardon pour cet acte. Quand la salve du peloton éclate, j'ai l'impression que ma tête explose, que tout le reste de ma vie ne suffira pas à racheter cette mort.

Il me semble qu'un abîme s'ouvre dans ma mémoire et que je vois en son fond toutes mes actions passées, conduites sans souci de la charité et de la compassion.

À cet instant, dans ce désert où j'entends les tirailleurs creuser la fosse pour l'homme exécuté, je mesure que c'est de toute ma vie que j'ai à demander pardon à Dieu.

Je m'agenouille, me signe et prie.

Nous sommes revenus sur nos pas et sommes rentrés dans Agadès.

Nous avons lu dans les yeux des habitants du sultan Bakery la surprise, l'incrédulité puis la peur.

Nous avions déjoué leur piège et survécu à la fournaise.

Nous étions donc des victorieux. Les Blancs étaient bien les égaux des dieux.

Les Noirs qui s'étaient mis à leur service disposaient de leur protection et d'un peu de leur puissance.

La foule s'est rassemblée autour de l'enclos que nous avions fortifié lors de notre premier séjour.

Peu à peu, nous avons vu s'avancer des femmes portant autour de leur cou, de leurs poignets ou de leurs chevilles les anneaux de la servitude.

Elles repoussaient avec vigueur, en riant, leurs maîtres, souvent des vieux, qui tentaient de les retenir. Elles se dégageaient en dansant, en se déhanchant, les mains sur la taille, les seins fermes. Elles s'approchaient de nos tirailleurs sénégalais ou soudanais. Elles se frottaient à eux, puis virevoltaient, s'accroupissaient à leurs pieds, saisissant leurs jambes, se serrant contre elles, faisant ainsi acte de soumission.

Elles cessaient d'être esclaves, vendues à un maître qu'elles n'avaient pas choisi ; chacune se donnait à un homme et devenait, par cette libre décision, l'une de ses épouses.

Les anciens maîtres menaçaient, nous maudissaient, protestaient. Entourés de femmes et d'enfants, nos tirailleurs paradaient dans leurs uniformes déchirés, leurs chéchias rouges enfoncées jusqu'aux sourcils comme le symbole de leur pouvoir.

Le sultan d'Agadès a dû se soumettre à nos exigences et cesser de ruser.

Il nous a approvisionnés, fourni des guides sûrs. Il a prêté serment d'allégeance à la France et s'est incliné quand les tirailleurs ont présenté les armes, tandis qu'Agar Tidikelt hissait notre drapeau.

Nous avons pu ainsi quitter les lieux pour la ville de Zinder, proche du lac Tchad, où, selon des messagers parvenus à Agadès, se trouvaient déjà des Français en provenance du Sénégal.

Nous allions retrouver Berson et les capitaines Voulet et Chanoine.

J'avais hâte de revoir N'Goré Dior.

Nous avons avancé dans un paysage qui s'adoucissait, où le sable se couvrait peu à peu d'herbes dans lesquelles nichaient des oiseaux qui, à notre approche, s'envolaient, semblant nous inviter à les suivre vers le sud.

Je marchais en queue de notre colonne qui ressemblait à présent davantage à une foule qu'à un détachement militaire.

Les femmes et les enfants qui s'étaient libérés de l'esclavage escortaient les tirailleurs. C'était une troupe joyeuse et bruyante qui s'animait d'autant plus que l'air se chargeait d'humidité, cessait d'être hérissé des brûlantes épines du désert.

Nous entrions dans un pays où le sol n'était plus caillouteux, mais meuble, parfois gorgé d'eau.

Nous avions encore soif, sous ce soleil plus gris que blanc, mais notre bouche, notre corps n'étaient plus brûlés, desséchés, mais, au contraire, humides et moites.

La nature devenait lascive, comme ces femmes dont les danses et les chants accompagnaient la marche de la colonne.

Nous sommes arrivés devant Zinder entourés par cette foule remuante.

J'ai vu s'avancer vers nous, sortant de la ville, un tirailleur de haute taille. Sur les manches de sa veste brillaient des galons d'or.

J'ai reconnu aussitôt N'Goré Dior.

Il s'est arrêté à un pas devant moi, semblant ne pas voir Foureau et Lamy qui commandaient notre colonne.

Il m'a longuement regardé, puis il a enfin tourné la tête vers eux et a dit d'une voix sourde :

« Les capitaines sont morts. »

Il m'a de nouveau regardé.

« Voulet, Chanoine, Berson », a-t-il précisé.

Puis, d'une voix plus forte :

« Ils voulaient faire leur royaume contre la France. Ils ont ordonné aux tirailleurs d'ouvrir le feu sur le colonel Klobb qui devait prendre le commandement de notre colonne. Le colonel a été tué. Après ça, les tirailleurs ont abattu les capitaines. »

Puis ils avaient marché jusqu'à Zinder.

Il a reculé d'un pas.

« Je dirai tout », a-t-il lancé d'une voix si forte qu'elle a dominé les chants des femmes, devenus plus aigus.

40

« Tuer, pour certains, c'est comme boire de l'eau-de-vie. »

Ainsi N'Goré Dior a-t-il commencé son récit.

Je l'ai écouté, assis aux côtés de Foureau et de Lamy, au centre de la plus grande des cases de Zinder.

N'Goré Dior a choisi de rester debout dans l'immobilité presque parfaite d'un garde-à-vous. Mais, parfois, il s'inclinait légèrement, à droite ou à gauche, et sa voix faiblissait, puis s'interrompait comme s'il avait voulu profiter de ce mouvement quasi imperceptible pour reprendre son souffle.

On entendait alors les cris stridents des oiseaux.

N'Goré Dior tournait la tête vers l'entrée de la case, cet étroit rectangle de lumière. L'on apercevait, traversant ce bout de ciel, un vol d'outardes qui se dirigeait sans doute vers les rives du lac Tchad.

N'Goré Dior ne se remettait à parler – plus lentement, d'ailleurs, comme à regret – que lorsque cette diagonale vivante s'était effacée.

« Celui qui a le plus tué, c'est le capitaine Voulet, a-t-il dit, mais Berson et Chanoine ont massacré aussi avec la chicotte, en frappant à coups de ceinturon ou bien en assenant des coups de botte dans la tête et le ventre des porteurs tombés à terre. Nous marchions de l'aube à la nuit à travers le Sahel, là où il n'y a que du sable et des buissons d'épines, quand la chaleur est si forte que la peau est comme recouverte de sel. Nous marchions cinquante kilomètres sans trouver un seul point d'eau. Le capitaine Chanoine voulait arriver ici, au bord du lac Tchad, avant tous les autres. Son père général était ministre français de la Guerre. Il fallait qu'il soit fier de son fils. Maintenant, il doit plutôt cacher sa honte… »

Berson, Voulet, Chanoine, je les ai imaginés avançant à la tête d'une colonne de plus de deux mille personnes, tirailleurs sénégalais et soudanais accompagnés de leurs femmes, de porteurs qu'on avait arrachés à leurs villages en les traînant de force, en les battant, en tuant ceux qui résistaient. Les tirailleurs volaient dans les cases, violaient, poussant les femmes comme un bétail de prise, et la colonne s'élargissait, s'étirait, et pour qu'elle avance il fallait que ceux qui portaient des armes deviennent des complices, qu'on les autorise, qu'on les incite même à se conduire en prédateurs, à rafler tout ce qu'ils convoitaient dans les villages traversés, les corps et les choses.

Les villages alertés par les survivants en fuite se vidaient, leurs habitants se dispersaient dans la brousse. Certains défendaient leurs biens, leurs femmes, leurs troupeaux, leurs puits. Berson faisait mettre en batterie les canons et les murs d'enceinte étaient défoncés dès la première salve.

Malheur à ceux qui avaient voulu résister !

Voulet lançait à Berson qu'il fallait appliquer la vieille et efficace technique des Mongols : tuer pour ne laisser derrière soi aucun homme capable de relever la tête et de se battre. « La terreur doit être l'instrument de notre loi », énonçait-il.

« Le chef du village de Berni N'Konni avait refusé de donner les bœufs qu'on lui demandait, a repris N'Goré Dior. Il avait proposé de livrer en échange mille noix de cola, persuadé que les fortifications empêcheraient cette cohue de pénétrer dans son village. Il ignorait la puissance des Blancs, la folie de tuer qu'ils avaient éveillée chez les Soudanais, les Mossis et jusque chez les Sénégalais.

« Quand la brèche a été ouverte dans le mur par les obus, les capitaines ont dit : "Ne laissez rien derrière vous."

N'Goré Dior s'est tu, se balançant d'un pied sur l'autre, les yeux clos. Puis il s'est figé :

« Je me suis éloigné avec quelques tirailleurs qui refusaient de boire l'eau-de-vie de la mort. Quand nous sommes revenus, nous avons vu deux fillettes pendues à des arbres, puis, dans la fumée des cases incendiées, des corps mutilés amoncelés les uns sur les autres. Nous n'avons rencontré aucun survivant. Ç'avait été un village de plusieurs milliers d'habitants, peut-être quinze mille. Nous avons creusé durant plusieurs jours de grandes fosses. Mais, la nuit venue, les hyènes déterraient les cadavres. »

N'Goré Dior a baissé la tête.

« Ceux que l'ivresse de la mort n'avaient pas rendu fous n'y pouvaient rien. »

Il nous a toisés l'un après l'autre.

« C'étaient trois officiers, trois Blancs. Ils commandaient. Nous n'étions que des soldats nègres. Berson a tué d'un coup de crosse un tirailleur qui refusait de lui obéir. La plupart des autres aimaient cette ivresse de donner la mort. Quand un village était conquis, ils apportaient des paniers remplis de mains coupées qu'ils posaient devant les capitaines comme ils avaient fait autrefois dans leurs tribus, quand ils voulaient montrer à leurs chefs qu'ils avaient exterminé tous les guerriers ennemis. »

Il s'est interrompu et, d'un geste, Lamy l'a invité à s'asseoir en face de nous. Il a de nouveau refusé, reprenant son récit, disant qu'un seul Blanc, le lieutenant Péteau, avait contesté les ordres des capitaines. Chanoine l'avait chassé. Mais quand N'Goré Dior avait voulu quitter la colonne en même temps que le lieutenant, celui-ci le lui avait interdit.

« Seul un Blanc peut désobéir à un Blanc », a ajouté N'Goré Dior dont le ton, les rides autour de la bouche révélaient l'amertume.

Il y avait donc eu d'autres villages saccagés, d'autres populations exterminées. Mais plus personne ne se souciait de protéger les cadavres de l'avidité nocturne des hyènes.

« Ils ont massacré à Sansanné-Haoussa. Ils ont contraint les porteurs à marcher jusqu'au moment où, crevant de soif et d'épuisement, ils s'agenouillaient et où plus personne ne pouvait les faire se redresser. Certains jours, plusieurs dizaines sont morts ainsi. »

Le visage de N'Goré Dior,

La bouche serrée, lèvre inférieure avancée, exprimait mépris et dégoût.

« Mais les capitaines désiraient qu'on arrive ici au plus vite, avant les autres colonnes. Et quand, à Dankori, un tirailleur leur a apporté le message d'un colonel leur ordonnant de s'arrêter, leur disant qu'ils étaient relevés de leur commandement et que lui, colonel, était désormais le chef de la colonne, ils sont tous trois devenus furieux. Ils criaient. Ils gesticulaient. On allait les priver de leur exploit ! Et qui ça ? Ce colonel Klobb, un incapable qu'ils connaissaient, qui avait espéré diriger cette expédition, mais que l'État-major avait écarté à leur profit. Après avoir sans nul doute intrigué, il prétendait, alors que le plus difficile avait été accompli, les écarter, eux, les capitaines, qui avaient traversé le Sahel pour parvenir jusqu'à Dankari, à quelques jours de marche des rives du lac Tchad. Ils n'obéiraient pas ! »

N'Goré Dior s'est tourné vers l'entrée de la case tout en continuant à parler comme s'il avait voulu recouvrer ses souvenirs en les lisant dans le ciel.

« Ils avaient la folie dans les yeux et la bouche. Ils disaient qu'ils voulaient se tailler un royaume au cœur de l'Afrique et que tous ceux qui les suivraient en tireraient avantage. Ils seraient les nouveaux empereurs. Personne n'oserait venir les chasser de leurs terres. Ils régneraient à la façon des souverains antiques, Blancs ou Noirs, imposant obéissance à leurs sujets, partageant le butin comme dans les tribus franques. Un jour, la France reconnaîtrait leur pouvoir. Ils seraient ses alliés. La France estimerait ainsi qu'ils l'avaient bien servie… Quand le colonel Klobb est arrivé à Dankori, Voulet lui a crié que, s'il faisait un pas de plus, il donnerait l'ordre à ses tirailleurs d'ouvrir le feu. »

N'Goré Dior nous a fait à nouveau face.

« Je me suis tenu loin des hommes qui entouraient Voulet. Ils n'étaient plus mes frères. Ils n'étaient plus des tirailleurs. Voulet n'était plus un officier. Il n'y avait plus ni Noirs ni Blancs, seulement des hommes rendus fous par l'eau-de-vie de la mort. Les tirailleurs ont obéi à Voulet. Et Klobb a été tué. Un lieutenant, Meynier, qui était à ses côtés, a été blessé. Nous l'avons sauvé, protégé, et, avec les quelques tirailleurs restés loyaux, nous nous sommes enfuis. »

N'Goré Dior a salué, puis rompu le garde-à-vous et croisé les bras.

« Après, a-t-il ajouté, les tirailleurs qui accompagnaient les capitaines les ont tués. »

Il a fait quelques pas à l'intérieur de la case et ajouté :

« Les tirailleurs savaient que ces officiers-là étaient des cannibales, des marchands d'esclaves, et que les chefs blancs ne les laisseraient pas régner sur le moindre morceau d'Afrique. Ils les ont donc tués tous les trois. Ils ont enterré les corps, côte à côte, dans le village de Mayjirgui. C'est ce qu'ils ont dit quand certains nous ont rejoints. Mais la plupart avaient regagné leurs villages avec leur butin que portaient les femmes qu'ils avaient volées.

N'Goré Dior est revenu vers nous, il s'est remis au garde-à-vous et a lâché :

« J'ai tout dit. »

Puis il a salué derechef et a quitté la case.

41

Je ne peux oublier les charniers.

Les chemins qui conduisent au lac Tchad depuis l'ouest, le nord et le sud en sont jalonnés.

Assis devant ma case, N'Goré Dior me retient quand je passe près de lui. Il saisit ma manche, m'oblige à me pencher. Il murmure :

« À Berni N'Konni, il nous a fallu plusieurs jours pour enfouir les morts – peut-être quinze mille – dans les fosses. Mais elles étaient trop peu profondes. Il faisait chaud, les tirailleurs ne voulaient pas creuser, pousser les corps déjà putréfiés, les recouvrir. Nous les avons cachés plutôt qu'enterrés. À peine nous éloignions-nous que les hyènes s'approchaient et il leur suffisait de quelques coups de pattes et de gueule pour faire réapparaître les cadavres. »

Il ne lâchait pas ma manche.

« À Sansanné-Haoussa, nous n'avons même plus essayé de les ensevelir. Nous avons vécu parmi eux. Les carcasses des bœufs pourrissent plus vite que celles des humains. Elles grouillent de vers, se déchirent comme si, dans les abdomens, un monstre se débattait, cherchait à échapper à ces prisons. Les corps s'ouvrent et l'air autour d'eux devient irrespirable. Nous nous dépêchions de fuir cette puanteur et étions ainsi poussés vers d'autres villages. Et tout le monde devenait fou. Je craignais, chaque fois que Berson me voyait, qu'il ne se souvienne que j'avais été à vos côtés, à Khodor, quand nous marchions déjà vers le Niger. Oui, je craignais pour ma vie, car ni lui ni Voulet ni Chanoine ne désiraient laisser derrière eux de témoins vivants. « Détruisez tout, tuez-les tous ! » répétaient-ils.

N'Goré Dior me tirait davantage vers lui.

« Peut-être a-t-on agi de même avec eux, les a-t-on tués pour ne pas avoir à les juger, à leur faire avouer ce qu'ils avaient accompli ? Peut-être aussi ne les a-t-on pas tués et sont-ils en fuite ? Il faudrait aller à Mayjirgui, rouvrir leurs tombes, vérifier si leurs cadavres y reposent, ou bien si elles sont vides. »

N'Goré Dior ajoutait que, s'il craignait tant qu'on lui tirât dessus, c'était parce qu'il avait vu les morts de Berni N'Konni, ceux de Sansanné-Haoussa, et qu'il avait entendu Voulet ordonner d'ouvrir le feu sur le colonel Klobb.

« On me préférerait mort », murmurait-il.

Il ajoutait que quelques-uns des tirailleurs qui avaient fui la colonne avec lui avaient disparu ou bien avaient été abattus parce qu'ils avaient assisté aux massacres.

« Je vous parle, capitaine Faurel, pour que vous vous souveniez. »

Je me souviens. Mais ma mémoire ajoute aux morts des chemins de l'ouest ceux que j'ai vus sur les chemins du nord, ceux de Tadjemout, d'Iferouane et de la piste d'Agadès.

Et il y a encore tous ceux des chemins du sud.

D'abord les quarante-sept squelettes qu'ont découverts les tirailleurs du commissaire Gentil à Togbao.

Là étaient tombés le lieutenant de vaisseau Bertonnet et ses soldats noirs, résistant à l'assaut de milliers de guerriers de Rabah, le sultan qui régnait sur les bords du lac Tchad de Dikoa à Kousseri, de Fort-Archambault à Togbao, sur ces pays du Bornou, du Baguirmi, du Kanem qui, de l'ouest au midi et à l'est, entourent les grandes étendues lacustres qu'alimentent les fleuves venus du sud, le Logone et le Chari.

Là se tenaient les troupes du sultan Rabah, armées de canons, de fusils à répétition ; d'autres milliers de guerriers utilisaient la sagaie et le coupe-coupe. Ils avaient submergé les quelques dizaines d'hommes qui avaient résisté aux côtés de Bertonnet. L'un d'eux, mon compagnon du Congo, le lieutenant Samba Batéké, avait réussi à s'enfuir, bien que blessé. Il avait rejoint la colonne du commissaire du gouvernement, Gentil. Et, utilisant presque les mêmes mots que N'Goré Dior, il avait dit :

« Tous sont morts. »

Descendant le cours du Chari, puis celui du Logone, à bord d'une frêle canonnière, Gentil avait en effet découvert les quarante-sept squelettes de Bertonnet et de ses soldats noirs.

Ceux-là, on les avait enfouis profondément pour que les hyènes ne pussent disperser leurs ossements.

Puis le commissaire Gentil avait donné l'ordre à ses hommes – ceux qui étaient embarqués sur la canonnière, ceux qui longeaient les rives du fleuve Logone – de continuer d'avancer vers le lac Tchad pour nous rencontrer afin que nous en finissions ensemble avec le sultan Rabah, son pouvoir, son armée, ses places fortes.

Ainsi j'ai d'abord vu flotter à Koussouri les drapeaux de nos trois colonnes : celle venue de l'est, avec le lieutenant Meynier qui avait survécu à la salve commandée par Voulet ; la nôtre, que dirigeaient toujours Lamy et Foureau ; celle du sud, sous les ordres du commissaire Gentil.

Nous nous sommes serrés les uns contre les autres. Nous avons senti nos corps amaigris et avons détourné la tête pour ne pas voir nos larmes.

Lamy s'est écrié :

« La France a réuni aujourd'hui, en ce lieu, les parties séparées jusqu'à ce jour de son Empire africain ! »

Les tirailleurs présentèrent les armes. Et Gentil nous a appris qu'il avait reçu à Fort-Archambault des nouvelles de Paris. Les troupes noires avaient participé au défilé militaire du 14 Juillet, à Longchamp ; les spahis en burnous rouge et blanc, les tirailleurs sénégalais avec leurs chéchias rouges et leurs uniformes aux galons brodés avaient été acclamés.

J'ai dit :

« Ce jour-là, ce même 14 Juillet, Voulet a donné l'ordre de tirer sur le colonel Klobb. Et ses tirailleurs ont obéi. »

Il y a eu un moment de silence.

« Ils sont ce que nous sommes », ai-je ajouté.

On ne m'a pas répondu.

J'ai marché dans Koussouri.

Les cases tombaient en ruines. Les places et les rues – mots trompeurs pour décrire ce qui n'étaient que des sillons entre des gourbis, des espaces défoncés remplis par des mares croupissantes – étaient encombrées d'immondices.

Non loin de Koussouri, dans les roseaux des bords du lac Tchad ou des rives du Logone, les cadavres des guerriers de Rabah tombés lors des affrontements avec les tirailleurs gisaient, putréfiés, et quand je m'approchais, les vautours s'envolaient, battant lentement l'air de leurs larges ailes noires.

C'est ainsi, en m'éloignant de quelques kilomètres de Koussouri, que j'ai découvert le camp de Rabah. C'était un tertre carré fortifié – un *diassa* – constitué de troncs d'arbres renforcés par un bourrelet de terre.

J'ai entendu le son sourd et rythmé du tam-tam, le martèlement des talons de milliers de guerriers frappant le sol. Et quand je suis revenu avec nos tirailleurs guidés par Lamy et Gentil, nous avons été accueillis par des salves de fusils à répétition et les tirs de trois canons.

Il a fallu charger sous leur feu à la baïonnette.

Nous avons dû reculer sous les remparts.

Les guerriers de Rabah sont alors sortis en hurlant de leur *diassa*, et nous les avons massacrés par les feux ininterrompus de nos fusils et de nos canons.

Ils se sont affolés, ont essayé de regagner le couvert de leurs fortifications. Trop tard : ils n'étaient plus qu'une masse hurlante qui tentait de franchir des portes trop étroites. Nos obus à mitraille ont crevé ces corps, nos baïonnettes les ont cloués contre les troncs.

Nous pénétrons dans le camp de Rabah. C'est un charnier. Les chameaux et les bœufs, les enfants et les femmes, les guerriers sont couchés les uns sur les autres, leur sang ne forme plus qu'un bourbier dans lequel nous pataugeons.

Et, tout à coup, un cri recouvert par une décharge tirée de derrière une palissade. Le commandant Lamy, qui chevauchait près de moi, tombe. D'autres officiers de son état-major sont frappés. Je suis éclaboussé par leur sang.

Je crie.

Nous courons à quelques-uns pour contourner la palissade, prendre à revers ce dernier groupe de combattants qui vient de blesser mortellement Lamy.

Pas de pitié.

On les embroche à la baïonnette. On les égorge au coupe-coupe.

On ajoute ces corps à cet étal de boucherie qu'est devenu le camp de Rabah.

Un déserteur de l'armée de Rabah enrôlé parmi nous apporte au bout d'un pieu la tête du sultan, qu'il vient de trancher.

Il la dépose aux pieds de Gentil. Samba Batéké s'approche, reconnaît celui dont il fut quelques heures le prisonnier.

Nous sommes donc victorieux. Le sultan est mort. Autour de nous, les survivants de son armée se soumettent et nous acclament. La population de Koussouri danse et pousse des cris de joie.

Nous sommes bien les nouveaux maîtres.

Mais Lamy est mort. On bâtira autour de sa tombe, décide Gentil, un fort qui portera son nom.

Sa vie est devenue une chose.

Le camp de Rabah est un nouveau charnier sur lequel s'abattent les vautours, cependant qu'une odeur fade et pénétrante monte du sang coagulé qui a déjà pris une teinte brune.

La nausée me ploie. Je me courbe et vomis.

Je tombe à genoux.

Je prie.

42

Un soir, peu après mon retour à Paris, j'ai eu la certitude que je devais changer de vie.

J'avais été convié par mon frère au premier dîner qu'il donnait dans son nouvel appartement de l'avenue de l'Observatoire. Il m'avait demandé d'arriver tôt afin que nous pussions bavarder en tête à tête.

Il m'avait pris aux épaules, serré contre lui, embrassé avec fougue, et j'avais été surpris par ces gestes d'affection inhabituels entre nous depuis des années.

Il avait forci, son plastron blanc serrant son torse, les plis de son cou débordant sur le col cassé.

Il m'avait entraîné dans le dédale des couloirs, vers les chambres de ses enfants.

« Tes neveux, mon cher, avait-il répété. Les nouveaux Faurel, en attendant les tiens ! »

Sa faconde, sa vanité m'avaient gêné.

Alphonse et Pierre étaient des garçons de quatre et deux ans habillés comme des adultes miniatures, auxquels deux grandes nurses blondes parlaient anglais et allemand, passant d'une langue à l'autre sous l'œil ravi de leur père qui m'avait murmuré qu'on ne savait pas encore quelle langue serait, lors de la prochaine guerre, celle de nos alliés – peut-être les deux ? Car, après tout, nous pourrions échanger un morceau de territoire nègre contre l'Alsace et la Lorraine, alors que l'Angleterre était un rapace qui ne lâcherait jamais rien.

« Nous avons plié le genou devant elle ! avait-il poursuivi. Nous avons donné l'ordre à Marchand de quitter Fachoda. Je me demande si ce n'est pas pire que Sedan. En tout cas, dans la même ligne… »

Cependant que Louis pérorait, les enfants étaient restés dans une sorte de garde-à-vous. L'un et l'autre arboraient déjà le visage, qui m'avait toujours semblé impassible, des Asiatiques.

« L'air à la mode qu'on chante dans les rues, avait repris Louis, révèle bien ce qu'est le sentiment patriotique parmi le peuple… »

Il avait fredonné :

Sonnez, clairons ! Sonnez, clairons !
Je veux chanter
Les preux qui, le cœur bardé d'espérance,
Traversèrent l'Afrique et s'en furent planter,
Sur les rives du Nil, l'étendard de la France…

À cet instant, Do Hing Chan était apparue et le visage de mon frère, déjà réjoui, s'était épanoui. Il n'était plus qu'un sourire béat. Il est vrai qu'avec ses cheveux de jais relevés en chignon, ses traits fins, ses épaules nues à peine voilées par de la dentelle, et son bustier noir et blanc sur de longs pantalons de soie, l'épouse de Louis était d'une élégance et d'une distinction singulières.

Do Hing Chan avait commencé à pépier, tournoyant autour des enfants, houspillant les nurses, me harcelant de questions, de recommandations.

À l'entendre, j'avais maigri. Il fallait que je cesse de courir l'Afrique, ce continent de sauvages.

Elle s'interrompait, me souriait, la tête penchée sur l'épaule : j'avais cinquante ans, murmurait-elle, il fallait que je me soucie de ma descendance. Alphonse et Pierre espéraient avoir un jour prochain des cousins germains. Je devais donc trouver une épouse.

« Geneviève de Lancel est toujours seule et, à chaque fois que je la rencontre, elle m'interroge à votre sujet. Charles, Charles ! Vous intéressez les femmes, elles ne vous oublient pas. Ma cousine Têt Quang – vous vous souvenez ? – me demande elle aussi de vos nouvelles. »

J'ai été soulagé quand, me prenant le bras, Louis m'avait reconduit au salon.

C'était une pièce qui ressemblait à une vigie. Hexagonale et vitrée, elle dominait comme une tour l'immeuble d'angle, surplombant ainsi le jardin du Luxembourg, si bien que j'ai eu l'impression, en y pénétrant, d'être sur un navire qui fendait de sa proue cette vaste mer végétale déjà plongée dans la pénombre.

Au-delà du jardin, les lumières dessinaient le tracé des rues et conduisaient jusqu'à cette tour Eiffel que je découvrais pour la première fois.

C'était un contraste fascinant que cette zone vide et obscure, au pied de l'immeuble, et les guirlandes de points lumineux qui scintillaient sur l'autre rive du jardin.

J'ai eu l'impression que cette répartition représentait ma vie : j'avais été – j'étais encore – dans la nuit ; je devais aller vers la clarté.

J'ai su que le moment était venu.

Je me suis souvenu d'un propos du père Dominique Orabona, qui m'avait conseillé de lire *La Divine Comédie* :

« Dante Alighieri, m'avait-il dit, est le fils spirituel de saint Augustin. Comme méditerranéen, je suis de leur famille. Mais vous aussi, Charles, un jour vous éprouverez le besoin de faire de votre vie autre chose qu'une suite d'actes quelconques. Cela viendra quand vous aurez la nausée de ce que vous vivez. Ce sera alors le moment. Dante dit : *In mezzo del camin di nostra vita, mi ritrovai in una selva oscura* – « Dans le mitan de ma vie je me retrouvai dans une forêt obscure. » Alors vous changerez ! »

C'était cet instant, j'en étais sûr.

Ma vie m'apparaissait comme une défroque imprégnée des remugles de la violence et de la jouissance, de la guerre et de la mort. Je devais arracher de ma peau cette tunique puante.

Mon frère, puis Lucien de Chalvon, les députés Eugène Étienne et Guillaume Villeret, puis Geneviève de Lancel et Hadrien de Boisrambert, quelques autres encore ont caqueté autour de moi, au salon, puis durant tout le dîner, et au salon de nouveau dans la fumée des cigares et la chaleur des alcools.

Au début, ils m'ont questionné. Cette malheureuse histoire survenue à Berson, Voulet, Chanoine – un incident mineur, n'est-ce pas ? Et cependant, la presse anticolonialiste, autant dire antifrançaise, s'en était emparée. Un écrivain fou comme Léon Bloy avait osé évoquer l'« indicible turpitude des mœurs coloniales ». Il avait présenté les Blancs comme des « équarrisseurs d'indigènes », uniquement soucieux de s'emparer des biens et des femmes de ces malheureux. D'autres décrivaient nos soldats comme des fous se livrant au massacre, à l'incendie, au viol et au pillage. « Une caricature ignominieuse, n'est-ce pas ? »

« Vous connaissez l'Afrique mieux que nous tous, mon cher Faurel, disait Hadrien de Boisrambert. Vous avez été le compagnon de Brazza. Vous devriez écrire pour *L'Illustration* un grand témoignage, précisément une défense et illustration de notre politique coloniale. Rappeler le mot de Brazza : "Partout où flotte notre drapeau, les esclaves recouvrent leur liberté !" »

Aucun de ceux qui m'interrogeaient ne m'avait laissé le temps de répondre.

J'avais lancé un regard à Lucien de Chalvon et à mon frère, les « coloniaux » de ce dîner, mais ils avaient détourné les yeux, me laissant seul, contraint d'écouter la leçon d'Eugène Étienne :

« La colonisation, nous le savons, si elle n'a pas pour but et pour résultat d'élever en dignité, en moralité et en bien-être les peuples qu'elle pénètre, est une œuvre grossière et brutale, indigne d'une grande nation. C'est bien dans cet esprit que nous agissons, n'est-ce pas, Faurel ? »

Je baissais la tête, non en signe d'approbation, mais d'accablement.

Je me sentais étranger aux uns et aux autres : à ceux qui oubliaient, pour nous accuser de barbarie, qu'autour de nous, quand nous avancions en forêt, des anthropophages dépeçaient leurs victimes, s'en repaissaient, enfouissaient vives, dans le tombeau des chefs, parfois plusieurs dizaines de femmes en guise d'hommage aux défunts ; mais aussi étranger aux Berson, aux Voulet, aux Chanoine, aux Lebert qui n'étaient pas seulement des hommes emportés par une folie meurtrière, mais des « colonisateurs » qui poussaient aux extrêmes le mépris des indigènes, à leurs yeux des bêtes sauvages, et leur sentiment de supériorité.

J'avais partagé ces sentiments-là.

Ils me donnaient à présent la nausée.

Je croyais en l'humanité de tout homme.

Encore fallait-il que ce joyau divin placé en nous fût dégagé de sa gangue.

Mais qui s'employait à cette tâche ?

Je me suis souvenu du père Marcoux, de sa mission au bord de l'Ogooué, des enfants difformes qu'elle hébergeait.

J'ai pensé au père Dominique Orabona qui vivait désormais retiré dans une oasis saharienne, prêchant et soignant.

En écoutant chez mon frère les phraseurs importants, j'ai eu la certitude que je ne pouvais plus être l'un d'eux ni me contenter des raisons de vivre qu'ils se donnaient.

Mon frère et Guillaume Villeret parlaient commerce, développement des cultures tropicales, richesses recelées par la France africaine et la France asiatique.

En se penchant vers moi, mon frère ajoutait à mi-voix :

« Georges Proux veut développer sa Compagnie française de Commerce et de Navigation. Il recherche des hommes comme toi qui ont montré leur courage et leur valeur, qui connaissent nos colonies. Je lui ai parlé de toi. Il est prêt à te rencontrer. L'ère de la conquête est d'ailleurs achevée, Charles. Les soldats vont devenir des gendarmes. Le temps de la gloire est clos. Tu as été l'acteur et le témoin de sa conclusion sur les bords du lac Tchad. L'armée coloniale va désormais monter la garde. Or tu n'es pas l'homme des guérites et des casernes. En revanche commence l'ère du commerce et de la mise en valeur. Tu dois y occuper ta place : là sera l'aventure ! »

Il disait vrai, mais allais-je devenir le représentant pour le Congo ou le Dahomey, l'Annam ou le Tonkin, de la Compagnie française de Commerce et de Navigation de Georges Proux ? Allais-je vouer ma vie à recruter à coups de chicotte des porteurs, des défricheurs, des bûcherons, pour transporter nos marchandises, exploiter la forêt, ouvrir des routes et des voies ferrées ?

Je ne voulais plus conquérir. Or, comme le disait Eugène Étienne, nous avions désormais un Empire africain et asiatique, nos possessions s'étendaient de Madagascar à Tahiti, de Tunis à Hanoi, de Brazzaville à Alger, de Fort-Lamy à Saigon.

Le député avait baissé la voix :

« Il nous faut toujours penser au Maroc, mais ne jamais en parler ! avait-il poursuivi. Ce sera la dernière pièce du puzzle. Une grosse pièce ! Sans elle, l'Empire restera inachevé. Le sultan du Maroc le sait. L'empereur d'Allemagne et les Anglais aussi. Il faut donc jouer serré. »

J'écoutais. Je partageais ces analyses. Mais j'avais besoin de solitude et de méditation. J'aspirais à une autre vie.

Ce soir-là, j'ai décidé d'écrire au père Dominique Orabona, à son oratoire de Tamanrasset, dans le Hoggar, à la frontière sud du Sahara, dans cette région que j'avais traversée et où nous avions, dans les brumes de chaleur, affronté les « hommes d'entre les dunes ».

Il était là-bas, seul.

Et je me souvenais de la nuit étoilée, aussi vaste et lumineuse que celle que regardaient les Rois mages en marche vers Bethléem.

43

Lettre de Charles Faurel au père Dominique Orabona

Mon cher père,

J'ai besoin de vous écrire, de me confier à vous qui avez choisi la solitude dans ce désert que j'ai traversé de part en part, de Ouargla à Iferouane et Agadès.

Je ne cesse de penser à vous depuis que mon frère et Lucien de Chalvon m'ont appris que vous viviez à Tamanrasset.

Je connais les dunes et le massif du Hoggar qui vous entourent, les Touaregs que vous côtoyez.

Et j'ai grand désir de vous imiter.

Vous m'avez récité il y a longtemps des vers de *La Divine Comédie* que j'avais oubliés et qui aujourd'hui m'obsèdent.

Je suis en effet parvenu à ce que Dante appelle le *mezzo del camin di nostra vita* et je veux quitter la *selva oscura* qu'a été ma vie jusqu'à aujourd'hui.

Je viens de demander à être placé en situation de réserve active, ce qui signifie que je ne suis plus astreint à la discipline militaire, tout en restant lié à ce corps auquel j'ai voué ma vie.

Car je ne regrette rien de ce que j'ai fait depuis trente ans que je sers mon pays.

J'ai participé, vous le savez, à la conquête de territoires qui font la France plus grande et qui lui ont évité de se morfondre dans le souvenir de la défaite et de l'amputation de deux de ses provinces.

Elle est restée fière parce qu'elle a contribué à ce mouvement général qui portait toute la civilisation chrétienne à s'étendre.

Notre civilisation est-elle pour autant supérieure ?

Cette question – que je ne me posais pas quand, à vingt ans, je découvris la Kabylie, puis les grands fleuves africains – me hante désormais.

Nous avons des fusils à répétition, des canonnières et des locomotives. J'ai employé ces armes, j'ai vu construire au Sénégal le chemin de fer. J'ai descendu le Niger sur ces navires d'acier qui étonnent et même terrorisent les hommes et les femmes d'Afrique.

J'ai découvert aussi la sauvagerie de ces tribus.

J'ai marché parmi les restes de corps dépecés par les anthropophages.

J'ai appris ce que sont les mœurs cruelles de ces peuples qui livrent en sacrifice des jeunes vierges aux crocodiles du Niger ou enterrent vivantes des épouses dans les tombes des chefs décédés.

Je n'ai donc jamais nourri d'illusions ni n'ai jamais cru à la bonté naturelle des primitifs.

Nous les avons entraînés dans le monde moderne, le nôtre. Nous avons ouvert ces sociétés fermées où l'on s'entre-dévorait, où l'on massacrait, où l'on traquait d'autres peuples comme s'il s'agissait de gibier à violer, à tuer ou à vendre. Car les premiers négriers n'ont pas été les Blancs européens, mais les Arabes et leurs fournisseurs noirs.

Je crois que nous avons ainsi commencé à briser les chaînes qui attachaient ces peuples à l'esclavage et à la barbarie.

Mais nous sommes entrés chez eux par effraction.

Nous avons forcé les portes de leurs pays, renversé les palissades qui entouraient leurs villages, défoncé les fortifications de leurs « Tata » ou de leurs « Diassa ».

Parfois même – je l'ai vu en Annam – nous avons saccagé, pillé leurs lieux de culte.

Et j'ai vu certains d'entre nous se conduire comme les pires des chefs barbares.

J'ai accompagné Brazza, le juste et le saint, le libérateur d'esclaves, et Berson, le tyran, le sadique.

Nous avons donc aussi massacré et même réduit des hommes encore libres à la servitude en les contraignant à porter nos caisses, nos rails et nos traverses de voies ferrées, les chaudières de nos canonnières.

Si nous en restons là, nous n'aurons aucun droit à nous sentir supérieurs.

Et un jour – cela s'est déjà produit – les peuples que nous avons vaincus posséderont eux aussi des fusils à répétition et des canonnières, et nous trouverons en face de nous, dans ce que nous appelons notre Empire français, des guerriers aussi déterminés que les Prussiens, mais qui nous haïront davantage encore, et auxquels nos « amis », nos pairs en « civilisation » fourniront toutes les armes dont ils auront besoin pour nous combattre.

Alors les territoires que nous avons conquis, nous les perdrons, et les colons en seront chassés. Les indigènes reprendront les terres dont nous les avions spoliés.

Si nous voulons éviter cela, si nous voulons être acceptés et faire avec ces peuples un nouveau peuple français, il nous faut essayer d'agir comme le père Marcoux que vous m'avez fait connaître et auprès de qui j'ai vécu sur les bords de l'Ogooué.

Je voudrais vivre ainsi à jamais.

Mais mes raisons ne sont pas d'abord politiques.

Je ressens depuis quelques mois un grand besoin de cette solitude peuplée qu'est la prière.

Voilà aussi pourquoi je m'adresse à vous pour me guider, m'éclairer. Sachez que moi, l'indifférent, je rentre dans les églises, m'y agenouille. Je demande grâce pour les actions que j'ai accomplies.

Il y a peu de temps, dans le camp de Rabah, proche du lac Tchad, après que le commandant Lamy eut été blessé à mort, j'ai encore tué des hommes, sans hésiter. C'était une guerre, et j'ai participé tout au long de ma vie à bien d'autres combats.

J'ai donc fait plusieurs fois couler le sang.

J'ai, comme un dieu sauvage et cruel, privé des hommes de leur vie.

Je ne le peux plus.

Je ne le veux plus.

Je souhaite vivre comme vous au désert, au milieu des hommes que j'ai combattus, des frères de ceux que j'ai tués.

Je serai ainsi entre leurs mains, entre les mains de Dieu.

Lorsque je repense à ces nuits glacées sous ce ciel immensément pur que traverse la trajectoire fulgurante des étoiles filantes, j'ai l'impression que là seulement j'ai découvert la beauté de l'univers, son mystère divin, comme si j'avais été seul dans la Cathédrale du monde.

Je voudrais y servir la messe près de vous.

Mais je n'aspire pas à devenir un homme d'Église. J'ai trop porté les armes, j'ai trop de sang collé à mes bottes.

Passé ce mitan de ma vie, je veux désormais être utile à la France d'une autre manière, en montrant qu'un Français peut être un homme de foi qui s'avance, mains nues – Brazza l'a fait –, qui ne veut plus conquérir que par l'exemple d'une vie humble, solitaire, désarmée.

Mon père, j'aspire à prier dans le désert.

Je connais pourtant les Touaregs et m'inquiète pour vous.

Lucien de Chalvon me dit qu'il y a, non loin de Tamanrasset, le fort Motylinski, tenu par une compagnie de méharistes dont l'un des chefs, Agar Tidikelt, est un homme que j'estime et dont j'ai pu mesurer l'intelligence, le dévouement et la fidélité.

Le fait qu'il veille sur vous, que je le retrouverai en vous rejoignant, voilà un signe qui m'incite encore davantage à me rendre à Tamanrasset, pourvu que vous ne me l'interdisiez pas.

Si vous vous opposiez à ma venue, j'en serais blessé. Pourquoi seriez-vous seul, au risque de votre vie, à prier dans le désert ? Pourquoi ne me tendriez-vous pas la main, vous qui, à plusieurs reprises déjà, m'avez aidé ?

Je pourrais vous aider à mon tour.

Je n'ignore rien de l'habile cruauté des Touaregs, de leur goût du vol, du pillage et de la guerre, ni de leur haine impitoyable envers les Infidèles.

Ce sont les « hommes d'entre les dunes », capables de guetter leur proie des semaines durant et de fondre sur elle au moment où elle cesse de pouvoir se défendre. Or Agar Tidikelt et ses méharistes ne se tiennent pas à chaque instant auprès de vous.

Le feraient-ils qu'ils pourraient être eux aussi submergés.

J'ai découvert les corps de certains d'entre nous, couchés, morts dans les hautes herbes à Kabara, sur le Niger, non loin de Tombouctou, percés par les lances des Touaregs.

J'ai plus de droits que vous, mon père, à prier et à m'exposer parmi ces hommes dont j'ai été si longtemps l'ennemi victorieux.

Vous m'avez dit une fois – j'avais noté cette phrase, retrouvée ces jours-ci au moment où, sollicitant ma mise en disponibilité, je classais mes papiers personnels :

Dieu prépare de loin les choses et Il fait servir au salut des âmes les bons, les méchants et les actes qu'on a faits en pensant le moins à Lui.

Autorisez-moi, mon père, à sortir de la *selva oscura*, à aller au bout du chemin de ma vie.

Je sais, je sens que vous êtes celui qui peut m'aider à accomplir ces premiers et derniers pas sur un chemin où j'ai tant erré.

Charles FAUREL,
dans l'Espérance.

44

Lettre du père Dominique Orabona à Louis Faurel.

Tamanrasset, le 7 décembre 1900.

Cher Louis Faurel,

Je sais que vous avez été prévenu par le général Labezie de l'assassinat de votre frère Charles, à Tamanrasset, ce 27 novembre.

Mais j'ai le devoir et la mission douloureuse d'éclairer pour vous les circonstances encore incertaines de sa mort.

Je veux d'abord vous dire que sa disparition est une blessure dont je souffrirai le reste de ma vie.

Je ressens cette mort comme la plus terrible des épreuves que Dieu m'ait infligée, et le mystère le plus opaque auquel Il m'ait confronté.

Car Charles m'a écrit plusieurs fois pour me dire à quel point il souhaitait me rejoindre à Tamanrasset pour y prier et y agir auprès de moi.

J'ai longtemps résisté, hésitant à accepter, mesurant combien il y avait d'exaltation morbide dans sa démarche.

J'ai répondu à ses lettres en l'incitant à la sagesse, à la réflexion, à la mesure. Je lui ai dit :

« Mon cher ami ! Mon cher enfant, supportez-vous ! Tenez-vous humble et patient avec vous-même… Tenez-vous paisible pour recevoir les grâces de Dieu, et si vous avez et gardez la haine de vous-même, que ce soit une haine tranquille comme une eau profonde… »

Mais il a tant insisté, me disant qu'il cherchait l'unité de son être, qu'il voulait, selon le mot de saint Bernard, ne plus être en dissidence avec lui-même, qu'à la fin j'ai cédé.

J'ai maintenant le sentiment que je l'ai attiré sur le lieu de sa mort, que j'ai été l'instrument de son martyre, et je ne comprends pas pourquoi Dieu s'est ainsi servi de moi en m'infligeant par surcroît cette culpabilité.

Le mystère est d'autant plus douloureux que, pour la première fois depuis l'arrivée de votre frère à Tamanrasset, j'avais quitté l'oasis pour le fort Motylinski. J'avais en effet décidé de solliciter du capitaine commandant la compagnie de méharistes qu'il laissât en permanence à Tamanrasset quelques hommes pour protéger les familles qui y séjournent et que les pillards touaregs du Hoggar viennent souvent harceler, menacer, voler.

Ces Touaregs sont, à en croire les habitants de Tamanrasset, des Senousis qui prêchent la guerre sainte.

Ils auront peut-être appris que l'Infidèle qui vivait désormais à mes côtés à Tamanrasset avait fait partie de la colonne Foureau-Lamy et livré bataille contre le sultan Rabah qu'ils vénéraient et qui avait été vaincu et tué par elle.

J'étais donc inquiet.

Charles non seulement était indifférent à ces périls, mais il me paraissait même souhaiter attendre d'eux sa mise à mort.

J'ai retrouvé, dans les papiers qu'il avait commencé à classer et qu'il me destinait, des textes dont je veux vous faire part et qui, à chaque fois que je les relis, me terrassent et m'exaltent tant ils expriment une foi absolue, mais tournée d'abord vers la souffrance, vers la crucifixion plutôt que vers la résurrection.

Voici ce que Charles m'a écrit quelques semaines avant ce tragique 27 novembre :

« Si vous saviez combien je désire finir ma pauvre et misérable vie, si mal commencée et si vide, à la façon dont Jésus a dit, au soir de la Cène, qu'il n'y a pas de plus grand amour que de donner sa vie pour ceux qu'on aime. J'en suis indigne, mais je le désire tant !.... »

J'ai tenté de le retenir sur cette face noire de l'esprit.

Je me suis élevé presque chaque jour contre le sentiment de culpabilité et d'indignité qui l'habitait.

Il me semblait qu'il se rendait responsable de toutes les ombres qui avaient enveloppé les conquêtes outre-mer auxquelles il avait participé.

Mais il voulait être châtié comme s'il se reprochait de ne pas avoir pu changer le cours des choses et s'être dérobé à ce devoir, alors que, vous le savez mieux que moi, il a été l'un des acteurs les plus nobles de toutes ces entreprises coloniales. Et j'ai entendu Agar Tidikelt, l'un des chefs de la compagnie de méharistes du fort, qui le connaissait depuis longtemps, se lamenter quand il a découvert avec moi le corps de votre frère.

L'un de ces textes de Charles, le plus déchirant en même temps qu'il est porté par un mysticisme admirable, est une méditation sur la mort dont je me récite chaque phrase depuis la fin novembre.

Ce matin-là, nous sommes arrivés à Tamanrasset avec Agar Tidikelt et sept de ses méharistes.

J'ai été surpris par l'absence des habitants qui, d'habitude, entourent tout visiteur.

L'inquiétude m'a empoigné et j'ai entraîné Tidikelt vers la Casbah, située un peu à l'écart de l'oasis, où j'habitais avec Charles.

Le corps de votre frère était étendu devant la porte.

Les Touaregs avaient dû solliciter son aide, peut-être citer le nom d'Agar Tidikelt. Charles, qui était toujours prêt à soigner, à vacciner, avait ouvert sans méfiance.

On l'avait sans doute tiré brutalement dehors et abattu peu après.

Puis les Touaregs Senousis avaient pillé l'oasis, saccageant la Casbah – j'en ai eu pour plusieurs heures à remettre ensuite de l'ordre dans les papiers de votre frère – avant de s'enfuir à l'aube de ce 28 novembre.

Nous sommes arrivés à Tamanrasset avec Agar Tidikelt et les sept méharistes, mais il était trop tard et, en m'agenouillant auprès de Charles, j'ai tout de suite pensé à ce texte qu'il m'avait lu et qui m'avait tant ému, quoique je n'aie pu alors imaginer qu'il annonçât un sacrifice.

Voici donc ce qu'il écrivait :

« Peu importent les raisons pour lesquelles on me tuera. Même si cette mort peut apparaître injuste et cruelle, elle est sainte, elle devient sacrifice si je la reçois dans mon âme comme un don béni de la main de Dieu, comme une imitation bienheureuse de la fin du Christ. Les hommes pourront en ignorer le sens, se lamenter, elle sera un bienfait, une grâce.

Si je suis capable de l'accueillir ainsi – et je prie pour en avoir la force –, elle sera le moment le plus heureux de ma vie. »

J'ai pleuré en me souvenant de ces mots, en regardant son visage apaisé que la mort n'avait pas déformé, car on l'avait tué d'une balle derrière l'oreille, et seulement un filet de sang avait coulé le long de son cou.

Nous avons eu de la peine à recueillir des témoignages.

Les Touaregs, même quand ils ont à subir les vols et les violences de certaines de leurs tribus, ne livrent pas leurs frères.

La paisible population de Tamanrasset a refusé de répondre aux questions d'Agar Tidikelt. Seul un esclave noir a décrit la vingtaine de Senousis qui avaient entouré l'oasis, puis, après avoir exigé le silence de ses habitants, s'étaient dirigés vers la Casbah et avaient frappé à la porte.

Il confirmait ainsi la scène que nous avions imaginée.

Agar Tidikelt et moi avons porté le corps de Charles jusqu'à la lisière du désert.

Là se dresse un monticule de pierres qui fait face au massif du Hoggar. Ce sont les méharistes d'Agar Tidikelt qui ont creusé une tombe profonde qu'aucun pillard, aucun animal ne pourra facilement violer.

Nous y avons déposé le corps de votre frère, puis nous l'avons recouvert de sable blanc, et enfin de blocs de rocher.

Le tumulus est imposant.

Agar Tidikelt a planté une croix entre les pierres, et la tombe de Charles ressemble ainsi à un calvaire de notre pays, dressé ici, à la lisière des dunes, comme l'affirmation d'une colonisation sanctifiée par le sacrifice.

Je me suis agenouillé et j'ai prié.

Ce n'est que les jours suivants, après avoir rassemblé tous les feuillets que les Touaregs avaient dispersés dans la Casbah, que j'ai lu celui où Charles me confiait tous ces textes afin qu'ils fussent publiés.

Je vais m'y employer si Dieu m'en laisse le temps.

Père Dominique ORABONA.